François Place

Le Secret d'Orbæ

casterman

Le voyage de Cornélius

Je chevauchais sur la digue, grelottant sous une averse glacée. La mer était grise, hachée de vagues rageuses, et la nuit, qui avançait du même pas que la pluie, recouvrait déjà la clarté diffuse de la plage. Un paysan m'avait affirmé que je trouverais plus loin, sur la droite, un chemin menant à une auberge. Je faillis manquer l'embranchement, à peine visible entre les flaques d'eau. Maintenant que mon cheval, les oreilles rabattues, pataugeait dans ce coupe-gorge envahi de ronces, je craignais de m'être perdu. Je revoyais cet affreux chien jaune, terré derrière les jambes du paysan et montrant les crocs. Je revoyais son poil collé de boue, son œil malade qui me fixait avec insistance. La pluie les avait avalés tous les deux derrière moi. Du diable s'ils ne m'avaient pas envoyé à ma perte !

J'entendis grincer une enseigne dans le vent. L'auberge apparut enfin dans un fouillis d'arbres noirs.

Je sautai à terre, j'attrapai la bride de mon cheval pour le mener dans l'écurie. La pauvre bête tremblait de froid. Je bouchonnai longuement ses flancs avec une poignée de paille, puis je lui mis une brassée de foin sous les naseaux en lui caressant l'encolure.

Ensuite, j'allai toquer à la porte de l'auberge. Elle s'ouvrit comme dans les contes.

L'aubergiste me mit mal à l'aise. Il boitait affreusement, et je ne voyais personne d'autre dans l'obscurité de la salle. Il m'apporta une soupe et un pot de bière, s'assit en face de moi. J'ai horreur qu'on me dévisage quand je mange. J'avais assez de mes soucis en tête, des soucis de marchand drapier : six ballots de tissu, de provenance inconnue, cachetés de cire jaune. On m'avait juste montré un échantillon de cette « toile à nuage ». C'était un voile merveilleusement léger, d'une finesse et d'une douceur incomparables. Le vendeur prétendait que ce tissu changeait de couleur avec la lumière du jour. Il en avait fait la démonstration, en le présentant vers le ciel au beau milieu d'une éclaircie. Le tissu s'était aussitôt illuminé, gardant la trace de cette lumière malgré le prompt retour des nuages. J'en demeurai ébloui. J'avais tout payé d'avance, par lettre de change, sans faire ouvrir les ballots pour voir le reste de la marchandise, sur la promesse qu'elle me serait livrée dans la semaine. Et comme l'orage menaçait, j'avais précipité mon départ, en oubliant le fameux échantillon. Il y en avait pour une fortune. Je m'étais trop vite emballé, comme d'habitude. Je commençai à me demander comment j'allais annoncer cette transaction à mon père et à mon oncle, sans même pouvoir leur montrer le moindre morceau de cette toile à nuage, eux qui géraient leur commerce sou à sou. « Souviens-toi, le bon sens est la boussole des marchands », disait l'un, « Prudence, mon neveu, prudence et sagacité », continuait l'autre. Cette histoire allait me rester sur les bras, juste au moment où ils commençaient à me laisser un peu d'initiative dans leurs affaires. Ma mère avait plus d'indulgence pour mes égarements, mais tous les trois partageaient de sérieux doutes sur mes capacités. Trop enclin à la confiance, trop ouvert aux étrangers. D'un coup, ça me coupa l'appétit, je repoussai l'assiette à moitié pleine.

L'aubergiste me conduisit à ma chambre. En montant l'escalier, sa chandelle éclaira un tableau qui m'attira irrésistiblement. C'était un paysage de petit format, et pourtant il ouvrait dans le mur un immense espace.

— Vous êtes amateur de peinture ? me demanda mon hôte.

— Je ne sais pas... seulement pour les portraits... enfin, je crois. C'est ce qui est le plus utile au renom d'une maison, d'après mon père. Non, c'est cette montagne bleue, là, qui m'intrigue. Le bleu de cette montagne attire le regard. Elle semble hors de portée, et en même temps je peux la toucher du doigt.

— C'est le bleu des lointains. Vous avez sans doute déjà remarqué, par beau temps, comment l'horizon se teinte de bleu dans ses derniers reliefs, au plus loin que la vision nous porte...

— Heu, pas vraiment. Mais avec ce tableau, c'est d'une telle évidence. – Je m'approchai encore. – Et il y a ce char décoré qui s'enfonce dans les hautes herbes, ces musiciens à la peau brune qui jouent d'instruments inconnus. Vraiment, ça ne ressemble à rien de ce que je connais.

— Le char est un char funéraire. Toute cette scène se passe à des milliers de lieues d'ici, aux îles Indigo. Mais vous devez être fatigué...

— Non, non, je vous en prie, continuez...

On finit de grimper l'escalier. Lui s'arrêtait toutes les deux marches avec une grimace de douleur. Il me fit entrer dans une pièce encombrée de vieux livres, de squelettes d'animaux, de tout un tas d'objets bizarres. Il posa sur la table un énorme livre, un atlas, et l'ouvrit sur une carte en forme de « i ».

— Voilà les îles Indigo. Ce sont des îles de terre ferme. Vous voyez l'île Longue, ici, et, juste au-dessus, ce gros point bleu au-dessus de la barre du « i », qui représente la montagne bleue qui vous a attiré. C'est un volcan, une montagne cracheuse de feu si vous préférez, mais éteinte. Les deux terres n'émergent pas au-dessus de la mer, elles s'élèvent sur une immense plaine herbeuse.

— J'imagine que c'est dans cette plaine que poussent les herbes que foule ce drôle de char représenté sur la peinture ?

— Précisément. Ce char emporte le corps d'un défunt, entouré de toute sa famille, vers la montagne bleue.

— Sans doute l'endroit où ils vont enterrer leurs morts ?

— Pas tout à fait. Lorsque le bœuf en tête d'attelage s'écroule d'épuisement, on le sacrifie et on brûle le char. La famille et les musiciens festoient sur place, tournés vers la montagne bleue. Le rituel ne s'arrête pas là. En revenant sur leurs pas, ils sèment des graines tout le temps du retour. À la saison des pluies, ces graines donneront naissance à un long sentier fleuri retraçant l'itinéraire du défunt vers la montagne sacrée. Ce sont tous ces traits de couleur que vous voyez partir de l'île Longue sur la carte.

— Il n'y en a aucun qui rejoint la montagne bleue ?

— Impossible. Cette montagne est hors d'atteinte. Elle reste toujours sur le fil de l'horizon.

— Je vois : c'est un mirage !

— Pas du tout ! Simplement, on ne peut voir cette montagne qu'en partant de l'île Longue. Partout ailleurs, elle est invisible.

— Vous vous moquez de moi. En marchant assez longtemps, on doit bien finir par la rejoindre, non ?

— Non !

— Pourquoi ? Il y a des marais, des sables mouvants ?

— Croyez-moi, il n'y a pas de terre plus douce aux pieds des marcheurs. Même les herbes qui la recouvrent sont sensibles. Mais vous pouvez marcher toute une vie si ça vous chante, ça ne changera rien à l'affaire, la montagne s'éloignera toujours d'autant.

— Allons, toute une vie !

— C'est comme ça. Vous savez, beaucoup ont essayé !

Il me dévisagea un moment par-dessus le livre.

— Vous ne me croyez pas ?

— C'est-à-dire…

— Voulez-vous me passer cet objet, s'il vous plaît ?

Je repérai, derrière moi, ce qu'il désignait du bout du doigt. C'était une petite machine de bois, très légère, en forme de papillon. Il la prit d'une main et, de l'autre, fit jouer une articulation qui actionnait des ailes.

— Ce modèle réduit est une machine volante de mon invention. Puisque la montagne recule devant les marcheurs, me suis-je dit, je vais la rejoindre par une autre voie.

— Vous vous êtes envolé ?

— Pas exactement. Disons que je me suis élancé du haut d'une falaise pour voyager dans les airs...

— Oh...

— ... mais que ça a duré très peu de temps. En fait, je suis tombé comme une pierre. Des bambous ont amorti ma chute. Quand on m'en a sorti, j'avais les deux jambes brisées.

Il partit dans ses souvenirs. La machine me fascinait, et plus encore la membrane qui recouvrait ses ailes, tendue sur de fines nervures d'osier. C'était un tissu merveilleux, assez semblable à celui que j'avais acheté. La coïncidence était troublante. L'aubergiste revint à moi.

— Vous vous intéressez aux tissus ?

— Plutôt ! Je suis marchand de drap.

— Ah, je comprends mieux... Ce voile est le plus léger et le plus résistant qui soit au monde. C'est de la toile à nuage.

— Qu'avez-vous dit ?

— De la toile à nuage. Voyez-vous, les herbes de cette plaine produisent des flocons, brillants et pelucheux, semblables à des bourres de coton, mais si légers qu'ils s'envolent au moindre souffle de vent. C'est là qu'il faut les cueillir : en plein vol. Jamais quand ils sont sur leur tige, encore moins quand ils sont tombés au sol. Une fois filée, la fibre de ces flocons donne une étoffe subtile, d'une légèreté aérienne, et qui change de couleur à la lumière du jour : rose à l'aube, bleue à midi, gris perle sous les nuages, orange au coucher du soleil, pourpre au crépuscule, indigo à la tombée de la nuit. C'est d'ailleurs l'origine du nom de ces deux îles. Vous n'aviez jamais entendu parler de ces îles Indigo ?

— Jamais, non. Où sont-elles ?

— Juste sous nos pieds !

Je haussai les épaules. Il se moquait de moi, ce vieux boiteux, avec son accent bizarre, sa toque de travers et son long caftan doublé de soie. Il sourit.

— La terre est vaste, jeune homme, vous savez... Plus vaste que vos petits allers-retours sur la digue.

— Qu'est-ce qui vous permet de penser que je me contente d'aller et venir sur la digue ? Mon père et mon oncle sont de riches marchands. Ils ont des comptoirs à l'étranger. Nos affaires nous mènent plus loin que vous ne le pensez.

— Si vous le dites... De quelle maison êtes-vous, exactement ?

— Van Horn. Je m'appelle Cornélius Van Horn. Et vous êtes ?

— Ibn Brazadîn, pour vous servir. Non, je ne vous raconte pas d'histoires... Il tapota du doigt la page ouverte. Ces îles existent. La plaine herbeuse aussi. Elle s'étend au cœur d'une immense terre circulaire cernée de fleuves de brume, l'île d'Orbæ. Elle n'en occupe d'ailleurs qu'une petite partie.

— Et cette grande île... où la situez-vous ?

— Mais je vous l'ai dit, sous nos pieds, de l'autre côté du monde.

Il me jaugea.

— Vous êtes jeune, et vous ne savez rien encore de ce que l'avenir vous réservera. Tout ce que je peux dire, c'est que vous ne me semblez pas fait pour rester toute une vie à tailler du drap en comptant jour après jour l'argent du bénéfice.

— Je suis fils de marchand. Si je vous ai bien compris, on ne trouve la fibre de ce tissu merveilleux qu'aux environs de la montagne bleue.

— C'est exact, jeune homme.

— Vous savez, nous autres, les marchands, nous sommes prêts à voyager très loin pour nous enrichir. Celui qui ferait venir cette toile à nuage en grande quantité deviendrait forcément...

Il leva une main pour m'arrêter.

— Riche ? Oubliez cette idée. Vous ne mesurez pas la distance qui vous sépare de cet endroit. Je doute sincèrement que vous puissiez y parvenir. En fait, vu d'ici, c'est presque aussi loin que cette montagne bleue qui recule à l'horizon. Autant dire inaccessible !

— D'où venez-vous ?

— De là-bas, d'Orbæ…

— Vous venez vraiment de l'autre côté du monde ?

— J'en ai bien peur.

— Comment puis-je vous faire confiance ?

— Ce n'est pas plus difficile que d'acheter six ballots cachetés, je crois…

— Vous savez que j'ai acheté de la toile à nuage ?

— Personne ne pousse la porte de cette auberge par hasard.

Je restai une bonne partie de la nuit à bavarder avec lui. Au matin, la pluie avait cessé, je repris le chemin de la ville. Je retrouvai le comptoir et la mine affairée de mes parents. J'attendis avec une impatience grandissante la livraison des six ballots de toile à nuage que j'avais achetés. Ils n'arrivèrent jamais. Au bout d'un mois, mes parents inscrivirent sur la colonne « débit », à l'encre rouge de ma honte, la somme énorme que j'avais perdue. Mon père pensait que je m'étais fait avoir. Pour mon oncle, c'était pire, il ne croyait tout simplement pas à mon histoire. L'homme qui m'avait vendu la marchandise avait plié boutique sans laisser de trace. Il fallait que je revoie Ibn Brazadîn. Lui connaissait cette toile à nuage. Il pourrait m'en dire davantage. Je retournai à l'auberge. Elle n'était pas plus engageante en plein jour que pendant la nuit pluvieuse où je m'y étais abrité. À la place de l'aubergiste, c'est un jeune homme qui m'ouvrit la porte.

— Mon maître est parti. Il se doutait que vous reviendriez. Il a laissé ceci pour vous et m'a demandé de vous le remettre en mains propres.

Le paquet contenait un petit livre écrit à la plume : le « Mémoire sur les îles Indigo », par Ibn Brazadîn. Il était enveloppé dans une étoffe précieuse. Déployée, elle se déroula en une longue écharpe plus fluide que la soie. Tandis que je la tenais à hauteur de mes yeux, un rayon de soleil traversa les nuages. L'écharpe s'illumina aussitôt. Elle garda la trace de cet éclat bien après sa disparition, comme si ses fibres en avaient capté la lumière. Je souris à la pensée du vieil aubergiste. Je l'imaginai, suspendu à sa machine volante entre ciel et terre, tentant de rejoindre la montagne bleue. Je me fis la promesse d'en fouler un jour le sol. Ibn Brazadîn ne m'avait pas seulement fait un cadeau. Il m'avait confié sa quête.

Je travaillai dur pour rembourser ma dette. Je devins un marchand avisé, expert en calculs, parlant plusieurs langues. Mon père et mon oncle m'envoyèrent visiter leurs comptoirs à l'étranger.

Voilà comment je parvins à l'autre bout de la mer du Sud, à Bassalda, une de ces villes de l'empire du Levant d'où partent et reviennent les grandes caravanes du désert. Nous achetions ici des tissus, des tapis précieux, de l'encens, du camphre qui repartaient par bateau dans les froides villes du Nord. Notre maison y avait établi un caravansérail depuis peu, le sultan Khadelim ayant fait publier un firman autorisant l'implantation des marchands étrangers. Le premier soir, je me rendis sur la terrasse. Sous le ciel d'un noir pur et minéral, piqué du scintillement des étoiles, la ville étendait son tracé enchevêtré, rythmé de place en place par la courbe élégante de ses dômes. Les parfums de la nuit portaient encore la fragrance d'un jour éclatant, et partout le jasmin embaumait dans la tache plus sombre des jardins. Au-delà des murailles, une piste claire longeait la rivière sous les palmiers avant de disparaître derrière les collines. J'écrivis le lendemain à mon père que je souhaitais m'établir ici. J'étais alors dans ma vingt-cinquième année. Je ne pensais pas rester plus de deux ans. Ensuite, il faudrait de toute façon que je rentre pour prendre la conduite générale de nos affaires, selon les accords qu'il avait conclus avec mon oncle.

Le caravansérail était bien placé, juste à l'entrée de la ville, mais il vivotait. Je fis agrandir la cour, doubler le nombre des chambres, assainir les écuries, approfondir le puits, j'engageai un cuisinier et un barbier... tout cela en pure perte. Les Pieds poudreux, ces infatigables conducteurs de caravanes dont les semelles ne quittent jamais les sables du désert, préféraient s'installer plus loin. Ils refusaient de faire étape dans un endroit tenu par un étranger.

Je ne connaissais personne, mais je savais au moins une chose : qu'on vienne des grises lumières du Nord ou du soleil de l'Orient, tout l'art du négociant tient dans la parole. Or, ces ombrageux Pieds poudreux étaient tous passionnés de nàsthu, un jeu comparable aux échecs, qui se pratique en déplaçant des pièces en ivoire sur un damier, excepté que les spectateurs interviennent et qu'ils misent au fur et à mesure sur chaque point gagnant. La parole y tient un rôle, mais pas plus que les silences, les regards, les gestes, l'appétit, le soin qu'on met ou non à se vêtir. Une oreille trop distraite, un œil assoupi, et vous voilà ruiné, le temps que met une pièce à se renverser sur l'échiquier. J'allais tous les soirs jouer sous les arcades du bazar. C'est là que j'appris véritablement comment se mènent les affaires. Ne jamais s'arrêter au seul résultat d'une bataille, savoir reculer pour mieux relancer. J'avais de l'audace et de la chance. Que je perde ou que je gagne, j'invitais mes compagnons de jeu à finir la soirée autour d'une table dans un des restaurants du bazar. Peu à peu je brisai leur défiance. Mes amis m'appelaient Korneliis Bey. Ils me racontaient toutes sortes d'histoires, terrifiantes ou merveilleuses, sur les dangers et les surprises de la route. Pour eux, un vrai marchand ne pouvait se contenter d'attendre la fortune, il devait encore et toujours s'aventurer au-devant d'elle. Tous m'exhortaient à partir, pour laisser, moi aussi, des traces dans l'or poussiéreux du désert.

J'achetai une dizaine d'oiseaux-marcheurs. Ce sont des animaux robustes et endurants, mais il faut pas mal d'entraînement avant d'arriver à s'en faire obéir.

Pour mon premier voyage, je me joignis à une caravane à destination des Monts Houngalils, à trente-cinq jours de marche vers le nord-ouest. On y vend très facilement du poivre rouge aux seigneurs-brigands qui règnent là, et aussi des armes, courtes ou longues, pourvu qu'elles soient de bon acier. En chemin, je fis connaissance avec le vent de l'Huluzûl qui écorche la peau et fait pleurer les animaux. Pendant trois jours et trois nuits, j'attendis recroquevillé à l'abri de ma monture accroupie, le visage cravaché de sable malgré la couverture, le nez obstrué, les oreilles martyrisées, tandis que la tempête se déchaînait dans un crépuscule roussâtre traversé d'éclairs terrifiants. Lorsqu'elle cessa enfin, je vis que la foudre avait par endroits vitrifié le sable en longues traces zigzagantes. J'avais perdu trois ongles à mes doigts agrippés dans la couverture, deux à la main gauche et celui du pouce de la main droite, mais le voyage me paya plusieurs fois la mise que j'avais engagée. Mes compagnons avaient eux aussi fait de bonnes affaires, si bien que le retour fut plutôt joyeux. L'un d'entre eux était comme moi marchand de drap. Il connaissait toutes les variétés d'étoffes de la région, avec une préférence pour les plus légères, et s'approvisionnait chez une trentaine de tisserands. Il avait entendu parler de la toile à nuage, mais ce n'était rien d'autre pour lui qu'une vague légende.

Il me persuada de l'accompagner à l'autre bout du désert, aux portes du pays des Amazones, en me faisant miroiter les gains fabuleux qu'on pouvait empocher aux foires capricieuses. Nous décidâmes de nous y rendre ensemble.

J'écrivis à mon père qu'il me faudrait prolonger d'un an mon séjour au Levant.

Ces foires capricieuses tirent leur nom de l'incertitude où l'on est de prévoir quand et où elles se tiendront. Il est impossible d'en connaître le lieu exact à l'avance, raison pour laquelle les marchands envoient des espions enquêter d'oasis en oasis. Ces espions sont de vrais oiseaux du désert. Ils se posent discrètement à un endroit, écoutent, glanent deux ou trois informations, lèvent le camp, vont se poser ailleurs, en picorent deux autres qui contredisent les premières, repartent, environnés de rumeurs et d'espérances. Ils voyagent sans cesse, s'impatientent, peinent à trouver le sommeil, s'en remettent aux astres ou aux dés, s'envolent plus loin, car ils le sentent, ils le savent, les Amazones vont bientôt arriver. Les plus malins savent prévoir l'événement quelques jours avant les autres. La ville qu'ils ont choisie grouille soudain d'une population semblant venue de nulle part et qui déborde dans la moindre ruelle. La fièvre des marchands ne connaît plus de bornes, les querelles éclatent, les couteaux sortent, des chiens sauvages se battent au fond des jardins, on les entend gémir la nuit, certains sont zébrés de feu, et il ne faut pas croiser leur regard.

Si les espions ne se sont pas trompés, les fières cavalières font leur entrée avec la blancheur de l'aube. Elles apportent les fourrures les plus soyeuses qui se puissent concevoir, et, parmi celles-ci, les très convoitées peaux de loups bleus. Elles recherchent de la gaze en soie, de l'ambre, des cauris, de la myrrhe, de la poudre de lapis-lazuli. Refusent toutes les autres monnaies, quel que soit le métal dans lequel on les a frappées. Elles ne parlent pas, non plus. On dépose la marchandise et on attend le jugement qui tombe de leurs lèvres, un tchhhh ! vibrant qui peut signifier oui ou non selon qu'elles touchent en même temps l'empennage d'une flèche noire. Cela dure toute la journée. Le cours des fourrures suit les variations de l'intérêt qu'elles manifestent pour les denrées qu'on leur propose en échange. Aucune loi, aucun arbitrage ne modère leur engouement ou leur dédain.

Elles repartent au coucher du soleil, disparaissent dans leur désert, et c'est quand elles sont au plus loin qu'on entend monter leur chant, un ample murmure qui semble s'étendre comme la pluie sur la nuit. Beaucoup viennent jusqu'ici écouter l'écho lointain et affaibli de ce chant, plus beau que le chant des oiseaux ou la rumeur du vent dans les arbres.

À cause de leur caractère fantasque, ces foires capricieuses attirent toutes sortes de colporteurs de nouvelles, bonnes ou mauvaises, en tout cas la plupart du temps invérifiables.

C'est là, au-dessus d'un plateau de pistaches et devant un verre de thé, que j'entendis parler à nouveau de la toile à nuage. Celui qui en vantait les qualités s'emportait devant un parterre de moues dubitatives et de sourires entendus. Je me joignis au cercle de ses auditeurs.

— Bien sûr que ça existe, clamait-il. Tout le monde a entendu parler de ce lézard étrange qui vit dans les arbres et qui adopte la couleur de l'endroit où il se cache. Ce voile tissé fait exactement la même chose. Il capture dans ses fibres les teintes du jour ou de la nuit.

— Et où trouve-t-on une pareille merveille, d'après toi ? demanda l'un d'eux.

— Au pays de Jade.

— Douran, ce que tu peux être crédule ! Un lézard qui se dissimule, passe encore, mais une étoffe qui attrape les couleurs du ciel !

— Tu me traites de menteur ?

— Non, pas de menteur, mais de naïf, ça oui !... Ce pays est si loin qu'on n'ira jamais vérifier ce qu'on en dit. Pourquoi veux-tu croire à un bout de tissu que personne n'a jamais vu ?

J'intervins avec vigueur.

— Ça existe, la toile à nuage.

Tout le monde se retourna. Je marchai vers ce Douran. J'avais entendu parler de lui comme d'un excellent conducteur de caravanes.

— J'en ai déjà vu, continuai-je.

— Merci de me donner raison. Ça fait plaisir de tomber sur quelqu'un qui ne se complaît pas dans l'ignorance.

— Mais celle que j'ai vue ne venait pas de cet endroit. Il se trouve où, ton pays de Jade ?

— À l'est. Très loin. Six à huit mois de marche, au moins, à condition d'éviter l'hiver.

— C'est un grand pays rond avec une montagne bleue au milieu ?

Pour le coup, toute l'assistance éclata de rire.

— Ah oui, pour ça, il y a des montagnes. Sacrément hautes, c'est bien pour ça qu'on a du mal à trouver quelqu'un pour en revenir. Elles sont quasi infranchissables. Mais pas bleues, blanches plutôt : la neige n'y fond jamais. Et il faut les traverser, c'est le seul moyen d'arriver au pays de Jade.

— Tu connais la route ?

— Je ne vais pas te dire ça comme ça devant tout le monde, je ne sais même pas qui tu es. Tu paierais combien pour le renseignement ?

— Rien.

Il se détourna pour prendre les autres à témoin de l'ineptie de ces marchands du Nord.

— Mais si tu acceptes de m'y conduire, continuai-je...

La somme que j'annonçai était si énorme qu'elle le fit bégayer. L'assistance se resserra.

— S'il y en a parmi vous que ça intéresse, dis-je d'une voix résolue, je me propose de conduire l'année prochaine une caravane. Je lui ferai traverser ces montagnes, quelle que soit leur hauteur. Je trouverai les cols et les passages vers ce pays de Jade. J'aurai besoin d'animaux, de vivres, de compagnons courageux et éprouvés. Si la chance et les dieux se mettent de mon côté, je reviendrai avec de quoi habiller toute une ville de toile à nuage, et ceux qui m'ont accompagné s'enrichiront avec moi. Qui en est ?

Les marchands hésitaient. Même saisi par la fièvre des affaires, on ne mettait pas, dans ce monde, de telles fortunes en jeu pour une pareille chimère, à moins d'être un idiot ou un fou.

Or, deux d'entre eux levèrent la main. Tout le monde connaissait le premier, un vieux caravanier sérieux et respecté de la tribu des Berdoanes qui s'appelait Cambyse. Portant la main au front et au cœur, il vint me donner l'accolade. Il avait plus du double de mon âge. Le second se contenta de me faire un signe de tête, sans prononcer un mot, et se retira aussitôt.

Je retournai à Bassalda. J'écrivis à mon père qu'il me faudrait rester au moins deux années supplémentaires. J'engageai Douran. Je le chargeai de recruter la troupe, d'acheter les bêtes et l'équipement. Cambyse apportait la moitié des fonds, nous ne manquerions pas de vivres. Pendant ces préparatifs, le deuxième marchand ne manifesta pas une seule fois sa présence.

Je n'avais aucune idée de la route à prendre. On trouvait peu de cartes dans ce pays, la longue mémoire des caravaniers y suppléait, mais il y avait un géographe, attitré auprès du sultan, qui travaillait sur un traité des royaumes. J'allai le visiter. Il déroula devant moi d'antiques rouleaux de parchemins où le pays de Jade figurait sous tant de représentations différentes qu'il était impossible de s'en faire une idée précise. C'était assez déconcertant. Mais il était, en revanche, très fier d'une carte qu'il avait établie sur l'empire du Levant et ses confins. Il l'étala sur une table, posa son index sur le dessin d'une cité, à peu près au milieu de la feuille.

— Voilà Sirandane. C'est la ville la plus à l'est de l'empire du Levant.

Il fit glisser son doigt vers la droite, à l'autre bout de la carte.

— Et voilà Karagül, qui commande les cols des Montagnes blanches. Le pays de Jade est encore au-delà, derrière ces montagnes, vers le soleil levant. Entre Sirandane et Karagül, vous avez deux routes possibles. La plus sûre fait une large boucle vers le sud-est et la mer d'Opale, jusqu'au port de Leukis. Elle remonte ensuite le long du fleuve Gris avant d'obliquer vers Karagül. C'est un voyage assez long, avec de nombreuses étapes où l'on peut commercer en toute sécurité. L'autre route qui va en droite ligne de Sirandane à Karagül traverse les déserts de la mer de Sel et du pays des Pierreux.

— Elle est plus courte, fis-je remarquer.

— Mais je vous la déconseille.

— Pourquoi ?

— Trop dangereuse. Plus personne ne la prend.

Je lui demandai s'il y avait un lien entre le pays de Jade et les îles Indigo. Il me fit répéter les derniers mots, qui n'évoquaient rien pour lui. Je lui montrai le traité d'Ibn Brazadîn. Il fit la moue. Il n'avait jamais entendu parler d'Orbæ. J'insistai : cette île immense occupait une partie de l'autre côté du globe. Ibn Brazadîn venait de cet endroit du monde. C'était écrit dans son livre, alors il devait y avoir d'autres traces : des relevés de côtes ou des témoignages de navigateurs ayant poussé jusque-là ? Il secoua la tête et renifla, condescendant. L'idée que la terre puisse être ronde lui tira un sourire d'indulgence.

— Comment un homme aussi instruit que vous peut-il encore croire à de pareilles sottises ? Une île sous nos pieds ? Il n'y pleuvrait jamais et les gens s'y promèneraient la tête en bas !

Je le remerciai pour son aide.

Notre caravane quitta Bassalda un matin de printemps. Nous parvînmes un mois plus tard à Sirandane, grande ville ombragée de cèdres et entourée de jardins. La troupe se dispersa dans les différents quartiers de la ville : beaucoup de Pieds poudreux avaient ici de la famille. J'attendis le deuxième soir pour tenir conseil. Douran tenait sagement pour la route du sud. Cambyse, bien que plus âgé, ne voulait pas en entendre parler :

— J'ai mené quinze fois ma caravane à Leukis. Je connais ce chemin par cœur et ma fortune est faite. Si je suis venu, c'est uniquement pour découvrir la route des déserts.

— Cambyse a raison ! dit une voix dans l'obscurité.

Nous nous retournâmes d'un coup. C'était le troisième marchand. Il s'inclina à la façon des khans du désert.

— Je m'appelle Idrîs Khan, de la tribu des Musidales. Je suis natif de Sirandane, j'ai préféré vous y attendre. Ma caravane est prête, mes palefreniers mènent en ce moment leurs animaux parmi les vôtres, et j'apporte des vivres à partager. Je connais la route des déserts. C'est vrai qu'elle est dangereuse, mais tellement plus rapide. Il nous faudra juste un peu de chance pour passer le défilé des Fleurs Rouges.

— De la chance ? grinça Douran. Demande à ceux qui n'en sont pas revenus !

Je lui jetai un regard interrogatif.

— Le défilé des Fleurs Rouges, continua Douran, est une vallée de grands épineux entre la mer de Sel et le pays des Pierreux. À la bonne saison, on ne court aucun risque : les arbres sont en sommeil. À la saison des meurtres, c'est une autre histoire. Ils se réveillent et se hérissent sans raison en projetant des milliers de piques, longues et pointues comme des dagues, avec une force si terrible qu'aucune créature vivante n'en réchappe.

— Bien, dis-je, il suffit de partir à la bonne saison.

— Elle est malheureusement imprévisible. En fait ce sont les arbres qui décident de la saison des meurtres...

— Dans ce cas, n'y a-t-il aucun moyen de se mettre à l'abri ?

— Ces arbres transpercent tout ce qui bouge à plus de trente pas. On a beau se blottir sous le cou de sa monture, s'enterrer sous ses pattes, ça ne sert à rien. Bêtes et hommes, tout le monde finit de la même façon sous une grêle de traits acérés, en pelote d'épingles. On prétend que la forêt tire une sève nouvelle du sang répandu. Très peu pour moi.

— Mais il faut reconnaître qu'elle se couvre de magnifiques fleurs rouges pendant la saison des meurtres, trancha Idrîs Khan avec un sourire amusé. Quand partons-nous ?

— Demain.

— Alors je suppose qu'il faut aller se reposer.

Avec les hommes d'Idrîs Khan, la caravane atteignait une soixantaine de personnes, et le double d'animaux. Nous marchâmes trois semaines, d'oasis en oasis. Le vrai désert commençait aux abords de la mer de Sel, dont l'éclat aveuglant tremblait derrière l'horizon. La chaleur y atteignait, pendant le jour, des limites insupportables. Dès le premier jour, le sel nous assécha la salive. Il brûlait la peau, irritait les yeux, attaquait le cuir du pied des animaux. Douran nous recommanda de tenir fermement ces derniers pour les empêcher de courir vers de vastes étendues argentées qui ressemblaient à des lacs. Ces miroirs frangés d'écume qui disputaient au ciel sa violente lumière cachaient en fait des sables mouvants. Les chemins ne sont rien d'autre, dans ce désert, que d'étroites bandes de sable durcies par une croûte de sel. L'embrasement du jour empêche de les repérer, mais, la nuit, des myriades de vers luisants se déposent dessus, et tout un tracé de pistes entrelacées apparaît.

On ne marchait donc que la nuit, en suivant les alignements de ces frêles étoiles de terre au scintillement discret. La caravane, en les écrasant de son piétinement, éteignait la piste au fur et à mesure, et, comme elle s'étirait démesurément, les derniers ne disposaient plus de ce fragile pointillé pour guider leurs pas. Un palefrenier de Cambyse s'égara et glissa dans une grande flaque de saumure, entraînant avec lui les trois animaux qu'il tenait en longe. Ils furent avalés aussitôt, malgré tous nos efforts pour leur venir en aide, tandis que Douran, en tête du cortège, nous criait de hâter le pas. La septième nuit, un grondement sourd nous indiqua la proximité des montagnes de Fer qui marquent à peu près le milieu de ce désert. La légende veut qu'il y ait toute une armée enterrée dessous, et c'est vrai qu'une sorte de roulement de tambours étouffé par le sol s'en échappait pour venir jusqu'à nous, amplifié par l'immensité du silence. Douran nous imposa la plus grande discrétion, de peur de réveiller la colère de cette armée. Idrîs Khan, qui connaissait parfaitement ces montagnes, insista au contraire pour y faire un détour, affirmant que nous pourrions y marcher sans craindre de nous y enliser et que nous pourrions sans doute y trouver de l'eau. C'est lui qui avait raison. Bien que peu hospitalières, ces montagnes nous procurèrent un peu de fraîcheur, et même assez d'eau pour refaire nos réserves.

Idrîs Khan était un homme mystérieux. Comme beaucoup de Musidales, il avait fière allure. Une barbe courte et soignée, le regard aiguisé, des gestes précis, la parole rare. La fatigue semblait n'avoir aucune prise sur lui. Avec une gourde et une poignée de dattes, il pouvait partir avant l'aube à la chasse avec Kahir, son lévrier, et nous rattraper des heures plus tard, toujours aussi alerte, alors que nos ombres lasses, allongées par le couchant, semblaient encore nous traîner derrière elles. Il me saluait de son laconique hochement de tête, et reprenait sa place dans la caravane.

Après les montagnes de Fer, la mer de Sel nous prit deux autres animaux. Elle brûla aussi la vue d'un vieux palefrenier. Nous abordâmes les collines qui la bordaient comme des naufragés, la peau rouge et irritée, épuisés, amaigris. Karagül était encore loin, et nous devions l'atteindre avant l'hiver.

Les fameux arbres-tueurs de la vallée des Fleurs Rouges avaient plutôt l'air inoffensif. Ils s'élevaient d'un jet et portaient un maigre feuillage, mais leurs troncs, au loin, se resserraient jusqu'à former une colonnade dense et sombre. Une petite troupe de perdrix passa à nos pieds en gloussant. Idrîs Khan, sautant à bas de sa monture, attrapa d'une main le collier de son chien et de l'autre un sac qui m'intriguait depuis quelques jours par les soubresauts dont il était agité. Il ouvrit le sac d'un coup sec. Un lièvre des sables en jaillit, qui se dressa sur ses pattes, cligna des yeux en remuant les oreilles, puis détala avant de disparaître en une dizaine de bonds. Idrîs Khan attendit un moment avant de lancer son lévrier à ses trousses. Le lévrier disparut entre les arbres-tueurs. J'entendis longuement décroître ses aboiements dans le sous-bois. Le silence s'étendit de nouveau autour de nous. Au bout d'une demi-heure, Idrîs Khan rappela son chien. Une fois, deux fois, dix fois. Un cri plaintif lui répondit. Kahir finit par revenir. Il se coucha essoufflé aux pieds de son maître, le flanc palpitant et barré d'une longue estafilade. Idrîs Khan se pencha sur sa blessure, probablement causée en frôlant une épine. Il jugea que c'était bon signe, car si l'arbre ainsi effleuré avait déclenché son terrible réflexe, tous les autres auraient suivi, et dix mille dards l'auraient transpercé. Il déchira une bande de tissu pour emmailloter le ventre de l'animal et nous fit signe d'avancer.

Nous nous engageâmes prudemment, sans faire de bruit, en scrutant chaque pouce de terrain. La forêt, de plus en plus dense, ménageait des sentiers dont les méandres résonnaient de chants d'oiseaux. On ne pouvait imaginer d'endroit plus tranquille. L'ombre, surtout, y était apaisante. La peur nous quitta. Nous en vînmes, Cambyse et moi, à plaisanter de ces contes faits pour effrayer les enfants. On en riait encore, lorsque la découverte macabre des ossements blanchis de toute une caravane épinglée dans sa fuite, puis d'une deuxième, surprise dans le même état, un peu plus loin, nous rendit à la modestie de nos premiers pas. Finalement, cette forêt était jalonnée d'ossuaires criblés de flèches végétales et il était difficile d'y marcher sans avoir l'impression d'avancer entre les mâchoires d'un piège grand ouvert. Mais rien ne nous arriva de plus fâcheux que d'avoir la gorge sèche et le cou inondé de sueur. Au sortir du défilé, nous laissâmes éclater notre joie en gravissant une chaîne de montagnes fréquentée par des bergers. Ces derniers ne devaient pas avoir vu sortir beaucoup de monde de cette forêt. Ils nous regardèrent passer, figés de stupeur, comme si nous étions un cortège de démons tout droit sortis des enfers.

En suivant une ligne de crêtes, il nous fallut encore deux jours pour atteindre le dernier sommet qui domine le grand désert des Pierreux. On y descend par un chaos de masses rocheuses. C'est peu de dire que la lumière du soleil y fait défaut, il faut parfois courber la tête sous d'énormes pierres en équilibre instable, et des crevasses apparaissent à tout moment sous les pieds. Douran marchait loin devant, nous hélant de temps à autre pour le rejoindre. Ce labyrinthe s'achève par une sorte de château naturel qui marque véritablement l'entrée de ce désert. Une route millénaire, gravée d'ouest en est et de rocher en rocher, commence à cet endroit. Je félicitai Douran pour ses qualités de guide. Il n'était venu qu'une fois jusqu'ici, bien des années avant, et il avait retrouvé cette porte sans faillir une seule fois.

Cambyse, le vieux marchand, rêvait de rencontrer les Pierreux. Comme ils vont presque toujours dans le brouillard et qu'ils ne s'intéressent pas au commerce, on ne les voit pour ainsi dire jamais. La rudesse de leur condition les met à l'abri des incursions. Ils errent inlassablement dans ces étendues mornes, montés sur des tortues géantes, avec pour toute nourriture des colliers de fromage dur autour du cou. Trop de témoignages insistent sur la sauvagerie et la lenteur de leur esprit alors que leurs contes pourraient, paraît-il, rivaliser avec les plus belles légendes de l'empire du Levant.

Il faisait froid dans cette contrée. L'humidité rendait les pierres glissantes. Nous progressions penchés sur la piste, ralentis par le brouillard. Régulièrement, Cambyse se redressait, le nez en l'air et la barbe en bataille, les yeux mi-clos. « Ils sont là, disait-il, ils sont là. » Un jour que je le regardais faire, j'entendis se rapprocher les raclements de rocher d'une lourde masse en déplacement. Une odeur âcre de reptile m'envahit brutalement les narines. La tortue, émergeant du brouillard à vingt pas devant nous, me parut monstrueuse. L'homme juché dessus (mais était-ce un homme ?), engoncé dans un épais manteau qui le soudait à la carapace, avait l'air de sortir de ces époques où aucun roi ne régnait encore sur la terre. Il s'arrêta, nullement impressionné par notre troupe. La tortue leva la tête, humant l'air en dilatant ses narines, comme si elle tentait d'évaluer les raisons de notre présence. Chacune de ses pattes colossales, semblable à un tronc d'olivier centenaire, se terminait par cinq griffes puissantes, aussi larges que des pieds d'homme, cramponnées solidement à la roche. Le Pierreux ne bronchait pas, il restait plongé dans l'ombre de son large chapeau de cuir. Finalement, l'homme et la bête s'éloignèrent avec un bruit de galets roulés dans une rivière. Le plus terrifiant, je crois, c'était la lenteur de leurs mouvements, comme si, autour d'eux, l'écoulement du temps s'engluait dans un air épaissi. Cela levait le cœur et donnait la nausée. Il nous fallut un bon moment pour nous rendre compte que nous étions nous aussi affectés de ce ralentissement. Bien après la disparition des deux créatures, il pesait encore sur nos esprits, à la manière d'un ample et lourd vêtement engourdissant de tout son poids nos rêves et nos pensées.

Les rochers s'espacèrent les jours suivants. La terre des chemins, enfin retrouvée, nous sembla le plus doux des tapis, mais nous avions laissé trop de forces dans cette traversée. Un bon tiers des animaux boitaient. Plusieurs hommes étaient atteints d'une sorte de langueur, connue sous le nom de « mal des Pierreux », qui entraîne une somnolence et une fatigue extrême. Nous décidâmes de nous reposer avant de repartir.

Un jour, sous la tente, je prenais le thé en disputant une partie de nàsthu. Idrîs Khan, qui, d'ordinaire, se contentait d'observer le jeu, impassible, immobile, la paume de sa main posée sur la tête de son lévrier, se leva soudain pour interrompre la partie. S'inclinant légèrement pour prendre la parole, il m'interpella. Il s'adressait à tout le monde d'une voix mesurée, mais cette politesse dans le ton n'affectait pas des propos qu'il délivrait toujours sans ambages.

— Korneliis Bey, dit-il, je voudrais voir cette toile à nuage.

— Mon cher Idrîs Khan, j'ai dit que j'en avais vu, je n'ai pas dit que j'en possédais.

— Soit. Tu n'es pas d'ici. Tes yeux et tes cheveux sont clairs, tu es un homme du Nord. Tu as choisi la route la plus dangereuse sans rien connaître des pays que nous allons traverser. Je t'ai déjà vu jouer au nàsthu, avant, plusieurs fois, à Bassalda. Tu as de l'audace, Korneliis Bey, de l'audace et du courage, tu es hardi en affaires, mais tu n'es pas fou et tu ne mises pas au hasard. Une certitude guide tes pas. Je voudrais juste voir cette étoffe.

Ce n'était ni une menace, ni un souhait, ni un ordre. Compte tenu des dangers que nous avions partagés, mon refus l'aurait offensé. Cambyse et Douran s'étaient rapprochés. Tous les marchands du Levant portent au cou un petit sac de cuir contenant des amulettes pour les protéger des djinns et autres mauvais esprits de la route. J'ouvris le mien, qui ne contenait rien d'autre qu'un petit carré sombre et luisant. Une fois déplié, il se déploya en une grande écharpe d'un bleu-noir, profond, soyeux, constellé de minuscules points brillants.

— Voilà cette étoffe. Elle porte encore les couleurs d'une nuit à Bassalda où je l'ai enfermée dans ce sachet. C'est bien de la toile à nuage. Regardez !

Je la présentai suspendue entre mes deux mains ouvertes comme une offrande. Avec le soleil haut dans le ciel, l'écharpe pâlit devant nous puis s'éclaircit à une vitesse foudroyante. Cambyse me la réclama. Ses gros doigts noueux, tannés par les voyages, plongeaient incrédules dans ce ruisseau de vif-argent. Douran et Idrîs Khan voulurent également la toucher à leur tour.

— Je comprends mieux ton entêtement, Korneliis Bey ! s'exclama Cambyse. Qui ne voudrait aller à la source d'un pareil trésor ? C'est un rêve, un rêve de marchand !

— Ça vient du pays de Jade, affirma Douran. On vendait autrefois de cette toile à nuage jusque dans les ports de la mer du Sud, mais le négoce en a été rompu. On n'en trouve plus nulle part, même à Karagül. Elle s'y vendait encore, du temps de mon grand-père, pour trois cents fois son poids en or. Comment a-t-elle pu venir jusqu'à toi ?

Ils se récrièrent lorsque je leur dis qu'on m'en avait proposé six ballots. Un pays tout entier ne suffirait pas à acheter une telle quantité. La somme considérable que j'avais payée paraissait certes insignifiante au regard de la valeur de cette marchandise, mais, comme je le leur expliquai, je n'avais rien reçu en échange, si bien que j'avais failli ruiner ma maison. Cela me ramena à cette nuit sur la digue. Ce paysan triste et son chien mouillé, comme des envoyés du malheur...

Je racontai les circonstances de ma découverte et, sortant le livre d'Ibn Brazadîn, je questionnai mes compagnons sur Orbæ. Ce pays ne leur disait rien du tout. À leur tour, ils s'amusèrent de mon hypothèse d'un continent de l'autre côté de la terre, car pour eux, cela ne faisait aucun doute, elle était plate comme la main, excepté pour les mers qui touchaient aux ténèbres d'un côté et les montagnes au ciel de l'autre.

Je repliai l'étoffe et la fis rentrer dans sa cache, elle s'y coula comme un animal.

Nous profitâmes de l'étape pour équilibrer nos chargements. Les précieuses marchandises que nous transportions en guise de monnaie d'échange voyageaient dans de petits coffres solidement arrimés.

Les animaux chargés de les porter étaient l'objet de tous nos soins.

Lorsque hommes et bêtes furent suffisamment reposés, nous reprîmes la route. Les Montagnes blanches apparaissant à l'horizon nous firent redoubler d'ardeur.

Karagül nous accueillit avec ses jardins, ses vergers, la légèreté et la bonté de ses lois. Nous nous arrêtâmes dans le plus grand caravansérail de la ville. Outre des écuries et des chambres confortables, il disposait de bains alimentés par une source thermale où toute une troupe de masseurs nous débarrassa des fatigues de la route. Nous n'avions mis que cinq mois pour venir depuis Bassalda.

Nous partîmes visiter la ville bâtie en gradins au-dessus de la rivière. Son bazar vivait jour et nuit, on y entendait parler des langues nouvelles, on y croisait des hommes aux yeux bridés, venus des grandes steppes du Nord, et d'autres à peau brune, venus du pays des mille dieux, et d'autres encore dont il aurait été bien difficile de connaître l'origine et qui gardaient le secret sur leur destination. Les femmes de cet endroit portaient leurs cheveux tressés en longues nattes ornées de bijoux d'argent, ce qui ajoutait à leur grande beauté. Plus d'un caravanier, succombant au charme d'une habitante, s'était d'ailleurs établi à demeure, si bien que cette population portait les traits des plus heureux mélanges.

J'avais demandé à Douran de nous trouver un guide pour passer les cols. Entra dans notre loge un homme vêtu d'un grand manteau, jeune, rieur, doté d'une longue chevelure noire. Il s'appelait Dûl.

Nous le reçûmes autour d'un plateau d'abricots secs et de gâteaux à l'anis. Lavés, parfumés, la barbe taillée et habillés de frais, l'oreille grande ouverte, nous étions prêts à négocier généreusement notre traversée des montagnes. Dûl écarta les mains à cette idée.

— Mes seigneurs, je crains que cela ne soit guère possible. Vos oiseaux-marcheurs crèveront aux premières neiges, et vous n'êtes pas habitués à affronter les grands froids.

— Nous changerons nos animaux, nous achèterons des manteaux.

— Mais vous ne pourrez pas emmener tout ce monde. Une grande caravane ne passe pas ces sentiers suspendus, il faut être peu nombreux, et chacun doit pouvoir compter sur l'autre.

— Nous réduirons notre troupe, nous n'emporterons que le nécessaire.

— C'est un voyage périlleux. Vous n'êtes pas connus des esprits de la montagne, ils voudront vous ensevelir sous leurs avalanches meurtrières…

— Nous sommes courageux et nous avons d'autres esprits pour veiller sur nous.

— Mes seigneurs, vous dites que vous voulez rejoindre le pays de Jade pour y acheter de la toile à nuage...

— Nous ne manquons pas de précieuses marchandises à proposer en échange.

— Hélas ! Vous n'en trouverez ni de ce côté des montagnes, ni de l'autre. J'appartiens à une lignée de passeurs. Le père de mon père a conduit le dernier chargement de cette toile à nuage, qui tenait en tout et pour tout sur le dos d'un seul animal. Les seules marchandises précieuses qui passent de ce côté des montagnes sont les ballots de thé bleu et des pierres de lune qu'il est de plus en plus difficile de se procurer.

Ces dernières paroles nous frappèrent comme la foudre.

Cambyse accusa le coup. Épuisé par les fatigues de la route, il resta un moment hébété, sa belle barbe blanche écrasée par le menton appuyé sur la poitrine, assommé. Je compris que pour lui le voyage était terminé. Il ne prolongerait pas sa chance au-delà.

— Korneliis Bey, me dit-il enfin, pardonne-moi, mais si cette toile à nuage est vraiment introuvable, je ne peux aventurer ma vie et celle de mes compagnons pour la seule gloire de traverser des montagnes. Je suis heureux d'être venu jusqu'ici. À mon âge, c'est un grand et beau voyage. Mais je n'irai pas au-devant de ma perte en le continuant.

— Mon cher Cambyse, je comprends. Crois bien que je regretterai ta bonne humeur. Je te souhaite de réussir ici dans tes affaires.

— Pour ma part, je veux poursuivre, enchaîna Douran, mais il faudra me payer davantage. Je n'aime pas qu'on m'impose d'autres animaux que les oiseaux-marcheurs. Et je veux une part sur les marchandises du retour égale au profit que j'aurais pu tirer de cette toile à nuage.

— C'est absurde. Personne ne peut te garantir ça, Douran. Tu le sais très bien.

— C'est à prendre ou à laisser.

— Alors c'est à laisser. Tu seras payé pour le voyage de Karagül, et rien d'autre. Idrîs Khan, que fais-tu ?

Le Musidale se tourna vers le Berdoane.

— Cambyse, puis-je te confier Kahir ?

— Idrîs Khan, répondit le vieux marchand, c'est un honneur que tu me fais. Je veillerai sur lui comme sur le plus précieux de mes faucons.

Idrîs Khan se leva sur cette réponse et, se tournant vers moi :

— Alors, allons donner nos ordres, Korneliis Bey. Quand partons-nous ?

En fait, il nous fallut plusieurs jours pour réorganiser notre caravane. Dûl, notre nouveau guide, nous conseilla pour acheter une vingtaine de yaks, qui sont des bœufs à longs poils aussi agiles que des chèvres. Il engagea trois montagnards qui se joindraient à la dizaine d'hommes que nous avions décidé de garder. Nous fîmes une ample provision de vêtements, de couvertures, de fruits secs et de galettes. Nous étions prêts à affronter la montagne. Je payai Douran et je saluai avec émotion mon ami Cambyse.

Je viens d'un pays de sable et de brumes, un pays de reflets qui dérivent sous de grands cieux changeants. Je n'imaginais pas qu'on puisse gravir des sentiers sur des corniches aussi vertigineuses, à l'ombre formidable des sommets orgueilleux. Pourtant j'en étais là, à peiner et à me maudire. Les vallées s'empilaient sous nos pieds, toujours plus hautes, et chaque col franchi n'était rien d'autre qu'une marche conduisant au suivant. Pour la première fois de ma vie, je marchai dans les nuages. Ils glissaient en lents troupeaux de songes et nous enveloppaient en s'écorchant aux arêtes des pics élancés. Quand je me retournai, je vis un grand drap molletonneux jeté sur le pays d'en dessous. Et après : les champs de neige, les chaos de glaces, le vent qui chuinte et qui gémit, et comme nous avions du mal à suivre ces diables de montagnards qui nous ouvraient la route ! Et le feu qui mettait si longtemps à prendre, ne brûlant que du bout des flammes, en chauffant à peine. Et les nuits froides à mourir sous des étoiles implacables, plus brillantes que des diamants.

Un jour, un yak dévala du sentier et tomba comme une pierre au fond d'un gouffre. Un autre jour, une avalanche grondant sous nos pieds nous souffla à plein visage l'haleine de son baiser glacé, tandis qu'au-dessus, le dernier col, violenté par un orage, tremblait sous les éclairs.

Dûl se prosterna en suppliant les dieux de nous laisser la vie sauve. Lui seul sait s'il reçut une réponse. Il nous entraîna au cœur de la tempête de neige, sous le tonnerre et la foudre.

Et puis, un matin, les crêtes, soudain plus basses dans le lointain, nous dirent que nous avions basculé de l'autre côté !

Nous trouvâmes les premières forteresses qui jalonnent la descente vers le pays de Jade. Toujours marchant vers l'est, nous parvînmes deux mois plus tard dans un grand marché, aux portes d'une ville ceinte de hautes murailles, Yulan.

À peine établis dans une auberge, nous commençâmes notre enquête, en nous rendant sur la place du marché. Dûl nous avait recommandé la plus grande discrétion. Mais comment trouver ce que l'on cherche sans en parler ? Il nous fallait d'abord attirer les clients, exciter les convoitises, ce qui n'était pas très difficile. Nous autres, les caravaniers, nous savons provoquer l'effervescence des rencontres, car nous portons dans nos bagages les péripéties de la longue route et la litanie des nouvelles glanées à chaque étape. Notre piétinement d'hommes fourbus tirant par la longe des animaux croulant sous les sacs et les paniers s'accompagne, dans les villes ensommeillées qui nous accueillent, de l'ivresse des affaires et de la nouveauté. Nous sommes des combattants de l'ennui. Beaucoup de gens venaient déjà vers nous pour voir nos marchandises. On nous proposait, en échange de nos blocs d'ambre et de nos perles de corail, des briques de ce merveilleux thé bleu, dont la récolte venait de s'achever, ou des pépites de sélénite, une pierre blanche dont la brillance épouse le cycle de la lune. J'en achetai trois, pas plus grosses que des grains de café, sans trop savoir qu'en faire, par pure curiosité. Chacune valait dix émeraudes de même poids.

Personne, ici, ne traitait ses affaires soi-même. On se rendait dans une de ces petites boutiques d'entremetteurs adossées à la muraille, on en sortait avec un bonhomme que l'on traînait devant un client présumé, accompagné lui aussi de son double. On ne parlait qu'à l'oreille des deux entremetteurs. Ils glissaient mutuellement leur main droite dans la manche de leur opposé et communiquaient par signes. On voyait ces deux manches collées l'une à l'autre, secouées d'ondulations molles ou de sursauts vigoureux pendant un bon moment. Une des mains finissait par ressortir, manche retroussée, en tenant l'autre entre ses doigts, et le vainqueur annonçait le prix de la transaction en chantant d'une voix nasillarde. Bien sûr, le client d'en face refusait. Les deux entremetteurs se remettaient au travail. Au plus fort du marchandage, ces jeux de mains ressemblaient à un combat de fouines piégées dans une galerie de soie, tandis que les visages, au-dessus, ne bougeaient pas plus que des masques de cire.

Idrîs Khan bouillait d'impatience autant que moi. Les interprètes et les entremetteurs abusaient de notre méconnaissance de la langue et des coutumes pour nous dépouiller. À force d'allusions, de suggestions, de questions, certains finissaient par entendre que nous voulions acheter de la toile à nuage. Mais alors ils se décomposaient d'un coup et détalaient avec de grands mouvements de bras en se dandinant comme des oies. Nous éclations de rire. On ne comprenait rien à ces gens. Rien de rien. L'un d'eux accepta après bien des manœuvres d'approche de nous donner rendez-vous au marché aux serpents, le soir, entre le temple de l'Immatérielle Perfection et la citadelle des Cinq Sérénités.

Nous nous y rendîmes, bien décidés à goûter par la même occasion de ce mets inconnu. Ragoûts, fritures, soupes ou beignets, les serpents lovés dans des paniers ou pendus par le cou comme des ceintures ignoraient tout du sort qui les attendait. Une armée de mains expertes prolongées de lames tranchantes les apprêtaient. Petits étals, grandes marmites, ça s'interpellait d'un bout à l'autre des ruelles. Idrîs Khan commanda un repas. Dans l'attente de notre confrère, nous nous installâmes sur de minuscules tabourets, savourant à l'avance les odeurs de viande cuite à la coriandre, accompagnée de mangue confite.

C'est là que les soldats de la garde nous cueillirent.

Je sentis brusquement s'abattre une main sur mon épaule. L'instant d'après, j'avais roulé à terre en renversant la table et les plats en sauce. Idrîs Khan se débattait de son côté en fulminant de rage. Mais il y avait déjà une demi-douzaine de sabres pointés sur nous, et la foule s'écartait en poussant de grands cris.

Assommés, bousculés, traînés par une corde passée au cou, nous n'eûmes pas le loisir de comprendre ce qui nous arrivait. Les portes de bronze à deux battants de la citadelle s'ouvrirent devant notre pitoyable cortège. On nous jeta en prison.

Pendant plus d'un mois, on nous y laissa croupir, sans nous fournir le début d'une explication.

Un matin, je regardai, à travers les barreaux de notre cellule, briller au loin les cimes des Montagnes blanches. Tout ce chemin pour les atteindre, les traverser, et maintenant leur ligne brisée dessinait dans la lumière vive la frontière du temps où nous étions encore libres. Le gardien ouvrit la porte, je clignai des yeux avant de reconnaître Dûl. En graissant quelques pattes, il était parvenu à obtenir l'autorisation de nous rendre visite. Il s'était renseigné. Plus personne n'avait le droit, nous dit-il, de vendre ou acheter cette toile, strictement réservée à l'Empereur de Jade. Il était depuis longtemps interdit d'en prononcer le nom. Sous peine de mort. Notre procès aurait lieu à la nouvelle lune et, la sentence ne faisant aucun doute, l'exécution aurait lieu à la lune suivante.

— Bien, l'interrompit Idrîs Khan, sans tenir compte de cette annonce plutôt morose. – Il glissa vers moi son regard rehaussé de khôl. – Korneliis Bey, quand partons-nous ?

Je me tournai vers Dûl. À cause de l'interdiction de prononcer le nom de l'étoffe interdite, nous dit-il, le procès se tiendrait en secret, dans les caves du palais du gouverneur. Pas de pièces écrites ni de témoins. La sentence ne pouvant être prononcée en public, l'exécution aurait lieu de nuit et en dehors de la ville. Ce serait alors un moment favorable, le seul. Si nous le laissions disposer de nos moyens, il trouverait des complices, au besoin soudoierait des gardes. Idrîs Khan leva un sourcil amusé.

— Fais exactement comme tu l'entends, mon cher Dûl. Prends ce qu'il faut. Tout ce dont tu as besoin. Mes coffres ne sont même pas fermés.

— Il en va de même pour les miens, ajoutai-je, heureux de voir que nous partagions la confiance pour notre guide.

Le geôlier martela vigoureusement la porte pour nous signifier la fin de l'entretien.

Le procès eut lieu à huis clos, comme annoncé.

On nous fit passer par des enfilades de couloirs et de volées d'escaliers. Au centre d'une grande salle voûtée, entouré de volutes et de vapeurs d'encens, notre juge trônait comme un crapaud égaré dans la soie. Avec sa lippe dédaigneuse et ses yeux bouffis, ce monument d'indifférence avait sur nous le plus effrayant des pouvoirs. On nous fit mettre à genoux devant lui, sur un carrelage usé par les condamnés qu'on avait dû contraindre au même geste et au même endroit depuis des centaines d'années. Le jugement se déroula à la façon d'un marchandage sur la place du marché. C'est-à-dire qu'aucune parole ne devait y être prononcée et qu'aucun acte écrit ne pouvait en consigner le déroulement. L'interdiction de la toile à nuage imposait ces précautions. Les « pièces » du procès n'étaient qu'un alphabet de serrements de mains décliné par les assesseurs dans le secret de leurs longues manches. Lorsqu'ils s'arrêtaient, trois scribes plongeaient en chœur leurs pinceaux dans une eau claire pour tracer d'invisibles comptes rendus. En penchant la tête, je parvins à voir que ce conciliabule de gestes absurdes tournait autour d'un objet qui passait de l'un à l'autre en suscitant quelques exclamations étouffées. Je finis par reconnaître qu'il s'agissait d'un carnet, mais dès que j'étirais le cou pour en savoir davantage, un des gardes me frappait le dos pour m'obliger à rester penché face contre terre. Or l'un des assesseurs laissa échapper le carnet en question, qui atterrit juste devant mon nez. C'était le *Traité sur les îles Indigo* d'Ibn Brazadîn ! Ils m'avaient volé le seul moyen de rejoindre Orbæ, ma seule chance de voir un jour cette montagne bleue. Et s'ils avaient le traité, cela voulait sans doute dire aussi qu'ils avaient saisi le reste de nos biens ! Personne ne nous posait la moindre question, et le procès durait depuis des heures. Je le sais parce qu'une clepsydre les comptait. Les gouttes d'eau tombaient une à une pendant que nous restions dans l'attente du verdict, pliés sur nos genoux. Un magistrat se dirigea vers un pupitre de laque où étaient alignés des bâtonnets. Il en prit deux, des blancs, les brisa en plusieurs morceaux et les jeta dans un brasero. Ils se consumèrent en se tordant sous les flammes. L'homme se tourna vers le juge.

— Les membres brisés et le bûcher, me souffla Idrîs Khan entre ses dents.

Le juge resta impassible. Il y eut une nouvelle passe de manches entre les assesseurs, d'où sortit enfin une autre conclusion. L'homme retourna prendre des bâtonnets. Cette fois, il en prit deux noirs, apparemment en bronze. Il s'approcha d'un bassin rempli d'eau et les jeta l'un après l'autre. Ils coulèrent tout au fond. Le juge hocha la tête.

— La noyade, murmura Idrîs Khan.

Les scribes redoublèrent d'activité.

Leurs pinceaux s'envolaient, voltigeaient sur des feuilles immaculées.

Les gardes nous conduisirent à une nouvelle cellule, si profondément enfouie dans les sous-sols du palais que l'obscurité y était totale. Si Dûl avait dit vrai, l'exécution aurait lieu à la prochaine lune. On nous avait laissé nos propres habits et nos amulettes. J'avais ces morceaux de sélénite voisinant avec la toile à nuage dans le sachet de cuir autour de mon cou. Je les disposai dans un recoin de la pièce, assez loin du judas percé dans la porte pour qu'ils restent invisibles aux yeux des gardiens. Ils nous indiqueraient les phases de la lune en lui empruntant sa clarté. Au cours d'interminables heures, nous vîmes la blancheur éteinte de ces trois petits astres gagner peu à peu en intensité. Au plus fort de sa brillance, ils s'entourèrent d'un halo bleuâtre tout à fait semblable à celui de la pleine lune par une nuit d'été. Ensuite, leur éclat commença à décroître jusqu'à ne plus laisser qu'une vacillante lueur qui mourut en achevant de nous plonger dans le noir : la nouvelle lune arrivait. Bruit de verrous, portes qu'on tire. Nos yeux blessés par le flamboiement des torches brandies.

Les escaliers montés et les longs corridors arpentés en sens inverse, des cours successives franchies au pas de charge.

Notre escorte marchait vite en nous bourrant les côtes. Les autres gardes tournaient le dos à notre passage pour ne pas avoir à croiser nos faces interdites. Nous arrivâmes ainsi jusqu'au mur d'enceinte. Un garde ouvrit une porte basse dans la muraille. J'entendis juste en dessous le clapot des eaux du fleuve.

Un coup derrière les jambes nous fit tomber à genoux, puis tout disparut : on nous avait encapuchonnés dans de grands sacs. Maintenant, on nous soulevait. Suspension. Le vide, soudain.

La fraîcheur du flot, son souffle bruyant à notre rencontre.

Dûl nous avait trahis.

Et le choc, brutal, au lieu du grand plouf attendu. L'oscillation d'une barque retrouvant difficilement son assiette.

Je remuai mes jambes douloureuses. J'avais une bosse grosse comme un œuf au creux du genou gauche. Des coups à nouveau. Plus bouger.

La barque prit son élan. Impossible de savoir où l'on nous emmenait, mais elle prenait le sens du courant, en aval de la cité. On ne nous touchait pas, on nous tournait le dos, on allait nous noyer, dans les ténèbres de cette nuit sans lune, loin de Yulan, pour ne pas souiller la ville et ses habitants de notre dépouille impure. De quelle sorte était donc cette étoffe, cette mystérieuse toile à nuage, pour rendre à ce point sacrilèges ceux qui la désiraient ? Nous n'avions rien fait d'autre, après tout, que de demander où nous pourrions nous en procurer.

Je sentis que nous gagnions le milieu du fleuve au ronflement du flot.

Des cris, soudain. Des sifflements. Une masse s'abat sur moi. Des flèches vibrent dans le bois, leur bourdonnement interrompu en plein vol.

Le choc bois contre bois d'une autre barque. On saute à notre bord. Bataille féroce, halètements, cris de ralliement, injures, râles, lames qui s'abattent et qui se heurtent violemment. On nous enlève ! Confusion. On me tire à moitié dans l'eau. Ma tête heurte durement un plat-bord. J'ai changé d'embarcation. Un corps tombe lourdement sur moi. Il a du mal à se dépêtrer. Je souffle : « Idrîs Khan ? » J'entends presque son sourire en coin : « Korneliis Bey ? »

Une voix qui donne des ordres. C'est celle de Dûl, notre guide. Il ne nous a pas trahis. Un couteau déchire nos sacs, je m'extrais de cette souricière, j'avale une goulée d'air. Nous prenons de la gîte, le fleuve nous brosse de côté, nous cherchons à le traverser, les galets qui raclent le fond arrêtent l'esquif dans son dérapage. Dûl, souriant, juste à côté de moi, le couteau à la main, ses longs cheveux noués.

— Tu as déjà chevauché un yak, Korneliis Bey ?

— Jamais...

— Alors tu apprendras cette nuit !

Nous sautons sur la rive. J'aperçois de grands pins, plus haut, et, sous leurs branches sombres, des yaks tout harnachés et un groupe d'hommes sur le qui-vive. Dûl s'élance en me tirant par la manche. Nous courons. Idrîs Khan est déjà devant.

Je les suis. Mais la douleur au creux du genou casse ma foulée, je clopine en me tenant la cuisse. Des flèches, à nouveau. Impossible de voir d'où elles viennent. Plus drues qu'un nid de frelons. Dûl s'écroule. Des soldats, là-bas, qui surgissent. Leurs casques luisants, leurs cris rauques, ils courent sur les galets, s'arrêtent, arment leurs arcs, nouvelle volée de flèches. Ma route est coupée. Idrîs Khan, devant, n'a rien vu. Il a presque atteint les yaks. Il saute en selle. Je m'accroupis à côté de Dûl. Il ne bouge plus, j'essaye de faire passer son corps sur mon épaule, je lui parle. Il ne répond pas, les flèches l'ont tué. Les soldats se rapprochent dangereusement. Ils se déploient vers le haut de la pente.

— Korneliis Bey ! crie soudain Idrîs Khan.

Des flèches sifflent vers lui. Il comprend d'un coup ma situation, pousse son yak des talons pour me rejoindre. Mais ses compagnons le retiennent par la bride, par la selle, les étriers, ils l'obligent à faire demi-tour, le tirent, le repoussent vers le haut de la pente, l'entraînent sous le couvert des arbres.

— Korneliis Bey ! Quand partons-nous ?

Je me relève, les mains en porte-voix.

— Idrîs Khan !

— Korneliis Bey !

— Salue Cambyse de ma part, Idrîs Khan !

Je cours vers la rivière, me jette dans ses eaux glacées. Elles m'emportent... Je dérive dans le courant en partant de travers, la pente couverte de pins s'éloigne de moi, je vois les silhouettes noires courir sur la berge, une flèche fend l'eau devant moi, une autre, un peu plus loin, arrive à bout de course. Je suis hors de portée. La citadelle disparaît dans un coude. Je m'accroche à une branche d'arbre, puis une autre, je tire, je prends pied sur les graviers, c'est une île sur le fleuve, la nuit est noire, heureusement très noire, ce devait être la nuit noire de mon exécution, je cours sur cette île, partout des broussailles, genoux écorchés, joues et mains déchirées, griffé, giflé, je repousse ces branches qui se détendent en coup de fouet, et je replonge de l'autre côté du fleuve. Comme ils vont vite, ces fleuves qui descendent de si haut, larges, amples entre leurs rives immenses et violents comme des torrents, et moi, fétu, brindille, débris souffrant du feu de mille coupures mais vivant, qui danse au milieu des tourbillons. Le bruit de mes dents qui s'entrechoquent me fait peur. Je vais mourir de froid ?

À l'aube, j'arrivai aux abords d'un village. Je fis un détour par les champs pour ne pas me faire repérer, parce que même les démons les plus terribles, ici, n'ont pas comme moi des cheveux blonds, et encore moins les yeux couleur d'eau. Je suivis longtemps le fleuve, toujours en m'écartant des villages. Un épouvantail se laissa dépouiller de son chapeau et de ses loques. J'avisai une embarcation, en bas de la pente, chargée d'un grand tas de roseaux. Ses deux bateliers pêchaient les pieds dans l'eau, je grimpai à bord sans bruit et me dissimulai sous les gerbes. Après s'être régalés de leur friture, les deux hommes poussèrent la barque vers le fleuve. Je m'endormis.

À mon réveil, la nuit commençait à tomber. Je risquai un coup d'œil en soulevant les roseaux qui me recouvraient. Nous dérivions au milieu de centaines de sampans, au pied d'une cité dont les lumières scintillaient dans la pénombre. C'était l'heure du repas du soir, ça jacassait de partout autour des réchauds allumés. Les bateliers vinrent s'amarrer contre un sampan. Une voix les appela, ils changèrent de bord. Je m'éclipsai. Toutes les grandes villes du pays de Jade, m'avait dit Cambyse, réservent un quartier aux marchands étrangers, où les hommes du Levant établissent leur fondouk, c'est-à-dire leur comptoir pour le commerce au long cours. Je trouvai facilement ce quartier des étrangers, tout au bout de la ville. Mais après avoir arpenté en vain ses ruelles noires, courbé en deux, chapeau rabattu et tête baissée, en cherchant désespérément à quoi pouvait bien ressembler ce fondouk, je me fis la réflexion que je n'étais pas dans une ville caravanière, mais une ville d'eau, où les marchandises transitaient par le fleuve. Alors je longeai la berge.

C'est l'odeur de sésame grillé qui me les fit découvrir. Ils disputaient une partie de nàsthu en grignotant les graines, assis sur le pas de leur porte, face aux bateaux amarrés. Trois hommes du Levant. Des marchands. M'avançant vers eux, je reconnus l'accent d'un Berdoane. Je m'approchai pour les saluer selon leur coutume. La conversation s'arrêta. Je déclinai mon nom. Ils ne bronchèrent pas. Je ne devais pas ressembler à grand-chose, avec mes frusques mitées et l'amaigrissement forcé des deux mois passés en prison. En désespoir de cause, je lâchai que j'étais un ami de Cambyse. Ce simple nom, chuchoté dans un souffle, décida de dix ans de ma vie, car l'un d'eux me prit à l'épaule et me donna l'accolade. Chez les Berdoanes, seule la trahison peut rompre le pacte scellé par cet élan du cœur qui signifie : sois le bienvenu...

Il s'appelait Bayeri et ne devait pas avoir cinq ans de plus que moi. Cambyse, me dit-il, était le meilleur ami de son père. Les deux autres, plus âgés, continuaient à me dévisager. Ils se nommèrent. Ils n'étaient pas du même clan et tenaient à me le faire savoir. Bayeri donna des ordres pour qu'on apporte un repas. Je mourais de faim, je ne me fis pas prier. J'avalai un copieux bol de nouilles, tout en essayant, entre deux bouchées, de répondre à ses questions. Mais comme je piquais du nez, il me donna une chambre pour la nuit. Je m'écroulai et m'endormis d'une traite. À mon réveil, je le retrouvai au même endroit, surveillant le débarquement de marchandises, attablé devant un déjeuner qu'il me convia à partager.

— Nous sommes très peu d'étrangers, ici, à Xinang, me dit-il, et aucun d'entre nous n'a de cheveux comme les tiens. Tes yeux font peur. Ils sont trop clairs. Tu ferais mieux de me dire la vérité, si tu veux que je puisse t'aider.

Je racontai mon équipée, les bons moments passés avec Cambyse jusqu'à Karagül, la périlleuse traversée des Montagnes blanches, la citadelle de Yulan, mon arrestation puis mon évasion.

— Cela fait donc deux jours. Si tu étais recherché, la ville serait déjà quadrillée de soldats. On doit te croire mort, sans doute. Mais ce n'est pas une raison pour prendre des risques. Les gens sont très curieux ici. Tu ne pourras pas faire un pas au soleil sans être arrêté. – Il m'inspecta des pieds à la tête. – Il te faut d'autres vêtements, et surtout un sceau officiel pour justifier ta présence. Je m'occuperai de tout ça, Korneliis Bey. Nous dirons que tu es arrivé avec le sampan qui a livré la dernière cargaison de thé.

— Merci, Bayeri.

— Je dirai que tu es mon associé. C'est le seul moyen d'éviter les questions embarrassantes.

Bayeri m'ouvrit sa maison comme seuls savent le faire les Berdoanes. Il me présenta son épouse, Mei, une jolie femme de Xinang, Qian et Qiao, ses petites filles, plus vives que des souris, Dong et Shu, leurs grands-parents. Toute cette famille ouvrait des yeux agrandis d'étonnement. Comme nous faisions à peu près la même taille, il m'habilla de ses propres vêtements. Pantalon de lin blanc, coiffe noire, tunique de soie gris sombre serrée par une ceinture taillée dans la même étoffe. Il m'enseigna le salut avec deux mains jointes et un penché du buste.

Je voulus lui offrir mes pierres de lune pour le remercier de tous ses bienfaits, mais il les refusa avec une fermeté qui me fit craindre de l'offenser en insistant. Dès le lendemain, il m'accompagna devant les autorités de la ville, et je fus inscrit sur le registre des marchands étrangers sous un nom dont la traduction signifiait « Tête d'or ».

— C'est ton idée ou c'est la leur ? lui demandai-je.

— C'est la mienne. Pour te protéger, me dit-il en m'emmenant le long du fleuve. Des cheveux aussi pâles que les tiens, normalement, ça porte malheur. Ce surnom t'apportera la richesse. Je ne parlais pas en l'air, hier. J'ai besoin d'un associé. Je n'arrive pas à tout mener en même temps. Les deux marchands que tu as vus hier soir ne sont que de passage, ils ont déjà fait un bon bénéfice et ils vont repartir. Tu as le goût des voyages. Moi, je suis retenu ici par ma famille et la gestion de mes entrepôts. J'ai besoin de quelqu'un pour agrandir les voies de mon commerce. Tu pourrais te déplacer pour moi. C'est un grand pays, ici. Un grand et beau pays.

Je pris un temps pour réfléchir. La route des Montagnes blanches repassait par Yulan. Mon procès et ma condamnation n'avaient pas laissé de trace officielle et j'étais présumé noyé, mais je ne pourrais plus y retourner. Depuis ma rencontre avec Ibn Brazadîn, je n'avais fait que me projeter toujours au-devant, sans revenir en arrière. Le bleu des lointains existe partout, et c'est partout qu'il fuit devant les pas du voyageur, mais il a un goût différent dans chaque endroit…

— C'est une très généreuse proposition, Bayeri…

— Tu acceptes ?

— J'accepte.

Bayeri me fit visiter le fondouk. La façade principale donnait directement sur la berge. Elle s'ouvrait à l'arrière sur une vaste cour pavée de briques disjointes, entourée de galeries desservant des écuries, des ateliers et des logements. Les marchands vivaient là avec leurs domestiques, tandis qu'une armada de bateliers assuraient pour leur compte le transport des marchandises en amont et en aval du fleuve. Bayeri vendait de la porcelaine et du thé bleu jusqu'aux ports établis sur la côte, à dix jours de navigation. Il faisait remonter, entre autres, de la poudre d'orage contenue dans des tubes de bambou, mais cette poudre, très prompte à s'enflammer, était conservée en dehors de la ville dans un second magasin, construit sur une île, plus bas sur le fleuve.

— Je fais une fortune avec cette poudre, me dit-il. Ici, on célèbre toutes les fêtes à coups d'éclairs et de tonnerre. Au début, ça surprend, mais tu verras, on s'y habitue très bien...

Il me montra comment reconnaître les sceaux de ses clients et de ses fournisseurs, et me précisa les différentes qualités de chaque marchandise.

Dong, le grand-père, m'initia à la comptabilité au boulier et m'apprit patiemment à déchiffrer ce qui pouvait me servir dans cette drôle d'écriture qui réunit toutes les lettres d'un mot en un seul signe.

— Tête d'or, riait-il, tu es très habile à manipuler le boulier, mais pour l'écriture, tu patauges aussi discrètement qu'un canard des marais.

En l'espace de cinq ou six mois, j'en sus assez pour commencer à seconder Bayeri. Je découvris qu'il avait, outre son goût pour le commerce, une passion pour les cartes. Il en possédait quelques-unes du pays de Jade et de ses confins, achetées à prix d'or. Il les dépliait pour notre seul usage, le reste de son entourage ne comprenant pas l'intérêt de ces images, plus nébuleuses à leurs yeux que la course des nuages. Son doigt survolait les fleuves, s'arrêtait au-dessus des villes...

— On récolte le thé bleu dans ces collines, disait-il, et voilà la région des mines de sélénite, où les demeures des habitants sont creusées dans les falaises. Ici, les montagnes où l'Empereur de Jade établit ses campements d'été. C'est là où l'on trouve le plus de monastères de moines tourbillonnants. La poudre d'orage vient aussi de cette province. La terre à porcelaine vient des vallées de l'ouest, et les meilleurs mûriers à soie poussent dans les montagnes du sud.

— Et… la toile à nuage ?

Il fit un bond en arrière, effaré.

— Parle plus bas, Tête d'or, c'est très dangereux de dire ces mots, même ici. Il n'y a que l'Empereur qui possède l'Imprononçable.

— L'Imprononçable ? Qu'est-ce que tu veux dire ?

— Cette étoffe. À ce qu'on dit, elle voyage dans des coffres scellés, uniquement de nuit, et même les bateaux qui l'apportent ne naviguent que la nuit, sous voiles noires…

— Ça n'a pas de sens ! Pourquoi tant de précautions ?

— Il se dit qu'elle voyage mieux sous la couleur indigo, la couleur de la nuit. Elle viendrait d'un très lointain pays, de l'autre côté du monde…

— Orbæ !

— Jamais entendu parler… À mon avis, c'est plutôt une variété particulière de soie… Si ça se trouve, elle est fabriquée ici même, au pays de Jade.

— Tu n'en as jamais vu ?

— Bien sûr que non, comment veux-tu…

Je sortis l'écharpe que je transportais dans mon sachet de cuir. Il eut la même exclamation de surprise que mes anciens compagnons, le même émerveillement teinté d'incrédulité.

— C'est pour ça que je suis venu jusqu'ici, mon cher Bayeri. Que j'ai risqué ma vie dans la mer de Sel et sous les arbres-tueurs. C'est pour ça que j'ai traversé les Montagnes blanches, enduré le froid et la prison. Pour remonter à l'origine de cette toile à nuage... Et crois-le bien, je n'ai rien d'un empereur !

— Je ne peux pas t'aider, Tête d'or. Personne n'a le droit de se porter au-devant du convoi furtive qui apporte l'Imprononçable au palais de la capitale. La garde furtive, composée des hommes qui l'escortent, disparaît mystérieusement après son arrivée. L'Empereur fait enlever chaque année des enfants mâles pour sa relève.

— C'est un grand cortège, ce convoi furtive ?

— Assez grand, à en juger par la quantité de nourriture et les quarante chevaux réquisitionnés pour les relais. Tout est prévu à l'avance sur le trajet du parcours. Il y a cent huit temples qui peuvent servir d'étape, tous appartiennent à la secte des moines tourbillonnants, et aucun ne connaît l'itinéraire, qui varie d'une nuit à l'autre. Ils doivent simplement se tenir prêts.

— On doit pouvoir l'approcher, ça ne passe pas inaperçu, un pareil nombre de gens. Il faut des torches pour les éclairer, des lanternes.

— Ne crois pas ça, aucun feu n'est allumé pendant tout le voyage. À moins d'être un fantôme, personne ne peut les voir. Ils utilisent des cartes nocturnes, s'éclairent aux pierres de lune, marchent en silence, entourent les sabots de leurs chevaux de peaux de loups et ne communiquent que par gestes. Ils ont des hiboux dressés à guetter les environs. Toute créature surprise à leur passage, homme ou animal, disparaît. Ne parle jamais de ce que tu m'as montré, Tête d'or, car tu serais exécuté, et moi qui t'ai accueilli, je le serais également, avec toute ma famille. Et tous mes commis, mes clients : pareillement...

— Pourquoi tant de mystère ?

— Tu ne sais vraiment pas ? Chaque matin, juste avant le lever du soleil, deux jeunes filles du Pavillon des Grâces viennent à la chambre de l'Empereur. Le Fils du Ciel dort encore. Elles écartent les trois rideaux qui sont la paupière du repos, la paupière des rêves et la paupière de l'oubli. Elles ouvrent la fenêtre en grand. Elles déroulent une bannière de cette étoffe imprononçable, encore teintée de nuit, et brodée sur toute sa surface du signe de l'année en cours : tigre, dragon, buffle, singe... Cette bannière, interposée entre la face de l'Empereur et le jour naissant, ne reste que le temps de capturer la lumière de l'aube, le temps qu'il faut pour déposer une goutte de miel dans la coupe d'albâtre à la droite de sa couche et une goutte de rosée dans la coupe de jade à sa gauche. Ensuite, les deux jeunes filles enroulent la bannière pour la glisser dans un étui, marqué lui aussi du signe de l'année. L'étui est scellé et cacheté par un Mandarin de la Nuit qui le fait porter au Pavillon des Dix Mille Cieux Changeants.

— Tous les jours ?

— Tous les jours. Ce sont les archives des Étirements Spirituels de Sa Matutinale Sagacité.

— Mais pourquoi conserver ainsi la couleur du ciel ?

— Parce que chacune des décisions de l'Empereur est marquée du sceau de son humeur à son réveil. Si un problème d'interprétation se pose par la suite, on peut remonter jusqu'au jour où elle a été prise. On brise le sceau, on ouvre l'étui pour en sortir l'Imprononçable. On voit si le ciel était clair, invitant à la clémence, ou si au contraire il s'annonçait plein de nuées menaçantes et ombrageuses.

— Manière de dire que personne n'est à l'abri de ses caprices.

— Si c'est ta façon de voir les choses, garde-la pour toi. Personne ici ne se moque des humeurs du Fils du Ciel. Quand il emmène sa cour dans les montagnes en été, la pluie ne doit jamais troubler son séjour. Il y a toute une caste de météorologues chargés de trouver à l'avance les emplacements ensoleillés pour son camp. Ils sont plus respectés que des ministres, mais malheur à eux s'ils font la moindre erreur !

— Je vois. Il prétend que le Ciel gouverne à travers lui. Je vais te dire, Bayeri, entre nous… (malgré moi, je baissai instinctivement la voix) je n'y crois pas. Tous ces rites ne servent qu'à conforter la légende d'une sorte de pouvoir divin. Un pouvoir inaccessible au commun des mortels. L'Empereur est un homme comme toi et moi. Ni plus ni moins.

— Garde tes réflexions pour toi, Tête d'or. Nous vivons ici sous les lois de cet Empereur, et peu importe qu'il soit d'origine humaine ou divine… Pour ta sauvegarde, et pour la mienne, je te demande de ne jamais l'oublier…

Durant les mois qui suivirent, Bayeri me confia progressivement les déplacements qu'il ne pouvait faire lui-même. Le fondouk prospérait, son réseau de fournisseurs avait des ramifications dans toutes les provinces. J'adorais ces tournées qui m'emmenaient dans les coins les plus reculés. Mes cheveux clairs, qui faisaient obstacle aux premières rencontres, se révélèrent très vite un avantage, parce que la réputation de Bayeri, habile négociant, se trouvait confortée par le passage de son envoyé, ce « Tête d'or » qui payait toujours la marchandise en bonne et solide monnaie. Il me demandait de lui rapporter aussi souvent que possible des tracés des paysages et de ma route empruntée. On ne peut pas croître, me disait-il, sans avoir une parfaite connaissance du territoire. Je m'étais pris au jeu de cette activité vaguement illicite. J'avais toujours sur moi du papier, un pinceau et de l'encre. Je répertoriai ainsi l'emplacement d'un certain nombre de ces temples qui servaient peut-être de relais pour les convois furtives transportant la toile à nuage.

C'est environ un an après, je crois, qu'arriva au fondouk un jeune commis du nom de Zi Hou. Bayeri me proposa de le prendre à mon service. Zi Hou était un débrouillard. Il pratiquait à peu près toutes les langues des villes et des campagnes. En corollaire de cette qualité, il avait deux défauts : son bavardage, qui ne cessait que pour laisser parler un appétit sans fond. Quelle que soit l'auberge où nous descendions, il commençait par lier connaissance avec le cuisinier, le maître et la maîtresse de maison, les servantes, puis tous les hôtes de passage. Ce faisant, il me ruinait en pattes d'ours caramélisées, fritures de sauterelles au poivre-miel, rissoles de salamandre aux filaments de lait caillé ou pipistrelles farcies. C'est simple, il mangeait de tout, tout le jour et grignotait encore toute la nuit. Avec ça, maigre comme un manche de pinceau !

Dans les collines à thé, sur les sentiers escarpés, sous les forêts de bambous clairs ou de pins rouges, le long des rizières, il ne faisait que parler. De ce qu'il avait mangé. De ce qu'il allait manger. De ce qu'on aurait dû manger. De temps en temps, je prenais le coup de sang en criant : « Zi Hou, ça suffit ! » Il boudait. Un papillon passait. Il repartait sur les papillons, les fleurs butinées par les papillons, lui aussi aimait bien les fleurs, surtout les fleurs de courgette, mieux encore, les fleurs de courgette en beignets, il adorait les fleurs de courgette en beignets, ah, les fleurs de courgette en beignets de la mère Lin à l'auberge du Héron magnanime, quel régal, non mais quel régal, au fait, quand est-ce qu'on mangeait ? Soupir. On s'arrêtait. Il faisait du thé. Je prenais des croquis de l'endroit pour les cartes de Bayeri. Zi Hou avalait une gorgée de thé bleu, faisait claquer sa langue. Mmm, délicieux...

— Est-ce que tu sais, Tête d'or, qu'il y a une récolte précoce et une tardive ? Certains producteurs sont meilleurs pour la première, d'autres pour la seconde, mais l'important c'est l'année : bonnes pluies, petit vent, soleil à saute-mouton, naissances de la troisième lune, tiens, au fait, connais-tu le thé aiguille d'argent ? Non ? Tu aimerais ça, Tête d'or : les feuilles se déroulent lentement et flottent à la verticale, comme des alevins. On les regarde nager dans le bol à travers la brume de vapeur.

— Assez, Zi Hou ! Je dessine...

Il s'asseyait sur les talons en se grattant le menton.

— Et le thé aux fleurs des neiges, alors ? Fleurs glacées tournoyant dans la source chaude qui agace les dents. Non plus ? Incroyable ! Le thé de braise foudroyante, alors ? Le sang de dragon qui soulève une colère immédiate, même chez le plus indolent, le plus assoupi des ermites en méditation ? Plus fort que la liqueur de poivre au gingembre sauvage ! À réveiller un mort !

— Assez, Zi Hou, par pitié ! Assez !

Il levait une main, se tournait l'air renfrogné en faisant mine de contempler le paysage, s'éclairait d'un coup.

— Et, heu, le thé noir de la forêt grise, qui rend calme, très calme, voire désespéré, et qu'on ne récolte qu'une fois tous les douze ans pendant les pluies d'automne de l'année du buffle solitaire, tu en as déjà bu ?

J'explosai.

— Non !

— Non ? Vraiment ?

— Fiche-moi la paix, Zi Hou, je travaille !

— Ah, ben c'est bien dommage ! Rien de tel qu'une gorgée de thé noir pour apaiser les colériques et les grincheux.

Soupir. Il fallait lui rendre cette justice, Zi Hou était une encyclopédie vivante. En plus, d'un heureux naturel, riant de tout, courageux. Marchant d'un pas léger sur une passerelle au-dessus d'un gouffre, dormant comme une souche dans une clairière hantée par le rugissement du tigre. Une fois, deux brigands poilus comme des ours tentèrent de nous barrer la route. Leurs gourdins volèrent en éclats, ils se retrouvèrent cloués au sol sans rien y comprendre. Zi Hou en terminait tout juste avec ses cabrioles, j'avais à peine eu le temps de voir comment il les avait frappés. L'un cherchait son souffle et se tenait le bras, l'autre gémissait en traînant la patte. Il s'approcha du plus gros, fouilla ses poches, en sortit une pomme et entreprit de la croquer à pleines dents, assis sur la bedaine de son adversaire qui roulait encore des yeux apeurés.

Ainsi mangeant, devisant et marchant, nous parcourions pendant des mois les routes et les sentiers, les fleuves et les canaux. Derrière nous, une colonne de porteurs, le dos courbé sous des charges qui leur ployaient les jambes, donnaient à grand effort la mesure de notre insolente prospérité. Bayeri m'accueillait au seuil de sa demeure en me tendant les mains. Je distribuai les cadeaux à la famille, des boucles en perles de rivière pour Mei, des poupées et des cages à criquets pour Qian et Qiao qui couraient autour de Zi Hou en répétant ses grimaces, des robes brodées de dragons pour Dong et Shu. Tout le voisinage était convié au banquet de retour, marchands, voisins, valets et commis.

Lorsqu'il m'avait suffisamment choyé de toutes ces prévenances, que les bains et les ablutions m'avaient lavé de toutes les fatigues du voyage, Bayeri me prenait à part pour entendre mon récit et tenir un état des comptes et des marchandises.

— Tête d'or, me dit-il un jour, tout le monde ici t'estime, et moi le premier. Tu es plus que mon ami... et c'est depuis le premier jour. Je vois grandir mes filles. Je vois vieillir mes beaux-parents, les années passent vite, tu sais... Pourquoi ne prends-tu pas une épouse ?

— Mon cher Bayeri, il me semble que cela me regarde.

— Le fondouk ne s'est jamais si bien porté. Nous avons plus d'un an de réserves devant nous. Si tu épousais Hua, la jeune sœur de Mei, nous serions vraiment comme des frères.

— Ne t'en offense pas : je ne suis pas encore lassé des chemins ni de leurs surprises. Hua est de loin la plus ravissante des fleurs du bord du fleuve. Je ne suis pas sûr qu'elle soit pour moi. J'ai consulté un astrologue un peu particulier à ce sujet. (En fait, je savais que Zi Hou nourrissait pour Hua, la très jolie sœur de Mei, une passion si bien secrète qu'il m'en rebattait les oreilles dix fois par jour.) Mais puisque nous en sommes à parler d'avenir, j'ai d'autres projets dont je voulais t'entretenir. Nous devrions songer à entrer dans le négoce des pierres de lune. Sais-tu que les trois pépites que je possède ont doublé de valeur depuis mon arrivée ? Apparemment, cette denrée se fait rare et les approvisionnements sont de plus en plus difficiles…

— Ce commerce appartient aux courtiers en pierres de lune, Tête d'or. Je n'y connais rien. Nos affaires marchent si bien, que te faut-il de plus ? À quoi bon tenter le diable !

— Je sais : prudence et sagacité… À vrai dire, je ne songeais pas à me faire revendeur, mais plutôt à aller chercher ces pierres à la source.

— Tu es fou ?

— Il n'y a que ça qui m'intéresse, en fait, dans le commerce : remonter les fleuves et leurs affluents, le plus loin possible, jusqu'au filet d'eau qui leur donne naissance. Si je devais vendre de l'huile de baleine, sois sûr que je finirais par lancer le harpon. Les mines de sélénite sont pour la plupart au pays des Troglodytes, juste derrière la frontière du nord. Mon intention est d'aller là-bas non pas pour écouler la sélénite habituelle, mais pour y trouver la plus recherchée, la plus pure, celle dont on fait le pigment le plus fin…

— La poussière furtive !

— Oui. Zi Hou m'accompagnera, mais je ne peux pas me permettre d'aller là-bas sous une apparence trop humble. Accepterais-tu de m'avancer des fonds supplémentaires ? Je te promets de ne mettre en danger ni ta situation ni ta famille…

— Tu sais à quoi sert cette poudre furtive ?

— On en tire l'encre du même nom, je peux même te réciter la recette. Je la tiens de Zi Hou. Une once de pierre de lune pure, broyée dans sept onces d'huile de jasmin, liée avec la moelle d'une chauve-souris et un blanc d'œuf de hibou ; après une année d'exposition à la lumière de la lune, ajouter douze onces de lait de genette ; filtrer ; verser dans un flacon de jade que l'on met à l'abri dans un coffret de laque noire.

— Naturellement, tu sais à quoi sert cette encre furtive ?

— La garde furtive l'utilise pour tracer ses itinéraires sur des cartes qui ne sont visibles que la nuit.

— Si je comprends bien, tu crois pouvoir, juste parce que tu en as envie, devenir fournisseur à la cour de l'Empereur ?

— Quelque chose comme ça, oui.

— Aucun rapport, je suppose, avec l'Imprononçable ?

— Ma foi, Bayeri, c'est toi qui viens de dire le mot. Mais je ne peux pas dire que je n'y pensais pas.

— Tête d'or !

— J'ai fait déjà beaucoup de chemin pour retrouver l'endroit d'où vient cette toile à nuage. Elle est sans cesse devant mes yeux. Apparemment, il n'y a que le convoi qui la transporte pour y mener. Je te l'ai dit, je remonte toujours les fleuves à leur source…

— Tête d'or, je n'ai jamais vu quelqu'un d'aussi buté que toi !

— Donc, pour les fonds supplémentaires, tu serais d'accord ?

Il m'attrapa dans ses bras.

— Prends seulement garde à toi... Et tu devrais attendre le retour de Zi Hou avant de te lancer dans cette aventure...

Il arrivait souvent que Zi Hou parte sans donner d'explications. Cela durait un mois ou deux, et il revenait toujours de ses expéditions avec d'invraisemblables anecdotes à raconter.

J'arrivai au pays des Troglodytes par un beau matin de mai. C'est un plateau creusé de vallées profondes et verticales. Les habitations sont toutes à flanc de falaise, taillées dans la roche. On ne rejoint ces profondes vallées qu'à dos d'homme, ou plutôt juché sur leurs épaules, ce qui met les nerfs à rude épreuve quand on est sujet au vertige et que les pieds du porteur s'engagent sur de précaires passerelles jetées d'une rive à l'autre au-dessus d'un précipice. La témérité ne suffit pas pour aborder cette contrée, il faut également une patience sidérale. Je m'étais muni d'une liasse de lettres officielles qu'il me fallait présenter à des postes de garde successifs, tenus par des personnages pâles et intransigeants. À l'aide de gros tampons de bois, ils imprimaient en rouge sur mes papiers l'image d'une porte qui s'ouvre, et ils me firent comprendre que je devrais encore les payer au retour pour obtenir l'image d'une porte qui se referme. Comme ces taxes augmentaient de façon exorbitante en entrant, j'espérais qu'elles auraient la bonne idée de décroître en proportion lorsque nous repartirions.

Je m'écroulai de fatigue à l'auberge du Moineau intrépide. Les balcons de bois vermoulu de ce charmant lieu de villégiature, à plus de trois cents pieds au-dessus du vide, n'invitaient pas vraiment à la contemplation des couchers de soleil. Zi Hou me rejoignit en pleine nuit. Il espionnait la région pour mon compte depuis une dizaine de jours en se faisant passer pour un colporteur.

— Je n'aime pas cet endroit, Tête d'or, mais alors pas du tout. Les gens ont un accent épouvantable. Ils vivent comme des bêtes sous la terre. Leurs demeures sont aussi sombres que leur langue est obscure. Leur pensée est plus tortueuse que les rêves du serpent d'eau. On ne peut se fier à rien, ici. On ne peut croire personne. La lumière leur fait peur. La clarté les éblouit. Le soleil les intimide. Et le pire de tout : on y mange mal.

— Régale-toi, mon bon Zi Hou, dis-je en lui offrant une large part de nougat aux trois amandes que j'avais conservé en prévision de notre rendez-vous. Sais-tu au moins où se trouvent les mines que nous cherchons ?

— Tout le monde le sait ici. Pour y arriver, c'est une autre paire de manches. Il faut dix mille autorisations !

— Reprends du nougat, mon bon Zi Hou.

— De toute façon, ça ne sert à rien. Les entrées sont interdites. Les gemmes de grande valeur sont réservées pour l'Empereur. On ne peut pas s'en procurer.

— Demain, je vais me présenter comme acheteur sur le marché. De ton côté, continue à te renseigner.

— Ne me demande surtout pas si j'en ai assez de me promener déguisé en va-nu-pieds.

— Tu en seras récompensé, mon bon Zi Hou !

Je me rendis vêtu de mes plus beaux habits au marché aux pierres. Un long nez aux cheveux d'or qui parle la langue de l'empire, on n'en avait jamais vu ici. Je dépensai une petite fortune pour des pierres de lune. J'y retournai ensuite régulièrement, de plus en plus exigeant sur la marchandise et payant de plus en plus cher : émeraudes, améthystes, jade blanc... Je finis par m'y faire la réputation que je souhaitais, celle d'un amateur de pierres de lune, bon connaisseur, ne reculant jamais devant un marchandage. Je fus invité dans les demeures des Nobles. Ces palais creusés dans la roche étaient beaucoup plus riches à l'intérieur que ne pouvaient le laisser présager leurs façades. J'y fus très bien reçu, mais Zi Hou avait raison : les pensées des Troglodytes étaient impossibles à saisir, leurs manières incompréhensibles. J'avais beau mémoriser les mots et les gestes à éviter, les formules de politesse et les rites de bienvenue, ça ne servait pas à grand-chose parce que les règles changeaient du tout au tout un peu plus loin. J'essayais aussi de cartographier le pays, tout en sachant qu'une vie entière ne suffirait pas à tracer le dédale des galeries et de leurs ramifications tentaculaires. Mes réserves diminuaient et la marchandise était loin de valoir le déplacement.

Zi Hou arriva une nuit tout excité.

— Tête d'or, dit-il, je crois que j'ai trouvé !

— Il reste des brioches tièdes fourrées au foie de canard…

— Tu ne vas pas me croire, raconta Zi Hou en se précipitant sur ses victimes qu'il engloutit une à une en se léchant les doigts, mais j'ai…

— Mange doucement, Zi Hou, je ne comprends rien à ce que tu dis !

— … rencontré la personne qu'il nous faut. Regarde ça !

Il sortit une pierre de sa poche. Je la pris entre le pouce et l'index. Cette pépite d'une blancheur d'albâtre, presque translucide, brillait dans sa gangue de minerai noir comme la lune sortant d'un nuage.

— Où as-tu trouvé cette merveille ?

— Ce n'est pas moi qui l'ai trouvée. Puis-je me permettre de te présenter une personne ?

J'écartai les mains en guise de réponse. Zi Hou se releva pour aller ouvrir la porte. Entra une silhouette gracile que je pris pour un enfant.

— Voici Yué.

C'était en fait une jeune fille vêtue de haillons. Je cachai difficilement mon irritation. Les castes sont si violemment déterminées chez les Troglodytes qu'on ne peut laisser entrer une personne en guenilles dans une auberge, surtout une auberge réservée aux étrangers, sans risquer de s'attirer les foudres d'un magistrat.

La jeune fille s'avança et s'assit sur les talons, mains posées sur les genoux. Elle demeura ainsi, immobile, un long moment. Elle avait l'air d'une statue et son regard se posait trop loin derrière moi. Des yeux gris, liquides, sans éclat.

— Yué est aveugle, continua Zi Hou. C'est la petite-fille de Yué-Shi, la plus grande éveilleuse de pierres de lune.

— Éveilleuse ? Zi Hou, qu'est-ce que c'est que ça ? Tu te moques de moi ?

— Les plus belles pierres ne se découvrent qu'au son qu'elles renvoient dans la profondeur des cavernes, dit la femme d'une drôle de voix. Certes, leur brillance peut les faire découvrir lors des nuits de pleine lune, mais pour peu qu'elles soient trop enfouies dans la roche, il n'y a qu'en les appelant qu'elles consentent à se découvrir.

— Yué connaît les chants, ajouta Zi Hou, et sa voix est sans égale.

— Pourquoi est-elle en haillons, alors, si son talent est si grand ?

— Je suis de haute lignée, s'indigna Yué. Ma famille est une des plus anciennes familles d'éveilleuses de pierres de ce pays. Ma grand-mère Yué-Shi accompagnait les Grands Rites de son chant.

— Cela ne se voit pas trop aux vêtements que tu portes, dis-je d'une voix radoucie.

— C'est parce que je suis une sans-liens.

— Je ne comprends pas bien : tu es d'une grande famille ou tu es une sans-liens ? On ne peut être l'un et l'autre à la fois ! Les sans-liens sont la dernière des castes, d'après ce qu'on m'a dit. La plus misérable et la plus méprisée…

Yué poursuivit de sa voix égale.

— Une nuit que ma grand-mère Yué-Shi chantait pour réveiller les pierres au moment des Grands Rites, un tremblement de terre a détruit le temple où elle officiait, et une grande partie de la vallée où il se trouvait. Tous les prêtres de ce temple sont morts ensevelis. Ma grand-mère Yué-Shi a survécu au désastre. C'est ce qu'on ne lui a pas pardonné. Nos biens ont été saisis, ma grand-mère déchue et interdite de chant. Notre famille a été dégradée, réduite à la condition de « sans-liens ».

— Mais Yué-Shi a transmis son savoir à Yué, continua Zi Hou. Elle peut nous conduire, elle connaît les entrailles les plus secrètes des falaises…

J'avais du mal à dissimuler mon impatience. Les renseignements de Zi Hou étaient toujours surprenants et difficiles à utiliser. Je devais tenir compte de son goût prononcé pour les contes à dormir debout et les histoires les moins vraisemblables. Il venait peut-être de m'en servir une nouvelle…

— Pourquoi nous aiderait-elle ? Si elle connaît si bien les pierres, elle pourrait monnayer très cher ce savoir auprès de n'importe qui, ici !

Yué me tendit la paume de sa main ouverte, sans explication. Je finis par comprendre qu'elle souhaitait tenir la pierre de lune. Je la déposai avec un soupir d'exaspération.

Elle commença de chanter. Je m'assis sur un coffre. Malgré moi, son chant m'emporta dans une rêverie si profonde que j'en perdis la notion du temps. Il courait sur ma peau comme une ondée, coulait de mes paupières comme de l'eau lustrale… Peut-on acheter la nuit ? les étoiles ? un instant de grâce ? La main de Yué s'était refermée sur la lueur palpitante de la pierre depuis un bon moment lorsque je pris conscience du silence qui nous entourait.

— Alors, murmura Zi Hou, qu'en dis-tu ?

Je ne répondis pas. Je m'approchai de Yué.

— Qu'attends-tu exactement de moi ?

— Que tu m'aides à partir. Juste ça : partir d'ici. Je suis une aveugle et une sans-liens.

— Nous t'emmènerons avec nous.

Elle hésita, fit un pas vers moi.

— Zi Hou m'a dit que tu as des cheveux d'or. Je peux les toucher ?

Je me penchai. Elle glissa les doigts dans mes cheveux.

— Tête d'or, murmura-t-elle. Que cherches-tu, au juste, si loin des tiens ?

— Une montagne bleue.

Un voile de tristesse assombrit les traits de son visage.

— Je la vois cette montagne. Tu ne l'atteindras pas.

— Qui sait ? (Là-bas, sur la digue, perdus sous la pluie, un paysan et son chien jaune me regardaient...)

— Et ces pierres de lune, continua-t-elle, pourquoi sont-elles sur ton chemin ?

— Je n'ai pas trouvé d'autre route pour remonter le parcours accompli par une étoffe...

— L'Imprononçable... souffla-t-elle. Ça te ressemble, Tête d'or, de courir après l'impossible. Je vais t'aider. Tu m'aideras, toi ?

— Je t'aiderai.

— La prochaine nuit. Au carrefour du Saule Éveillé. Zi Hou te conduira.

— Bien !

Elle soupira.

— Tu n'as pas peur ?

— Peur de quoi ?

— Je m'en doutais... Quelque chose te manque, Tête d'or... et ce n'est pas ce que tu crois...

— Qu'est-ce que c'est ?

— Tu ignores les forces qui vivent sous nos pieds. Tu n'as jamais senti la terre trembler...

Le Saule Éveillé marquait le départ de trois pistes sablonneuses tout au fond d'un canyon éloigné. Yué nous y attendait. Elle suivit celle qui longeait la falaise. Des ruines de façades écroulées luisaient sous la lune, et témoignaient de la violence du tremblement de terre qui avait sévi à cet endroit. Yué se glissa sous une porte sculptée dans la roche. Un escalier, juste derrière, plongeait dans le noir. Il nous conduisit à une grande salle décorée. Je sortis mes sélénites pour éclairer les lieux. Zi Hou fit la grimace : les murs étaient peints de centaines de démons aux paupières refermées. Yué se dirigea vers le fond, descendit une nouvelle volée de marches, emprunta une galerie, tourna dans une autre et s'engagea dans un boyau si étroit qu'on ne pouvait s'y couler que de profil, en rampant tout debout. Le couloir s'élargit sur une forêt de colonnes aux formes bizarres qui se perdaient dans une immense cave constellée d'éclats blanchâtres. J'entendis la voix de Yué amplifiée par l'écho. La jeune aveugle se déplaçait en chantant. Le scintillement de la voûte suivait les variations de sa voix et de nouveaux éclats apparaissaient chaque fois que son chant montait en puissance, au point qu'une clarté pâle se mit à trembler aux confins de cette caverne. Je m'approchai d'une paroi noire et striée. Elle était incrustée de pépites de sélénite. Il suffisait de quelques coups de maillet bien placés pour les dégager. En quelques heures, avec Zi Hou, j'en récoltai deux pleines poignées, d'une clarté incomparable...

— Es-tu satisfait ? me demanda Yué.

Elle avait l'air épuisée. Je m'accroupis à ses côtés.

— Tu pourrais être riche, Yué. Ces pierres coûtent une fortune sur le marché.

— Le jour va se lever. Nous sommes juste à l'aplomb du temple détruit par le tremblement de terre. Il faut repartir.

Elle se leva d'un coup. Les pierres s'éteignaient peu à peu, mais c'était peut-être simplement la nuit qui finissait.

Je me tournai vers Zi Hou.

— On continue ? Elles sont à fleur de roche, faciles à extraire...

— Tu n'en prendras pas davantage, Tête d'or, me dit Yué. J'ai déjà été trop loin en vous amenant ici. Ce lieu est sacré, il est protégé par les démons aux yeux peints. C'est ici que naissent les pierres de lune qui voyagent sous forme de graines dans les plis de la terre. Ma grand-mère appelait cet endroit la Source. Je n'y suis venu que pour t'aider, Tête d'or. Il faut repartir, maintenant.

— Ça vaudrait la peine de prendre le risque, il me semble. Il y en a des milliers !

Zi Hou fit non de la tête. Je ne l'avais jamais vu aussi peu bavard. Je sentis une vibration bizarre sous la plante des pieds, un grondement remontant du sol, semblable au feulement d'un tigre...

— Tu en as pris suffisamment, Tête d'or. On ne reviendra pas. Les démons se mettraient en colère...

Yué tourna les talons. Tout le temps de notre remontée, ce souffle animal nous accompagna, et c'était comme de passer dans un grand corps vibrant de colère. La salle des démons résonnait à la manière d'une peau de tambour. Malgré leurs paupières refermées, je sentis des centaines de regards braqués dans mon dos. Yué accéléra le pas. En franchissant la porte, la fraîcheur de l'aube emplit d'un coup mes poumons. Le jour pointait au-dessus de la falaise. J'étais ruisselant de sueur.

Nous retournâmes à l'auberge. J'étalai notre butin sur un plateau et me mis à examiner les pièces une à une.

— Elles sont de la plus belle eau, Yué. Régulières, sans impuretés. Même éteintes, il émane de leur cœur transparent cette lumière pâle que le jour ne parvient pas à étouffer…

— Je te l'ai dit, c'est là que naissent les pierres de lune. La terre les emporte à travers ses failles, dans ses lents mouvements de respiration. Certaines croissent à l'endroit où s'arrête leur migration, c'est pourquoi on peut en trouver ailleurs, mais alors elles perdent un peu de leur luminosité native…

Je chargeai Zi Hou de lui trouver des habits de garçon.

Je retournai quelques jours acheter des pierres au marché pour ne pas éveiller les soupçons. Lorsque tout fut prêt, nous passâmes la frontière dans l'autre sens, les pierres de contrebande réparties dans les doublures de nos vêtements. Notre route jusqu'à Xinang se passa sans autre incident que les habituels accès de gourmandise de Zi Hou.

Bayeri et Mei m'accueillirent sur le seuil. J'avais toujours plaisir, de retour de voyage, à retrouver leur belle énergie souriante. Les odeurs du fondouk, les cris des bateliers dans les vapeurs du fleuve, les flaques de lumière sur les murs près du débarcadère, le choc des ballots qu'on décharge, le trot des commis dans les corridors, et toute la vie que cela engendrait, jusqu'au peuple minuscule des souris ramassant les miettes pour son propre compte, tout cela me ravissait. C'est une politesse, chez les Berdoanes, de ne pas demander trop vite des nouvelles des affaires aux voyageurs, et c'en est une autre, de la part de ces derniers, de trouver le moment favorable pour y venir. J'attendis la nuit pour déposer les pierres de lune, en présence de Zi Hou et Yué, sur le bureau de Bayeri. J'en fis deux parts et je repoussai la première moitié vers Yué.

— Cette part te revient, Yué. Sans toi, nous n'aurions rapporté rien d'autre que de médiocres pierres.

Je fis quatre parts égales du second tas.

— Cette part te revient, Bayeri. Elle est suffisante pour rembourser les frais du voyage que tu m'as avancés et récompenser tes commis et toute leur famille. La deuxième représente ton bénéfice. Les deux parts restantes sont, si tu en es d'accord, pour Zi Hou et pour moi.

Même ainsi, le bénéfice était énorme pour chacun d'entre nous, mais Yué refusa :

— Nous ne touchons pas aux pierres dans ma famille.

Je fis glisser sa part vers Bayeri :

— Je sais que je peux compter sur toi pour veiller sur Yué. Elle est aveugle, et elle ne connaît personne dans cette ville.

Il refusa.

— Yué est ici chez elle pour tout le temps qu'il lui plaira. Tu m'offenses en pensant que j'ai besoin d'être payé pour ça, Tête d'or. C'est toi qui es à l'origine de ce voyage, alors prends ces pierres avec toi !

— Ne t'offense pas. Je te demande juste de les garder pour pourvoir aux besoins de Yué. Elle n'en veut pas, mais rien ne t'empêche de les dépenser pour son bien, car elle mérite une vie digne de son rang… Et toi, Zi Hou, te voilà riche. As-tu des projets ?

Je vis Zi Hou rougir pour la première fois. La veille, il avait fait sa déclaration à la belle Hua, qui s'était empressée d'accepter.

— Hum… Zi Hou, que dirais-tu de nous inviter au restaurant, pour fêter ça ?

Et c'est là, à l'auberge du Héron magnanime, en dégustant les fameuses fleurs de courgette en beignets de la mère Lin, que je fis part à Bayeri de mon projet d'aller à la capitale pour retrouver la trace de la toile à nuage.

J'arrivai donc à Xian Jin, quelques mois plus tard, en plein hiver, alors que la ville était ensevelie sous la neige et calfeutrée contre le vent du nord. En tant que marchand étranger, je devais résider dans un quartier réservé. Pas la meilleure saison pour faire des rencontres : les affaires étaient au plus bas, les routes impraticables. Je profitai de l'inaction forcée pour prendre des cours d'écriture chez un lettré en mal d'argent. Je devais fournir l'encre, le papier, la nourriture, le thé et le bois de chauffage, mais j'avais largement de quoi payer ce brave homme tout en courbettes qui s'honorait chaque matin d'être dix mille fois honoré d'avoir l'honneur de mon honorable visite dans sa misérable demeure. Je traçais des calligraphies dont il louait avec une conviction respectueuse l'élégance. Ce n'étaient, la plupart du temps, que de gros pâtés d'encre qui peinaient à prendre leur envol. Je m'entraînai donc un peu à l'écriture et beaucoup à la patience, assez pour attendre le marché de nuit de la cinquième lune, où se donnent rendez-vous tous les courtiers en pierres. Je payai un entremetteur pour avoir le droit de m'y présenter.

Il faut, pour s'en faire une idée, se figurer une centaine de pavillons de toile, rigoureusement identiques et alignés en quatre rangs sur la place de la Porte nord de l'enceinte de la cité furtive. Sous chaque auvent, un étal couvert d'une soie noire et, sur ce tapis de table, trois pierres qui attendent le lever de lune. Les portes du palais s'ouvrent. Les mandarins de la nuit en sortent. Accompagnés d'une suite de gardes, de scribes et de trésoriers, ils visitent toutes les tables, s'arrêtent ou passent à la suivante. Ils voient très vite si la marchandise leur convient, repoussent avec dédain les pierres entachées de la moindre impureté. Il y a toutes sortes de sélénites, mais celles qu'on utilise pour l'encre furtive doivent offrir une iridescence particulière, d'une blancheur un peu froide. On ne négocie pas les prix. Lorsqu'un mandarin de la nuit est intéressé par une pierre, il fixe lui-même la somme pour l'acquérir et se tourne vers un des fonctionnaires qui le suivent, et qui la débourse aussitôt. Content ou pas content, le vendeur doit remercier en se courbant jusqu'au sol. L'Empereur de Jade, par définition, est toujours généreux.

Toutes les pierres que je présentais se trouvaient choisies. Mais à la troisième nuit, les mandarins s'attardèrent davantage. Ils m'ordonnèrent de les suivre, ce que je fis sans poser de questions, parce que leurs gardes portaient des massues d'un poids suffisant pour servir de réponse. Pour la deuxième fois dans ma vie, j'entendis le fracas de portes de bronze se refermant dans mon dos. Je n'aimais pas trop ce bruit. Il avait tendance à se propager dans les os de mes mâchoires en résonnant comme un gong…

On me conduisit dans une aile du palais où tout était feutré, les tapis, les déplacements, les conversations. Je fus reçu par un vieux mandarin, maigre, longiligne, la face luisante comme un bouton d'ivoire. Il m'aborda de cette façon :

— Bonne nuit, Tête d'or. Comment va mon frère Dong ?

— Dong ?

Il me fallut un temps pour reconnaître à ce personnage une ressemblance avec le beau-père de Bayeri, le vieil homme qui m'avait enseigné les rudiments du boulier. J'ignorais d'ailleurs qu'il avait un frère à la cour. Cependant, sous la peau du front très fine de mon interlocuteur, ornée d'un réseau de rides qui dessinait des vagues au premier haussement de sourcil, c'était presque le même regard malicieux qui m'observait.

— Les pierres que tu vends sont d'une pureté exceptionnelle. Leur grain est d'une finesse idéale. Il serait impoli de te demander où tu te les es procurées ?

— J'ai malheureusement fait le serment de ne jamais le révéler.

— Nous appelons cette famille de pierres « perles de la fin du jour ». Elles peuvent soigner, aussi. Mais naturellement, tu connais leur usage...

— L'encre furtive.

Il joignit les mains derrière son dos, se détourna pour changer de conversation.

— On m'a dit que tu aimais dessiner les cartes, Tête d'or ? Te plairait-il de voir celles que nous faisons ici ?

J'acquiesçai brièvement. Il s'inclina.

— Mon nom est Liang Feng. Mon frère Dong m'a vanté tes qualités de cartographe...

— Dong vous a parlé de moi ?

— Il n'est pas interdit d'écrire à la cour...

Liang Feng me conduisit dans une autre aile du palais. Il poussa la porte de ce qui m'apparut comme une grande salle de bibliothèque plongée dans une obscurité bleuâtre.

— Voici le pavillon des Chouettes Avisées. C'est là que nous gardons tous les rouleaux des itinéraires, me dit-il. Fais ton choix.

Je vérifiai qu'il ne se moquait pas de moi. Je m'approchai d'une étagère, attrapai un étui de cuir, en sortis le rouleau pour le déployer sur une table. Il faisait sombre, mais, avec un peu d'accoutumance, tous les tracés se révélèrent à la lumière de la lune qui entrait par la fenêtre. Forêts, rivières, routes et villages, j'avais l'étrange sensation de survoler un paysage avec des yeux d'oiseau de nuit.

— Tête d'or, dit Liang Feng en s'asseyant dans un grand bruit de soie, je suis tes allées et venues depuis un bon moment. Ici, rien ne nous échappe… nous sommes les yeux et les oreilles de l'Empereur de Jade. Je sais même pourquoi tu es venu jusqu'ici…

— Qui vous l'a dit ?

— Peu importe. Disons que ton parcours est un peu trop lisible. C'est pour ça qu'il nous intéresse… Il arrive, bien souvent, que le chasseur devienne la proie… En l'occurrence, nous cherchons la même chose, l'Imprononçable…

— Je ne comprends pas. Cette étoffe interdite, vous êtes les seuls à pouvoir vous en procurer. Et, ces cartes en témoignent, vous êtes également les seuls à en connaître le chemin…

— Mon cher Tête d'or, nous ne connaissons que la dernière partie de ce chemin. Celle qui mène de la côte au palais. Pour le reste, nous dépendons des aléas de la navigation. Or, le pouvoir de L'Empereur de Jade s'arrête à la mer. Ce n'est pas son royaume. Les vaisseaux noirs qui apportent l'Imprononçable ne nous appartiennent pas, ils sont commandés par des hommes du Sud, nous ignorons leur provenance, et depuis quelque temps ils se font rares. Nous sommes simplement prévenus quelques nuits à l'avance de leur arrivée. Nous savons que tu ne crains pas les cieux inconnus…

— Moi, je ne sais rien sur vous.

— Ne t'inquiète pas. Tu auras tout le temps de nous connaître.

Il se leva pour signifier la fin de la conversation et m'invita à le suivre. Je laissai à contrecœur la bibliothèque derrière moi. Ma chambre était dressée, il me conseilla de m'y reposer jusqu'au lendemain. Au matin, lorsque je voulus sortir du palais, je trouvai partout porte close et j'essuyai le même refus poli quand je demandai à voir Liang Feng. On me servit les repas dans une cour en me laissant seul devant mon plateau. La journée s'étira ainsi, à tourner et retourner des questions sans réponses dans le petit périmètre laissé à ma disposition. Après l'extinction des lanternes, je fus conduit à ma chambre, passablement épuisé.

On cogna à la porte au moment précis où je m'endormais.

— Bonne nuit, Tête d'or.

Je me levai et, d'un bond, me jetai sur Liang Feng, qui attendait sur le seuil. Seulement il s'était effacé, j'étais passé au travers. D'une pression de la main, il me tenait le poignet tordu et le coude au-dessus de l'épaule, tout en m'obligeant à regarder vers le sol.

— Je disais donc : bonne nuit, Tête d'or.

Il me relâcha. Je massai mon poignet endolori. Lui n'avait pas bronché.

— Toujours aussi impétueux. Ne te fais pas d'illusions, si tu n'as rien de cassé c'est que je l'ai bien voulu. Une prochaine fois, si tu insistes, je serai obligé d'oublier ma politesse. Je préfère cependant te laisser le choix. C'est comme pour ta quête : soit tu sors du palais pour y renoncer définitivement, soit tu t'engages à nous rejoindre, tout aussi définitivement...

— Si c'est pour finir comme la garde furtive, et disparaître en remerciement de mes services...

— Je te croyais plus malin. Pourquoi devrions-nous nous séparer de ces hommes que nous mettons si longtemps à former ? Les enfants enlevés, soi-disant pour la relève, finissent dans les garnisons des frontières où l'Empereur a toujours besoin de soldats. La garde furtive est simplement tenue au secret. Tu as probablement rencontré quelques-uns de ses membres sans t'en rendre compte.

— Je vois…

— Maintenant, j'en ai trop dit. Cela réduit ton choix. Si tu refuses et que tu passes dans l'autre sens les portes du palais, tu ne vivras que quelques heures, tout au plus…

— Et si j'accepte, bien sûr, tu me feras rencontrer l'Empereur de Jade ?

Liang Feng éclata de rire.

— Même moi, je ne connais pas sa face ! Nous ne sommes rien devant lui. Des serviteurs de l'ombre, c'est tout. Il ne s'intéresse pas à notre existence.

Tout en parlant, nous nous étions approchés du pavillon des cartes. Liang Feng claqua dans ses mains, les portes s'ouvrirent. La bibliothèque était méconnaissable. Une dizaine de cartographes y travaillaient sur de grands rouleaux, à la lumière des pierres de lune. Liang Feng me les présenta les uns après les autres. Les cartes déroulées ne se contentaient pas d'indiquer les parcours de la garde furtive, et nombre d'entre elles s'aventuraient au-delà des frontières du pays de Jade. En fait, en regardant mieux, je vis que tout mon parcours depuis Bassalda y figurait, avec, cependant, un nombre appréciable d'erreurs et d'approximations. Liang Feng s'amusa de ma perplexité.

— Surtout, Tête d'or, n'hésite pas à nous corriger. D'après mon frère Dong, tu n'oublies jamais rien de ce que tu as vu. Il dit que tu es un véritable palais de mémoire.

— Une nuit entière n'y suffirait pas…

— Mais nous avons tout notre temps. Les gens que tu vois ici sont à tes ordres. Ne te méprends pas sur ton importance, cette salle n'est qu'une petite partie du pavillon des Chouettes Avisées…

— Vous n'avez pas de cartes établies à la lumière du jour ?

— Bien sûr que si, mais elles ne me concernent pas. Toi non plus d'ailleurs… Je vais te laisser, maintenant, tu as du travail…

Il se retira. Les cartographes s'alignèrent pour s'incliner. C'était un peu juste comme explication. Je bousculai le troupeau pour rattraper Liang Feng, mais il avait passé la porte qui se referma devant mon nez. La colère m'emporta, j'envoyai promener toutes ces faces de hiboux et, à grands gestes rageurs, je débarrassai la table de son contenu si précieux. En vain. Ils restèrent imperturbables devant la jonchée de papiers froissés, sans faire un geste pour les ramasser ni dire un mot pour me ramener à la raison. J'allai m'asseoir contre le mur, en luttant pour ne pas m'endormir. Au matin, les verrous cliquetèrent, les portes s'ouvrirent, et je me retrouvai dans la même situation que la veille : personne à qui parler, les repas servis au fond du jardin, la nuit qui tombe, les coups frappés à ma porte. Sauf que l'homme qui vint me chercher cette fois-ci n'était pas Liang Feng mais son second, un des cartographes, un certain Tsao Tsi. Au contraire du longiligne Liang Feng, Tsao Tsi était doté d'un embonpoint qui lui donnait l'air débonnaire, et son phrasé avait quelque chose d'onctueux. Néanmoins, je le suivis de mauvais gré. La bibliothèque était en ordre, les cartes de la veille rangées, les cartographes alignés pour la courbette.

Autant jouer le jeu, alors. Sur une grande table s'étendait la carte du pays du Levant, autrement dit celle de mon point de départ…

Tsao Tsi fit un mouvement de tête dans ma direction, en signe d'encouragement.

Je m'installai à la place qu'il m'indiquait. Un compas, des règles, des pinceaux et des encres vinrent m'y rejoindre avec diligence. Je demandai un autre papier. Je commençai à y inscrire mes remarques. Rien que pour la région de Bassalda, il y avait tant d'erreurs qu'il me faudrait des dizaines d'heures pour venir à bout des points litigieux de la carte. Au milieu de la nuit, on nous servit un thé amer pour nous tenir éveillés. Au matin, je ne pensai plus qu'à dormir, j'avais passé deux jours et presque deux nuits sans sommeil.

Je me réveillai vers midi, je pris mes repas dans la cour malgré la neige qui tombait. Le soir, j'étais fin prêt lorsque Tsao Tsi vint toquer à la porte de ma chambre. J'avançai mon travail de la nuit précédente. Puis je fis la même chose la nuit suivante, et les autres nuits : j'avais compris que c'était tout mon voyage qu'il me faudrait passer en revue. Les cartographes étaient très habiles. Certains modifiaient le tracé des cours d'eau, d'autres les reliefs, d'autres s'attachaient à la représentation des villes et des ponts, des citadelles ou des châteaux. Une partie d'entre eux établissaient également une carte du ciel, je veux dire tel qu'il se montrait au moment de mon parcours, et j'admirais ces savants capables de dessiner les étoiles vues de tel endroit, telle nuit de mai ou de juin, en remontant le temps. Progressivement, j'en vins à m'approcher de Karagül, au pied des Montagnes blanches, puis je m'attaquai à ces dernières. Ce voyage de papier dans les brumes de la mémoire était presque aussi épuisant que le voyage réel qui m'avait conduit jusqu'à Xinang. Tout ce que je disais était vérifié, recoupé, confronté aux documents plus anciens conservés dans la bibliothèque. Je m'écroulais souvent avant l'aube, assommé de fatigue. Je devins si faible que je crus être frappé d'une attaque du mal des Pierreux, cette maladie qui peut se réveiller des mois ou des années après, en infligeant à ceux qui la subissent des périodes de torpeur et d'hébétement pendant tout le reste de leur vie.

C'est à peu près à ce moment que Liang Feng réapparut. Il m'invita à partager son dîner avec Tsao Tsi.

— On ne m'avait pas menti sur ton talent, Tête d'or. Tsao Tsi en doute encore, mais je pense personnellement que tu es doué pour les cartes. Cependant, il te manque encore beaucoup pour appartenir à notre monde de la nuit... Un peu de finesse, sans vouloir t'offenser. (Tsao Tsi approuva vigoureusement.) De clairvoyance, si tu veux bien accepter cette légère contradiction avec nos habitudes nocturnes. De résistance à la fatigue, ce n'est que trop évident. Tu ne crois pas ?

Je levai une main évasive.

— Et de consentement, ça va de soi... ajouta Tsao Tsi en attrapant de ses baguettes expertes une raviole farcie.

— Consentement ?

— Il y a des moments dans la vie où il faut laisser le monde venir en soi, continua Liang Feng. Imagine une mare dans une forêt d'arbres tordus au milieu de la nuit. L'eau de cette mare est froide, noire, immobile. Les roseaux te griffent. Les racines des arbres qui serpentent dans la vase attendent ton premier faux pas pour te tordre la cheville. Peu de gens oseraient y aventurer un pied sans frémir. Nous, nous te demandons d'avancer tout droit, de marcher dans la vase, de t'immerger entièrement, de laisser cette eau froide et noire te recouvrir sans un frisson, d'y trouver tout au fond cette lumière qui nous guide et de la suivre jusqu'au bout sans trembler…

— En échange de quoi ?

— Tu vois, tu n'en es pas encore au consentement… regretta Tsao Tsi en mâchant avec conviction une nouvelle portion.

— Qui te dit que je ne consens pas ?

— C'est le problème avec toi, Tête d'or, reprit Liang Feng. Il n'y a rien à échanger. Rien de rien. Ce n'est pas ça, le consentement. Tu penses trop à nous fausser compagnie, à jouer ton propre jeu. Ce sont tes réticences, tes doutes, tes calculs qui entraînent cette lourde fatigue qui plombe ton regard, et non le manque de sommeil, comme tu le crois. Tu es prévisible. Tu ne sais pas dissimuler.

— C'est ce que j'apprendrais en appartenant à la garde furtive ?

— Nullement. La garde furtive n'a rien à dissimuler. Les gens nous craignent. La peur que nous leur inspirons suffit à nous rendre invisibles. Mais entre nous, malgré la nuit, malgré l'Imprononçable, tout est évident, transparent…

Il posa les baguettes dans son bol vide, s'essuya la bouche.

— Il est sans doute trop tôt, d'ailleurs, pour que tu appartiennes à la garde furtive, mais il ne serait pas inutile que tu en prennes un peu connaissance… Tsao Tsi, accepterais-tu de nous laisser ?

Au lieu de m'accompagner à la bibliothèque où se rendait Tsao Tsi, Liang Feng me conduisit dans une grande cour carrée entourée de colonnades. Comme il n'y avait aucune lanterne pour l'éclairer, les extrémités se perdaient dans l'obscurité. Des ombres se mouvaient lentement. Elles glissaient, rampaient, tournaient sur elles-mêmes dans une chorégraphie de mouvements incompréhensibles. Deux de ces fantômes me frôlèrent, et j'entendis le soupir d'une respiration légère. Liang Feng s'assit sur un banc en m'invitant à le rejoindre. Il me sembla que les gestes autour de nous s'accéléraient. Une des ombres poussa soudain un cri rauque, s'éleva dans les airs en tourbillonnant et frappa celle qui lui faisait face. Des enchaînements de cris et de coups résonnèrent alors aux quatre coins de la cour : les ombres se battaient. Sifflements, chuintements, fouets et froissements. Chocs sourds et mats, halètements rauques. Galops étouffés, déchirements d'étoffes, glapissements. Un hululement de hibou mit fin à cette bataille de chats. Les ombres s'alignèrent, reprirent leur souffle. Dansèrent à nouveau au ralenti, spectrales, légères. Sur le sable, elles semblaient nager dans un courant diaphane, repousser l'air de leurs paumes ouvertes puis agripper les mailles d'un invisible filet. Un nouvel appel, et les voilà qui se jettent à nouveau les unes sur les autres, se ramassent, bondissent dans un déferlement de membres cinglants. Certaines s'étaient emparées de bâtons animés d'une vie propre, tournant si vite qu'on croyait voir des roues voltiger avant de se heurter avec un claquement sec. Lorsque la joute prit fin, les souffles se firent bruyants, profonds. Les ombres se rangèrent. Elles disparurent, sauf une, qui s'approcha. Elle s'inclina respectueusement devant Liang Feng, mais avec un zeste d'ironie devant moi.

— Zi Hou !

De surprise, je me levai d'un coup. Il en profita pour me rejoindre et me donner l'accolade, sous l'œil amusé de Liang Feng.

— Zi Hou t'enseignera deux ou trois choses utiles, m'indiqua ce dernier en tournant les talons. Je te laisse en sa compagnie.

Zi Hou m'entraîna vers le fond de la cour.

— C'est donc toi qui me surveillais ! sifflai-je entre les dents. Tu m'as trahi !

— Nous appartenons tous à l'Empereur, Tête d'or ! Je ne suis pas un espion.

— Mais notre périple au pays des Troglodytes ? La recherche des pierres de lune ? Alors tout était faux ? Tu m'as trompé depuis le début ?

— Personne ne t'a trompé, Tête d'or. Les mandarins ont beaucoup de respect pour toi. Ils apprécient tes qualités et ton courage, et moi, je suis fier de t'avoir servi.

Comme je restai planté pendant qu'il continuait sur sa lancée, il revint sur ses pas et m'attrapa le bras.

— Allons manger un morceau, Tête d'or, enchaîna Zi Hou, j'ai faim !

Je le suivis dans une salle où deux grandes tables, cette fois vivement éclairées par des lampions, étaient dressées pour le repas de ses condisciples. Zi Hou me présenta rapidement et s'empara de deux copieux bols de riz. Je le bombardai de questions auxquelles il répondait en m'indiquant du bout des baguettes ma portion qui refroidissait, tout en engouffrant d'énormes bouchées, sans montrer la moindre culpabilité.

— Il faudra t'entraîner durement, Tête d'or. Nous n'avons pas beaucoup de temps. Je passerai te prendre tous les matins à la bibliothèque…

J'essayai bien d'en savoir un peu plus, mais on venait déjà me chercher. Je n'avais pas touché à mon repas.

Malgré tout, ces retrouvailles avec Zi Hou me firent le plus grand bien. Je savais qu'il n'avait pas le choix, et d'ailleurs, son énergie et sa bonne humeur l'emportaient de beaucoup sur mon ressentiment. Désormais je ne disposais plus que de cinq heures de sommeil par jour, et pourtant ma fatigue s'éloignait. La nuit je cartographiais, le matin Zi Hou m'initiait à l'art du bâton… J'y pris goût, bizarrement. Zi Hou avait une façon assez joyeuse de l'enseigner. Chaque fois que je mordais la poussière, il me gratifiait d'un nom d'oiseau, en général pas le plus malin, et ça suffisait à me mettre assez en colère pour rebondir sur mes pieds. Son enseignement s'accompagnait d'un nombre considérable de bosses généreusement distribuées : tantôt sur le crâne, tantôt sur les tibias ou les avant-bras, beaucoup sur les doigts. Lorsque je parvenais, trop rarement à mon goût, à lui rendre la pareille, il s'en montrait surpris et presque peiné, comme devant une impolitesse, et me remettait une bourrade un peu plus vigoureuse. Nous allions manger ensemble avant la sieste de la mi-journée. Le soir, l'entraînement reprenait : courir, sauter, marcher sur une poutre, grimper à la corde, le tout en silence, enfin, avec le moins de bruit possible. J'étais souple comme un chien à trois pattes, mais je finis par apprendre à me déplacer sans faire grincer les lames d'un plancher ou tinter les tuiles d'un toit.

Je faisais un petit somme d'une heure, puis je me rendais à la bibliothèque, impatient de retrouver les cartes. Ma vue nocturne avait progressé, je détectais sans mal les scintillements de l'encre furtive, si discrète dans la pénombre. On me laissait maintenant consulter les itinéraires de la garde furtive, j'appris par cœur l'emplacement des cent huit temples des moines tourbillonnants et toutes les routes et sentiers y conduisant, y compris les divagations des sentes forestières...

On était au début de l'automne lorsque Liang Feng m'annonça que je ferais partie de l'escorte du prochain convoi de la garde furtive.

Nous partîmes de nuit par un tunnel creusé sous la muraille sud du palais. Il débouchait très loin des derniers faubourgs dans un quartier abandonné depuis des décennies, où l'on ne croisait plus que des chats et des chiens errants. Une ruelle qui serpentait entre des jardins en friche et des masures nous conduisit au temple du Vieil Endormi, en lisière de forêt. Les murs de ce temple, élevé sur les ruines d'un cimetière, inspiraient une angoisse difficile à contenir. La cour était envahie de mauvaises herbes, les toits s'effondraient sous la poussée mortelle de figuiers et de plantes grimpantes. L'endroit traînait la réputation d'être plus propice aux assassinats qu'à la prière et d'attirer toutes sortes de fantômes et de revenants. Des chevaux sellés, immobiles sous une nuée de moustiques, nous attendaient, et les hommes chargés de les garder claquaient des dents. Ils nous laissèrent les rênes et se dispersèrent aussitôt.

Une fois en selle, nous nous enfonçâmes dans la forêt. Tsao Tsi m'avait confié la carte. Je devinais parfaitement où nous étions, où nous allions, même dans les ombres griffonnées du sous-bois. Lui connaissait ces chemins par cœur et n'avait nullement besoin de mon avis, mais j'appréciais la faveur qu'il me faisait de guider notre troupe.

Au matin, nous fîmes étape dans un temple appartenant aux moines de la secte des Boules de Feu. Contrairement au précédent, ce temple était vaste et lumineux. Il comprenait plusieurs cours et jardins, et toute la campagne autour bénéficiait de sa prospérité. C'est ici que la garde furtive entreposait les marchandises destinées à être échangées contre l'Imprononçable. Tsao Tsi se fit remettre les clefs de la crypte. Il me demanda de l'accompagner et actionna les serrures d'une lourde porte qui s'ouvrait sur un escalier voûté. Je m'attendais à trouver des lingots de métal précieux, des ruisseaux de perles, des briques de thé rare, des monceaux d'étoffes et de fourrures. La salle était presque vide ! Il n'y avait là, en tout et pour tout, qu'une petite centaine de rouleaux de cuir. Tsao Tsi en prit un et fit sauter le cachet qui le scellait. Il déroula une grande carte que je reconnus sans peine, puisque c'était un fragment du pays de Jade que j'avais moi-même travaillé à mettre en forme. Il s'amusa de ma stupéfaction.

— Ces gens qui nous livrent l'Imprononçable... Ils ne veulent que ça en échange : des cartes !

— Des cartes ? Pour quoi faire ?

— Je n'en sais rien. Ils veulent des cartes. Ils les aiment aussi justes que possible, et de toutes sortes. Mais ce qu'ils prisent par-dessus tout, ce sont les cartes personnelles...

— Je ne comprends pas.

— Des itinéraires singuliers. Comme le tien, par exemple. Celui-là vaut très cher, crois-moi.

— C'est extravagant !

— Pas tant que ça. Rapportées au temps, à la patience, aux efforts, au savoir-faire que nécessite une seule de ces cartes, peu de richesses pourraient rivaliser. L'encre furtive à elle seule vaut plus de vingt fois son pesant d'or...

— Mais que peuvent-ils bien en faire ?

— Je n'en sais rien et je ne veux pas le savoir. Je t'ai parlé de consentement. Ces cartes sont pour nous le seul moyen de se procurer l'Imprononçable. Il n'y a rien de plus à comprendre, Tête d'or ! – Il soupira vaguement, l'air de suivre une réflexion. – Nous aussi, nous devons consentir. Nous ne pouvons fixer qu'une partie des règles et nous devons aussi obéir à celles qu'on nous impose…

Il me laissa sur ces étranges paroles. Nous repartîmes à la nuit tombée, en redoublant de précautions. Nous faisions route vers le sud-est, à travers une région hérissée de pics où se nichaient d'autres temples pour les étapes. Les oiseleurs lâchaient leurs hiboux. On les voyait décrire de grands cercles, loin au-dessus de nos têtes, avant de disparaître. Quand ils revenaient se poser au bras de leurs maîtres, je les entendais chuchoter d'étranges sons de gorge. Aussitôt, les archers et les étrangleurs de la garde s'écartaient en grand silence.

Un éclaireur nous précédait, au grand trot, pour faire sonner la clochette suspendue au cou de sa monture. Le son joyeux et aigrelet de cette clochette dans les ténèbres de la nuit, c'était le seul bruit que s'autorisait la garde furtive. Il signifiait que la route devait être dégagée, que tous les accès en étaient interdits. Malheur à ceux qui l'entendaient sans avoir le temps de s'écarter. Malheur aux mendiants et aux moines errants. Malheur aux sourds, aux aveugles, aux curieux, aux étourdis, aux entêtés. Malheur au sanglier de rencontre, au cerf orgueilleux, au chien trop confiant, au buffle assoupi. Malheur aux innocents. Tous payaient de leur vie, et sans pousser un cri, l'inconscience d'avoir croisé notre chemin.

Il y avait un peu plus d'une demi-lune que nous étions partis lorsque j'entendis le bruit familier des vagues léchant un rivage. Leur rumeur qui passait à travers les arbres, accompagnée de bouffées d'air marin, me fit un tel coup au cœur que je me retins pour ne pas piquer des deux sur mon cheval : la mer ! De l'air salé dans mes poumons ! Mais la pente devenait trop raide pour rester en selle. Tsao Tsi nous ordonna de mettre pied à terre et de décharger les rouleaux pour les transporter. Tout au bout d'une longue descente, nous arrivâmes sur une plage tout juste assez large pour contenir notre petite troupe. Je connaissais ce lieu. Je le connaissais sur le papier. Les falaises, les rochers aux formes si particulières, tout cela faisait partie du détroit des Perles Noires, une côte rocheuse semée de mille deux cent soixante-treize îles et récifs divers. Je les connaissais. Et même la grotte où Tsao Tsi nous fit entreposer les rouleaux, j'en connaissais l'emplacement, la profondeur et la hauteur. Elle luisait doucement à la lueur de nos pierres de lune, bercée par le bruit du ressac.

Nous fîmes une chaîne pour déposer les rouleaux, un à un, dans des niches creusées en hauteur dans le roc. Tsao Tsi alla planter une grande perche sur le rivage.

Il mit à brûler de l'encens dans un petit brasero de bronze et resta concentré pendant que les braises se consumaient en cendres. Il dispersa les cendres dans les eaux, rangea le brasero dans son coffret et donna le signal du retour. Le temple le plus proche n'était qu'à deux heures de marche. Pendant les trois nuits qui suivirent, les oiseleurs envoyèrent leurs hiboux survoler la plage. La quatrième, ils purent enfin nous annoncer que les voiles noires étaient venues chercher les cartes. Tsao Tsi me désigna, ainsi que Zi Hou, pour l'accompagner à la plage. Nous trouvâmes dans la grotte une toile à nuage sur laquelle était tracé un profil de la côte avec l'indication d'un lieu de rendez-vous.

— Ce n'est pas loin, remarqua Tsao Tsi avec un bref soupir, comme s'il était soulagé. Ils doivent être contents de la livraison.

— Je retourne au temple faire seller les chevaux, dit Zi Hou, j'y serai avant vous.

— Ne prends que les hommes nécessaires, approuva Tsao Tsi. Une dizaine devrait suffire. Nous te rejoindrons en haut de la côte.

Pendant que Zi Hou grimpait à toute vitesse le sentier de la plage, Tsao Tsi s'accorda un moment pour observer les traces sur la plage.

— Nous ne savons pas qui ils sont, Tête d'or. Ni d'où ils viennent. Une partie du pavillon des Chouettes

Avisées pense qu'ils sortent de dessous la mer. Il ne manque pas de livres pour appuyer cette thèse. Une autre, dont je suis, tient qu'ils viennent d'une grande île de l'autre côté du monde. Peu importe. Un message nous parvient pour nous donner approximativement la lune où ils arriveront. Quel que soit l'endroit où nous déposons les cartes, ils les retrouvent, et pourtant, innombrables sont les criques et les bras de mer de cette côte déchirée. Je pense que leur odorat est plus subtil que le nôtre. Un peu d'encens suffit à les guider. Ils nous indiquent le lieu où trouver en retour l'Imprononçable, et ils ne font jamais défaut à leur parole. Nous avons cependant de plus en plus de mal à les satisfaire...

— Ce ne serait pas très difficile de les espionner et de les surprendre...

— Nous ne pouvons pas nous le permettre, Tête d'or. L'imprononçable perd toutes ses vertus si on s'en empare par la force ou par la ruse. D'autres s'y sont essayés avant nous, je ne vais pas te décrire comment ni dans quelles circonstances, mais sache que le pays se souvient encore des calamités qui l'ont frappé : inondations, vents de sable, orages de grêle, feux de forêts, tempêtes de neige, tremblements de terre... En capturant la lumière de l'aube, l'Imprononçable n'attrape pas seulement la couleur du ciel, il s'illumine des rêves nocturnes de L'Empereur de Jade. Les humeurs du Fils du Ciel ne peuvent être corrompues par des procédés indignes… Cependant, Tête d'or, il se trouve que tu n'es pas des nôtres. Nos lois ne font que glisser sur toi. Il se pourrait que tu puisses, toi, l'étranger, en découvrir plus que nous.

— Pourquoi ne pas vous satisfaire de l'échange, alors, puisqu'il a toujours lieu ?

Tsao Tsi toussota.

— C'est très inconfortable pour nous de ne pas savoir quand il aura lieu et d'ignorer la qualité de l'Imprononçable que nous trouverons. Et je te l'ai dit, l'approvisionnement est de plus en plus aléatoire. Nous n'avons que quelques mois dans nos réserves. Personne n'ose imaginer ce qui arriverait si un matin, au réveil, nous ne pouvions tendre l'Imprononçable entre la face du ciel et celle de l'Empereur de Jade.

— Ce n'est pas facile de « consentir », hein, Tsao Tsi ? Toi non plus, tu n'y parviens pas ! C'est pourtant ce que vous me demandez, toi, Liang Feng et tous les mandarins de la nuit : consentir. Mais on éprouve toujours le besoin d'en savoir plus, d'aller à la source… Personne n'aime agir avec une obéissance aveugle…

— Nous allons être en retard !

Il épousseta ses manches et s'engagea dans le sentier.

Tout en haut, Zi Hou attendait avec les chevaux et une dizaine de cavaliers. Il nous mena à un train d'enfer vers le lieu du rendez-vous. La lune était cachée, nos sélénites éclairaient à peine la piste réduite à une vague saignée dans les broussailles. Dans une pagode perchée tout en haut d'un promontoire et qui servait de phare les nuits de tempête, cinq ballots de toile cirée cachetés à la cire jaune nous attendaient. Aussi mystérieux, aussi énigmatiques que je les avais imaginés...

Tsao Tsi les fit ouvrir pour en répartir la charge. Je tressaillis au bruit de la lame déchirant les protections. Chacun contenait trente étoffes, soigneusement enroulées dans plusieurs épaisseurs de drap sombre, liées par un cordon cacheté, lui aussi, de cire jaune. Nous revînmes au temple au point du jour, salués par les trilles et les chants d'oiseaux. J'allais faire ma toilette et manger au réfectoire, puis, après une courte sieste en mi-journée, je répétai mes exercices avec Zi Hou. Pour la première fois, je réussis à le désarmer en envoyant valdinguer son bâton. Il exécuta deux ou trois cabrioles ahurissantes pour fêter l'événement, et, pendant que je riais de ses grimaces, il en profita pour m'assener une pichenette sur le sommet du crâne en retombant sur ses pieds. Juste de quoi m'assommer, si je n'avais esquivé au dernier moment. Il valait mieux toujours un peu se méfier, avec lui.

Tsao Tsi réunit la garde furtive au crépuscule. Cinq chars attelés à des buffles attendaient dans la cour. Cela me semblait disproportionné pour une charge que trois chevaux pouvaient porter aisément.

— Tu prendras la tête de ce convoi, Tête d'or. Zi Hou t'accompagnera avec trente hommes.

Deux convois : j'aurais dû y penser. Celui que j'accompagnerais serait vide, pendant que lui, Tsao Tsi, gagnerait la capitale en équipage plus léger. Quant à la raison pour laquelle il me confiait la conduite de ce convoi fantôme, cela m'échappait...

Avec des chars tirés par des buffles, plus question d'emprunter les sentiers étroits ni les pistes mal tracées. Notre route serait plus longue et plus lente. J'avais les cartes et le choix de l'itinéraire. J'avais tablé sur une dizaine de nuits, mais la pluie s'invita et transforma tout le voyage en pataugeoire dans la boue. Nous arrivâmes sous un mur d'eau au temple du Vieil Endormi, harassés et lessivés par vingt nuits d'averses ininterrompues. La route suivie avait occasionné deux fois plus de victimes qu'à l'aller, dont la plupart n'étaient que de pauvres vagabonds égarés sous les trombes d'eau, et je crus même revoir ce chien jaune qui m'avait regardé alors que je cherchais mon chemin, des années auparavant, sur une digue, au bord de la mer du Nord. Ce chien-là, je ne sais si c'était son double ou une apparition, paya sans doute son tribut comme les autres au passage de la garde furtive. Il disparut à notre passage. Je voyais rarement ces exécutions. Elles se déroulaient dans les fossés, à l'abri des sous-bois, dans les marges fangeuses des chemins détrempés.

Les cinq chars pénétrèrent par la cour Est dans l'enceinte du palais. Une armée de serviteurs déchargea les coffres scellés.

J'allais me nettoyer avant de me présenter à Liang Feng, qui m'attendait à la bibliothèque. Tsao Tsi était arrivé depuis longtemps. Tous deux semblaient très satisfaits.

— C'est parfait, Tête d'or. Nous avons déjà déposé l'Imprononçable au pavillon des Dix Mille Cieux Changeants, et la récolte est un très bon cru.

Il déplia un grand papier sur la table.

— Il te reste à tracer ton itinéraire. Nous sommes particulièrement intéressés par ton voyage de retour.

Je pensai qu'il se moquait de moi. L'itinéraire que nous avions emprunté ne lui était en rien inconnu. Les cartographes firent leur entrée. Entre leurs mains blanches, les outils de mesure et de traçage donnaient l'impression de dresser une table pour un festin, et j'avais la sensation peu agréable d'en être le plat principal. Néanmoins, je me mis au travail, cette nuit-là et les nuits suivantes.

La routine reprit. Je participais maintenant aux activités et aux entraînements de la garde furtive. Zi Hou était reparti pour Xinang. Je l'enviais de revoir Bayeri et toute sa petite famille heureuse. Me manquaient aussi l'activité du fondouk, les cris et les odeurs de la ville, la fraîcheur du fleuve. Mais je ne me sentais pas vraiment prisonnier. J'attendais mon heure, patiemment. Il y eut un voyage en plein cœur de l'été, un autre en automne, où, pour une raison inconnue, nous ne trouvâmes rien au rendez-vous fixé. Liang Feng et Tsao Tsi en conçurent une grande anxiété. Il était arrivé, à de rares occasions, que la marchandise ne soit pas à la hauteur de leurs espérances, mais jamais encore ils n'avaient connu l'affront de ce vide incompréhensible. Ils se rendirent au temple des Douze Perplexités pour en connaître la raison et ne reçurent aucune réponse. J'entamai mon troisième hiver au palais lorsque Tsao Tsi annonça un autre départ. La garde furtive, emmitouflée dans d'épais manteaux d'ouate, fit route une nouvelle fois vers la mer. Il gelait à pierre fendre, et je me fis la réflexion que les marins qui nous livraient l'Imprononçable devaient être de redoutables navigateurs pour affronter les emportements d'un hiver aussi rigoureux. Zi Hou nous rejoignit à mi-parcours. Il me donna à l'étape des nouvelles du fondouk. Il était le père d'un petit garçon depuis peu. Toute la famille m'envoyait son salut. La neige tombait sans cesse, et je pensais à eux, à mon amitié pour Bayeri, à tous ceux que j'avais laissés derrière moi. Tout me manquait, et singulièrement certaine lumière de certains matins d'été, lorsque ma mère découpait de grandes pièces de drap en chantonnant dans la haute maison où j'avais vu le jour.

J'en étais là de mes souvenirs lorsque nous arrivâmes à l'endroit prévu par Tsao Tsi. Nous y laissâmes les cartes, soigneusement enfermées dans des étuis de cuir huilé. Tsao Tsi fit brûler l'encens sous un rocher à l'abri du vent et de la neige. Le temple où nous devions attendre dominait ce promontoire, il appartenait aux moines de la secte des Boules de Neige, réputés pour leur calme et leur endurance.

Tsao Tsi envoya en vain des éclaireurs pendant plusieurs nuits. Les voiles noires n'arrivaient pas. Fait exceptionnel, Liang Feng finit par se déplacer lui-même pour venir aux nouvelles. Le vénérable mandarin de la nuit ne sortait jamais du palais. Il s'entretint longuement avec Tsao Tsi, dans un petit sanctuaire prêté par le supérieur de la secte. Un moine vint me demander de les y rejoindre. Liang Feng arpentait le sol carrelé à grands pas, buste penché en avant et mains nouées dans le dos, tout en donnant libre cours à sa contrariété.

— Ce que nous redoutions est arrivé. C'est la deuxième fois que nous devons envisager de revenir à vide et, cette fois, les voiles noires ne sont même pas venues chercher nos cartes. Les astrologues de la cour ne se trompent jamais. Nous savons toujours à l'avance quand déposer nos rouleaux.

— Il suffirait de placer des guetteurs.

— Nous ne pouvons pas nous le permettre. Il y a des milliers d'îles sur cette côte où des vaisseaux peuvent se cacher, et nous voulons le moins de témoins possible à ces échanges. Peut-être est-il temps pour toi de nous rendre service, Tête d'or. Tu vas rester ici avec Zi Hou et enquêter...

— Une supposition que les astrologues se trompent...

— Comment oses-tu ?

— Une supposition. Qui nous dit que l'Imprononçable n'est pas fabriquée ici, au pays de Jade ? Ce n'est que du tissu, après tout.

Liang Feng se fit menaçant, la manche de sa robe suivit avec un sifflement de soie sa main qui tranchait l'air.

— Je pense que tu ne crois pas toi-même à ce que tu viens de dire. Nous savons que tu cherches cette...

— ... toile à nuage ?

— ... depuis très longtemps. Nos espions te suivent depuis la traversée des Montagnes blanches.

Il appuya son index sur le sachet suspendu à mon cou.

— Comment peux-tu croire que nous t'aurions laissé venir de si loin sans te connaître ? Ne sais-tu pas que tu as bénéficié tout du long de notre protection ? Et pourquoi penserions-nous que tu as fait un si long voyage pour un simple bout de tissu, comme tu le dis ?

Les vénérables avaient tous deux le sourcil en bataille et la mine menaçante.

Je m'inclinai d'un coup.

— Je suis fatigué… Je suis au bout de la terre, loin des miens, et la vie coule entre mes doigts comme le sable…

— C'est toi qui as choisi de venir jusqu'ici, Tête d'or. Il est temps pour toi de rendre ce que nous t'avons donné. Nous comptons sur toi…

La garde furtive retourna à la capitale. Le dos de mes deux maîtres s'éloigna comme un reproche dans les tourbillons de neige.

J'arpentai le rivage avec Zi Hou pendant des jours et des jours. Je visitai tous les temples de la côte. Je ne connaissais pas grand-chose aux choses de la mer. Combien de voiles noires ? Quelle taille ? Des vaisseaux assez grands pour affronter l'immense distance qui nous séparait de l'autre côté du monde avaient besoin de ports en eau profonde, de vivres pour se ravitailler. On devait forcément les voir.

Quand le printemps revint, je louai une petite jonque et son équipage pour sillonner l'archipel et le détroit des Perles Noires. Avec Zi Hou, je m'improvisai acheteur de perles, un bon prétexte pour poser des questions aux gens de mer. Je m'étais déshabitué de vivre au soleil. Sa violente réverbération sur les eaux m'irrita les yeux dans un premier temps et me brûla la peau, mais lorsque mon corps se fut accoutumé aux éblouissements du grand air et tanné à la lumière du large, cette région du monde m'apparut comme un endroit où il était agréable de vivre, un petit paradis.

Zi Hou avait fait venir Hua et Chan, leur bébé. Nous allions d'île en île. Une myriade de petites embarcations croisaient ces eaux poissonneuses et les nouvelles passaient vite d'un bord à l'autre. Or, des voiles noires, il n'en était jamais question, à part celles de pirates qui opéraient en plein jour et sans discrétion. En revanche, nous apprîmes l'existence du *Nadir*, un grand voilier qui revenait chaque année pour s'adonner au commerce des perles. Il naviguait rarement de nuit, ne s'entourait d'aucune précaution pour passer inaperçu, mais il était commandé par une aventurière mystérieuse du nom de Ziyara. Je ne vis pas cette femme, mais je rencontrai à plusieurs occasions des membres de son équipage. Ils lui vouaient une vénération inexplicable. Un jour, donc, je fis part à leur pilote, un certain Mateo, de mon souhait de monter à bord du *Nadir*.

— Nous ne vendons ni n'achetons jamais rien à notre bord. Nous préférons traiter à terre.

— Je m'intéresse à la construction navale et je n'ai encore jamais vu de vaisseau comme le vôtre. Ne serait-il pas possible d'obtenir simplement un entretien avec votre commandant ?

— C'est peu probable. À moins que vous ayez des cartes à lui vendre ?

— Je n'en ai pas maintenant. Mais si vous me donnez un peu de délai, je pourrai vous en procurer aisément...

— Nous verrons à ce moment-là. Si vous voulez bien me permettre, je dois vous laisser...

J'annonçai la nouvelle à Zi Hou.

— Ils cherchent des cartes...

— Parfait, me répondit-il en faisant jouer ses articulations. Et si nous leur rendions une petite visite cette nuit ?

Malheureusement, le *Nadir* leva l'ancre bien avant le coucher du soleil. Nous le retrouvâmes le lendemain, faisant route vers le sud. Notre jonque n'était pas de taille à lui donner la course.

— De toute façon, dis-je, je doute qu'ils aient vraiment un rapport avec les voiles noires. D'abord ils achètent les cartes sans prendre la peine de s'en cacher, ensuite leurs voiles sont blanches. Nous risquons de perdre du temps à les suivre et il reste des dizaines d'îles à visiter...

— Rien ne les empêche de changer de voiles pendant la nuit, Tête d'or. C'est une manœuvre sans grande difficulté pour un équipage entraîné...

— J'y ai pensé aussi. Mais ce vaisseau me semble trop grand pour la discrétion requise. Les mandarins parlent toujours de plusieurs voiles noires, on ne les voit jamais, elles n'apparaissent qu'au dernier moment.

— Ils traitent peut-être avec des intermédiaires. Il leur suffirait de transférer en pleine mer les ballots d'étoffe à bord d'embarcations plus légères, capables d'accoster en eau peu profonde...

Je pris un temps pour y réfléchir.

— Ça se tient, Zi Hou. On ne procède pas autrement dans mon pays pour la contrebande. Dans ce cas, nous devrions nous contenter de les suivre à distance. Si tu as raison, nous verrons bien qui vient à leur rencontre...

Zi Hou, soulagé, se leva en riant.

— Je crois que Hua a préparé des crevettes à la sauce piquante...

Notre jonque marchait bon vent, nous allâmes sur le pont arrière où se trouvait la cuisine. Hua dormait dans un hamac, le bébé dans ses bras. Zi Hou leur fit une caresse, puis il alla s'accroupir près du brasero pour soulever le couvercle de la marmite. Il remplit nos deux bols. Nous restâmes un bon moment à savourer chaque bouchée...

Je ne sais si cette Ziyara avait décidé de nous promener, mais la navigation du *Nadir* était extravagante. Il allait d'un endroit à l'autre sans raison apparente et visitait les ports sans grand souci des affaires. Lorsqu'il se mettait au mouillage, le soir, des feux brillaient sur le rivage. On entendait, portés par le vent du large, des éclats de rire ou le murmure d'une chanson. Rien de tout cela ne cadrait avec les précautions inouïes dont s'entourait l'acheminement des toiles à nuage. Et puis cette Ziyara, bien qu'elle descendît rarement à terre, bénéficiait d'une incroyable réputation dans ces eaux peuplées de légendes. On prétendait qu'elle était sœur des dauphins, qu'un temple lui était dédié dans les cavernes marines de l'île de Xan, où les habitants vouent un culte à cet animal qu'ils révèrent comme une divinité depuis la nuit des temps.

On disait aussi qu'elle était d'une grande beauté.

Juste avant la fête des Dragons Volants qui célèbre le solstice d'été, Hua tomba malade. Zi Hou, inquiet, décida de la raccompagner en terre ferme. Nous convînmes que je l'attendrais dans un village, sur l'île de Vinh Gao, où le *Nadir* faisait fréquemment relâche. Cette île était facile à reconnaître avec son profil en pain de sucre, et elle se voyait d'assez loin. Je louai une cahute dans le village au bord de la plage pour un prix dérisoire. Un drôle de partage des activités y régnait entre les hommes et les femmes. Celles-ci partaient à l'aube sur de petits radeaux qu'elles amarraient, à quelques encablures, au-dessus des bancs d'huîtres. On pouvait entendre depuis la plage les éclaboussures et les exclamations rieuses qu'elles se lançaient pour s'encourager à trouver des perles. Elles plongeaient avec un panier attaché à la ceinture. J'ignore comment elles arrivaient à rester si longtemps sous l'eau sans respirer, je sais simplement qu'elles ondulaient dans leur royaume avec la souplesse et la grâce des sirènes. Elles rapportaient de leurs expéditions un panier plein d'huîtres et elles tenaient à la main des crabes, des poulpes, toutes sortes de créatures marines. Les hommes ne pêchaient pas. Ils nageaient, mais l'eau n'était pas leur domaine. Ils préféraient capturer des poissons volants au filet ou les chasser au tir à l'arc. Les jeunes garçons s'y entraînaient sur les rochers. Ils faisaient tournoyer des os de seiche lestés à un caillou par une cordelette avant de les jeter dans les airs, puis ils s'emparaient de leurs arcs. Des dizaines de losanges blancs décrivaient de longues paraboles dans le bleu du ciel où des dizaines de flèches les rejoignaient en vibrant. Ils retombaient en pluie dans la mer en soulevant des gerbes d'eau, et ça aussi, c'était beau à voir. Je ne me lassais pas de regarder ces gens bouger. Même les vieillards, sur cette île, se déplaçaient avec élégance.

Tout le monde, à Vinh Gao, connaissait le *Nadir*. La femme-dauphin aimait venir plonger ici. Les hommes en étaient tous plus ou moins amoureux. Les pêcheuses de perles l'attendaient avec ferveur. « Ziyara nous porte toujours chance », disaient-elles en riant.

Je me liai d'amitié avec Padang, un jeune homme d'une vingtaine d'années. Il m'apprit à plonger et m'aida aussi à reconnaître les alentours.

— Quand reviendra le *Nadir* ?

— Je ne sais pas, Tête d'or. Il paraît qu'on a revu les voiles noires rôder dans la région. Ziyara passe son temps à les éviter.

— Les voiles noires ?

— Les pirates du détroit des Perles Noires. Leur chef, Dotikay, traque le *Nadir* depuis des années, mais il ne s'aventure pas trop près des côtes du pays de Jade.

— Ils font le commerce des cartes ?

— Non, Tête d'or. Ces gens-là ne font pas de commerce. Ils tuent, ils rançonnent, ils pillent.

C'est à peu près tout ce que j'obtins de lui. À Vinh Gao, on évite de parler des choses qui peuvent porter malheur. Les repas du soir se prenaient en commun. Je m'installai à leurs côtés sur la grande natte de palmes tressées. Le four creusé dans le sable répandait une délicieuse odeur de poisson grillé. Le cri aigu des hirondelles de mer planait dans la tiédeur du soir, et les enfants me grimpaient sur les genoux en réclamant toutes sortes d'histoires. Il y avait une telle douceur de vivre, une telle gentillesse à mon égard dans cet endroit, que j'en oubliais les raisons de mon séjour. Touché par la tranquillité des conversations et des rires d'enfants, je me demandais comment j'avais pu passer autant d'heures courbé sur une table, à tracer de sinistres cartes dans la pénombre lunaire du pavillon des Chouettes Avisées, sous la terrible férule des mandarins de la nuit.

Avec Padang, j'explorais les cavernes marines des îles des environs. Je lui avais demandé de m'emmener jusqu'à l'île de Xan, pour voir cette grotte où l'on rend un culte aux dauphins, avec le secret espoir, aussi, d'en apprendre un peu plus sur cette Ziyara.

Nous ne parvînmes pas jusqu'à Xan. Une épaisse fumée montait de l'île. Des maisons brûlaient, des cris montaient de la plage. Les cocotiers tout autour flambaient comme des torches. On embarquait de force les habitants. C'est seulement à ce moment que j'ai remarqué que les vaisseaux, des praos, portaient tous des voiles noires.

Padang mena sa pirogue hors de la vue des pillards pour donner l'alerte. Nous arrivâmes à Vinh Gao à l'heure de la sieste. En quelques instants, tout le village fut sur pied pour tenir conseil. Les hommes, leur arc à la main, chuchotaient avec véhémence. Les femmes s'inquiétaient. Non pour elles, comme je le crus dans un premier temps, mais pour Ziyara dont le nom revenait sans cesse à leurs lèvres. Je ne voyais pas pourquoi cette femme faisait l'objet d'une telle sollicitude de leur part alors qu'un si grand danger menaçait la communauté. Mais, pendant que nous étions à Xan, on avait annoncé l'arrivée du *Nadir*.

— Il faut à tout prix la prévenir ! insistaient les pêcheuses de perles.

— Les voiles noires sont à Xan. Nous n'y avons pas vu le *Nadir*.

— Mais elle fait route vers nous, et Dotikay le sait sans doute.

— On perd trop de temps à discuter, répondit Padang. On ne peut pas défendre l'île. Si les voiles noires viennent jusqu'ici, il faut emmener les enfants dans les grottes et mettre tout le monde à l'abri.

— On doit quand même prévenir Ziyara.

— Je vais essayer de la retrouver avant Dotikay, dit Padang.

— Je t'accompagne ! dis-je aussitôt.

À la nuit tombée, notre pirogue se glissa entre les îlots rocailleux de la plage. Le ciel était dégagé, on y voyait presque autant qu'en plein jour. Padang établit la voile. Il navigua en zigzag, fouillant des yeux les innombrables taches d'encre que faisaient les amas de roches et les bois de cocotiers. À l'aube, nous approchâmes une des passes de l'archipel...

— Le *Nadir* ! cria Padang en tendant le bras.

Glissant entre deux langues de sable, le vaisseau de Ziyara s'apprêtait à contourner un grand rocher qui signale aux pilotes l'entrée en eaux profondes. Soudain, les voiles noires placées en embuscade lui coupèrent la route, engageant le combat à cinq contre un. Nous le perdîmes de vue. Padang changea de cap pour obliquer dans sa direction. Le rocher nous masquait la bataille, mais le choc de l'abordage et l'affreux grincement des coques affrontées, couverts d'une clameur macabre, nous firent froid dans le dos. Nous ne pouvions percevoir que le fracas des armes s'entrechoquant, les cris et les vociférations des combattants. Le *Nadir* parut enfin de l'autre côté. Avec ses grandes antennes déployées, il se traînait comme un cerf aux abois tirant toute une meute agrippée à ses flancs. Le courant les poussait vers une grève frangée de cocotiers, et l'issue semblait inévitable, au vu des agresseurs grouillant déjà sur le pont du vaisseau. Nous ne pouvions rien faire. La main de Padang se fit blanche à force de serrer son arc. D'un coup, le brouhaha s'assourdit sans raison. L'atmosphère devint mate et plombée, recouvrant les sons d'une lourde chape. Padang m'interrogea du regard. Comme lui, je ne comprenais rien à cette soudaine modification de l'air autour de nous. Je me sentis soulevé par une houle soudaine et je fus sur le point de vomir. Tout vacillait. Propulsée vers le ciel, notre pirogue s'immobilisa dans un fragile équilibre, puis elle effectua une longue glissade en arrière, pivotant sur elle-même avant de se rétablir, à deux doigts de chavirer. C'est alors que je vis la vague qui nous avait bousculés. C'est comme si le dos d'un serpent de mer glissait sous la surface de l'eau sur toute la largeur de l'horizon. Cette lame qui nous avait déjà dépassés courait maintenant à vive allure tout droit vers la bataille, gonflée d'une colère invisible et silencieuse. Elle explosa dans une gigantesque gerbe blanche qui culbuta les vaisseaux avant de les écraser pêle-mêle sur la grève. Le fracas m'en parvint avec un peu de retard, en même temps qu'un sifflement strident au fond de mes oreilles.

Le reflux de la grande vague fit à peine osciller la pirogue. Padang vira de bord. Il arborait un large sourire.

— On va chercher du secours, me cria-t-il, il n'y a plus aucun risque, maintenant. Une chose est sûre, les pirates sont morts. La grande vague les a dévorés...

— Comment ça ?

— Tu ne vois pas les dauphins ?

Je ne les avais pas encore remarqués. Pourtant il en bondissait de partout, comme une pluie de cailloux lancés en ricochets à la surface de l'eau.

— Ce sont eux qui ont amené la vague ! Ils sont venus sauver la femme-dauphin ! s'exclama, ravi, Padang.

Nous revînmes avec les secours dans le sillage de centaines de nageoires, au milieu d'un bouillonnement d'écume. Padang avait raison. La vague avait balayé les pirates, pulvérisé leurs jonques. Dispersé leurs cadavres. Les villageois qu'ils avaient enlevés gisaient sur le sable, les pieds encore maintenus par des fers à des morceaux d'épaves. Terrorisés, mais vivants. C'était incompréhensible. Comme si une sagesse divine, cachée au sein de cette colère providentielle, s'était employée, pendant qu'elle emportait tout sur son passage, à trier le bon grain de l'ivraie.

Malgré tout, elle n'avait pu sauver les hommes du *Nadir* tués juste avant dans la bataille. Des trente-trois membres de son équipage, il n'en restait que cinq, et dans un piteux état.

Nous débarquâmes. Le chef du village distribua les tâches. Chacun fit de son mieux. Compter les morts et les vivants. Trier les blessés. Briser leurs entraves.

— Tête d'or !

Donner de l'eau. Panser les plaies.

— Tête d'or !

Rassembler les enfants, rassurer les parents.

— Tête d'or !

C'était Padang qui m'appelait, derrière une rangée de dos qui le cachait à ma vue. J'accourus. Il ordonna aux pêcheuses de perles d'ouvrir leur cercle pour me laisser passer. Trois d'entre elles restaient agenouillées au-dessus d'une forme allongée.

– Elle respire, me dit Padang.

Je m'approchai. C'était elle. Inconsciente, couverte de sang. Ses longs cheveux noirs, éparpillés sur le sable, encadraient l'ovale de son visage. Je la reconnus aussitôt, sans jamais l'avoir rencontrée. Elle tenait serré entre ses dents blanches une sorte de coquillage, un talisman.

– Ziyara ! dis-je dans un souffle.

Je n'en jurerais pas, mais il me sembla que ses lèvres s'étiraient pour esquisser une manière de sourire. Le talisman s'échappa, tomba de son menton et s'arrêta à la naissance du cou, dans la dépression qui se dessinait entre les deux clavicules. Toute la vie de la jeune femme semblait s'être réfugiée dans cette minuscule larme au brillant de porcelaine qui oscillait là comme au creux d'un berceau, au rythme de sa respiration affaiblie. Je voyais mieux cet objet, maintenant : c'était, en fait, un minuscule dauphin d'ivoire.

Je tombai sur les genoux sans comprendre le soudain affolement de mon cœur, sa battue violente et désordonnée.

Transporter les blessés jusqu'à Vinh Gao nous prit toute la journée. Nous remorquâmes le lendemain l'épave du *Nadir*. Les cales furent vidées, la coque couchée sur la plage, la cargaison transportée à dos d'homme dans les grottes au-dessus du village. Il y avait dans la cabine de Ziyara une très belle collection de cartes marines, mais la vague les avait recouvertes de boue et de sable. Je les nettoyai une par une, puis je les mis à sécher sur des claies sous un abri, près d'un lit de braises pour en éloigner les insectes et prévenir les moisissures.

Nous avions construit une grande hutte pour accueillir les naufragés. Nous fîmes venir un guérisseur d'une autre île. Malgré ses efforts, plusieurs d'entre eux moururent des suites de leurs blessures, dont deux autres marins du *Nadir*, ce qui n'en laissa plus que trois. Hercalos, le charpentier, fut le premier à guérir, bien qu'il eût été littéralement percé de flèches et entaillé de coups de sabre. C'était une force de la nature. Aussitôt rétabli, il entreprit de réparer le *Nadir* avec l'aide des hommes du village. Même affaibli, ses coups de maillet sonnaient par-dessus les autres. Mateo, le pilote, avait quant à lui perdu l'usage de son œil droit. Le troisième garda de la bataille une mèche blanche et une cicatrice sur le crâne, large comme un sabot de cheval. Il s'appelait Zénandre. Il marchait de long en large, par à-coups, comme un héron, en proférant des jurons et des insanités. Soit il n'avait plus toute sa raison, soit il n'en avait jamais eu beaucoup à sa disposition. Ou alors, il dérivait dans les fièvres…

La belle Ziyara avait été installée dans une case que seules les femmes étaient autorisées à visiter. Une vieille guérisseuse veillait sur elle en lui préparant des potions redoutables. Les pêcheuses de perles lui apportaient des offrandes. Tout ce temps, et même après, la ronde des dauphins ne cessa de sillonner la baie. Jamais nous n'eûmes à nous préoccuper de nourrir nos hôtes, car ces animaux chassaient devant eux les bancs de poissons volants jusque sur la plage, et il n'y avait qu'à se baisser pour en ramasser de pleines brassées. Les plus jeunes pointaient le nez au-dessus des vagues en invitant les enfants à venir nager avec eux. Leurs ébats joyeux nous accompagnaient du matin au soir, si bien que personne ne put prendre complètement au tragique le malheur qui s'était abattu sur cette petite communauté.

Une jonque jeta l'ancre au milieu de ces jours si particuliers. Non sans une certaine anxiété, je reconnus Zi Hou dans la barque qui en débordait pour s'approcher. Il sauta sur la grève. Nous tombâmes dans les bras l'un de l'autre. Comme à son habitude, il prit le premier la parole, avec cet enthousiasme qui ne le quittait jamais, pour me bombarder de nouvelles et de questions. Hua, sa jeune femme, était guérie. Bayeri m'envoyait ses amitiés. Les mandarins de la nuit me réclamaient, alors lui venait me chercher, comme prévu.

— Je dois encore rester ici, Zi Hou.

— Il y a eu du changement, Tête d'or. Les livraisons ont repris, et ce sont les plus belles depuis plus de trente lunes. Liang Feng est enchanté. Je dois te ramener. On a besoin de toi pour refaire des cartes. Il pense maintenant qu'on risque de mécontenter les voiles noires en les serrant de trop près. Tu as pu en apprendre davantage ?

— J'en ai vu couler trois sous mes propres yeux, il y a de cela pas plus de cinq semaines. Mais ce n'étaient pas celles que nous cherchons.

Il lança un coup d'œil vers le *Nadir* qu'on achevait de mâter.

— Cette Ziyara, tu l'as interrogée ?

— Elle n'a rien à voir avec ça ! Absolument rien ! Et puis elle…

Il me regarda par en dessous.

— Tu es bizarre, Tête d'or.

— Quoi ?

— Rien… tu es bizarre, c'est tout.

— Zi Hou, j'ai un service à te demander… C'est difficile.

Je vis danser une lueur moqueuse dans ses yeux.

— Quelque chose qui pourrait me couper l'appétit ?

C'était vraiment un ami.

— Il y a eu une terrible bataille ici. Pas très loin, je veux dire. Des gens sont morts, d'autres ont disparu dans les flots. Beaucoup… J'aimerais que tu me comptes dans le nombre…

— Tête d'or !

— Tu savais que ça se terminerait comme ça. Une amitié comme la nôtre ne se rompt pas. Mais pour ce qui est du pavillon des Chouettes Avisées et des mandarins de la nuit, je te le dis, j'en ai fini. Je ne passerai plus mes nuits penché sur une carte. Je ne veux plus me passer du soleil et de la lumière du jour. J'avais oublié à quel point cela me manquait. Peu importe les voiles noires, peu importe l'Imprononçable…

— Bien sûr, tout ça n'a aucun rapport avec cette Ziyara ? me demanda-t-il.

Puis il ajouta, en détournant son regard vers l'horizon, soudain soucieux :

— Tu me demandes d'annoncer ta mort aux mandarins de la nuit ?

Je réfléchis. Zi Hou n'était pas seul. Il avait Hua, et Chan, son petit garçon, Bayeri et sa famille. Tous m'étaient liés par une profonde affection. Et tous risquaient de subir avec lui les foudres de ses terribles maîtres s'il venait à les tromper.

— Comment me croiraient-ils, Tête d'or, alors qu'on t'a vu soigner les blessés après la bataille ?

Zénandre passa entre nous en bredouillant des phrases incohérentes, sa mèche blanche flottant au vent.

— Tu as raison, Zi Hou ! On doit pouvoir s'effacer autrement qu'en mourant. Regarde Zénandre. Moi aussi, je pourrais bien avoir perdu la raison… Je vais écrire un compte rendu pour Tsao Tsi et Liang Feng. Un compte rendu qui les dissuadera de faire encore appel à mes services…

Il examina cette proposition, la tête penchée vers le sable, puis chercha de nouveau mon regard.

— En ce cas, applique-toi. Essaye d'écrire comme tu cuisines, par exemple… tu te souviens de ta soupe aux champignons noirs ? Une abomination culinaire.

C'était autrement plus difficile à avaler qu'une petite bataille navale...

— Tu es un frère.

Zi Hou resta jusqu'au lendemain. Il comprenait mal mon affection pour les gens de Vinh Gao, qu'il trouvait frustes et dont il n'aimait ni la peau cuivrée ni les manières de table. Et cette femme alitée dans sa case, flottant dans la vapeur des remèdes que lui administrait une vieille sorcière, ne lui inspirait aucune sympathie. Mais on pouvait à nouveau faire du troc avec les voiles noires. Elles étaient de retour. C'était la seule chose qui comptait pour les mandarins de la nuit.

Au moment de nous séparer, je lui remis le mémoire calligraphié de mon enquête. J'y décrivais avec force détails une bataille entre les voiles noires et un dragon marin qui soulevait mer et montagnes en soufflant un feu d'enfer par les narines. Les flots m'avaient précipité sous la mer au royaume de la femme-dauphin. J'en étais revenu sain et sauf sur le dos d'un de ses animaux. Zi Hou admit que ça ne plaidait pas vraiment en faveur de ma santé mentale.

— Tu diras que je passe mon temps à l'attendre sur une pirogue, et que j'en suis à moitié fou.

— En même temps, ça m'a l'air assez proche de la vérité, Tête d'or. Est-ce que cette femme t'a ensorcelé ?

Je lui offris deux perles fines, montées en pendants d'oreilles pour la belle Hua, et un petit arc pour Chan. Lui déposa entre mes mains une briquette enveloppée dans une feuille odorante d'un beau bleu délavé.

— C'est le meilleur thé bleu de la province des Dix Mille Ruisseaux de Pluie, Tête d'or. Ça se garde une éternité, si tu le souhaites. Tu n'as pas besoin d'en boire trop. Ça t'aidera à penser à moi de temps en temps…

— Je n'ai pas l'intention de t'oublier, mon cher Zi Hou. D'ailleurs, je n'ai qu'à passer la main sur mon crâne pour ça : il me reste deux ou trois cals osseux en souvenir de tes leçons de bâton.

Il se passa comiquement la main sur son propre crâne en faisant la grimace.

— Comme tu voudras, Tête d'or. Mais, pour une fois, je ne plaisante pas. Le thé bleu est le thé du souvenir. Ça aide le passé à remonter…

— Adieu, Zi Hou !

Il me désigna la briquette que je tenais entre mes mains comme un nigaud.

— Au revoir, Tête d'or !

La jonque disparue, je rejoignis Hercalos sur le chantier de réparation du *Nadir*. Le colosse acceptait mon aide, à condition de ne pas le contrarier, ce qui arrivait chaque fois que je m'intéressai d'un peu trop près à Ziyara. Nous avions gratté la coque sur toute sa longueur pour la nettoyer de ses parasites et il fallait maintenant la calfater. Nous faisions ça avec des fibres de coco imprégnées de coprah puis forcées à coups de maillet dans les joints du bordage. Ça nous prenait des jours entiers, et c'était épuisant. Je vis que les pêcheuses de perles s'étaient remises à plonger avec plus d'entrain. J'en conclus que Ziyara allait mieux. Il y avait davantage d'allées et venues autour de sa case. Elle commença à sortir pour marcher de temps en temps le long de la plage, pâle, amaigrie, faible sur ses jambes.

Je pris l'habitude de lui porter tous les matins une coupe de thé bleu. Je dus pour cela convaincre ses gardiennes et accepter leur vigilance sourcilleuse auprès de la belle Ziyara. Le thé la faisait partir dans ses souvenirs. Perdue dans son exil intérieur, le dauphin d'ivoire entre ses doigts, elle restait de longs moments immobile, sans dire un mot, buvant à petites gorgées, sans se soucier de ma présence. Elle n'était pas vraiment là, ou bien c'est qu'elle ne me voyait pas. Moi, je ne voyais qu'elle. La cascade de ses cheveux noirs, les pommettes haut levées sous de grands yeux verts en amande, sa façon de pencher la tête, son cou ferme et délicat qui retenait, au bout d'une cordelette, ce talisman que j'enviais ! Ses blessures étaient guéries, elle avait plus de mal à se remettre de cette mélancolie qui ne lui ressemblait pas. C'est d'une autre bouche que j'appris ce qui la tourmentait. À la fin du combat, tous ses compagnons s'étaient regroupés en cercle autour d'elle pour détourner les lames des ennemis, en se battant à dix contre un. Cette vivante armure avait fini par succomber, et les morts lui faisaient encore une dernière protection lorsqu'on l'avait attachée au grand mât. Quant aux blessés, on les avait achevés sous ses yeux. Son corps portait la trace de profondes meurtrissures. La grande vague l'avait sauvée.

Hercalos, Zénandre, Mateo étaient tombés parmi les premiers. C'est ce qui les avait sauvés. Les pirates les avaient enjambés en les laissant pour morts et s'étaient acharnés sur leurs compagnons, coupables d'avoir trop longtemps résisté.

Les pêcheuses de perles venaient la chercher. Ziyara pouvait nager avec elles pendant des heures. C'est dans l'eau, je crois, qu'elle retrouva assez de forces pour s'intéresser de nouveau à l'avancement des travaux sur le *Nadir*. Ensuite, cela devint une obsession. Elle se rendait sur le chantier après son bain de mer pour s'entretenir avec Mateo et Hercalos. Moi, j'étais là à frotter le pont avec les autres, à clouer, à raboter, sous les ordres de ce dernier, peu importe ! Elle ne me voyait pas. Un matin, elle réclama ses cartes marines. Quand Mateo les lui apporta, elle eut un haut-le-cœur devant l'odeur de fumé qui s'en dégageait. Hercalos se moqua de certaines recettes de séchage propres à certains buveurs de thé. J'en lâchai mon maillet d'indignation.

— Si je ne m'en étais pas occupé, ces cartes ne seraient plus qu'une bouillie de papiers moisis rongés par les vers ! Un paquet de boue ! Je les ai nettoyées, mises à sécher à l'abri. Peut-être qu'elles sentent un peu fort, mais au moins on peut toujours les lire !

Je parlais maladroitement sa langue. Il en profita pour enfoncer le clou, en prenant Mateo à témoin.

— Le pauvre, il a fait ce qu'il a pu. On confond dans son pays le séchage du papier avec l'enfumage des poissons ! Il ne faut pas lui en vouloir ! C'est pas donné au premier venu, de comprendre la valeur d'une carte !

— J'en sais beaucoup plus que toi là-dessus, Hercalos, et crois-moi, ce n'est pas difficile !

En trois bonds il fut sur moi, la main tendue pour me saisir le cou. Il ne trouva que le vide. Mon esquive le laissa poursuivre son élan, trébucher sur un seau et s'étaler de tout son long. Une salve de rires salua son exploit. Il se releva. Je le vis passer le dos de la main sur ses lèvres et compris d'un coup d'œil que la charge qui se préparait serait plus dangereuse que la première. Je l'avais humilié.

Ziyara n'intervint pas. Je suppose que ce n'était qu'une de ces rixes entre marins comme elle en avait connu des dizaines d'autres. Elle fit un pas de côté pour en attendre l'issue. Elle ne risquait pas de perdre son charpentier, il était deux fois plus solide que moi. De surcroît, il avait régulièrement besoin d'une bonne bagarre pour s'adoucir le caractère. Il s'élança en rugissant. J'esquivai à nouveau, mais ce coup-ci, je saisis au vol son poignet et, m'enroulant au creux de son épaule, je le fis basculer de toutes mes forces par-dessus ma hanche. Nous tombâmes lourdement sur le pont, sauf que j'avais un pied à son cou et que je tenais fermement à deux mains son bras tordu en arrière. Ce n'était pas le genre de gaillard à abandonner la lutte pour une épaule démise, mais le fait de s'être à moitié assommé en heurtant de la tête un coin de bois l'aidait à considérer la situation avec un certain relâchement. Sinon, je doute que je serais parvenu à le contenir davantage. J'adressai un remerciement silencieux aux rudes leçons de Zi Hou dans la cour de la garde furtive.

Mateo aida Hercalos à se relever. Il n'avait pas l'air trop mécontent de le voir en mauvaise posture. Il lui arrivait souvent, à lui aussi, d'avoir à supporter ses accès de mauvaise humeur. Ziyara mit un terme à la dispute en me remerciant du soin que j'avais pris de ses cartes.

Elle étala celle de l'archipel des Perles Noires devant elle. Je m'approchai.

— Cette partie est fausse, lui dis-je, légèrement essoufflé. Je connais bien la côte du pays de Jade, et je sais que ce banc de rochers est plus au nord d'une bonne dizaine de milles. Il y a beaucoup de carcasses au fond de la baie pour l'avoir ignoré.

Elle me sonda du regard.

— Peut-être devrions-nous en discuter ce soir, Tête d'or. J'aime consulter les cartes à la lueur des lampes.

Je toussai dans mon poing refermé.

— En fait, mon nom est Cornélius. Ou Korneliis, cela dépend de la prononciation...

— Eh bien, Cornélius ou Korneliis... merci pour tout ce que tu as fait pour nous.

Ce soir-là, au moment du repas en commun, je m'attendais au ressentiment d'Hercalos, voire à un nouvel accès de son agressivité. Il n'en fut rien. Le repas fut même particulièrement détendu, car cet impulsif avait cette qualité étrangement inverse de son principal défaut, qu'il ignorait la rancune. Je pris le parti de faire comme lui et d'oublier l'incident. Après le repas, Ziyara m'entraîna à part pour m'interroger sur la carte. Je lui en montrai, point par point, les manques et les erreurs. Malheureusement, mes compétences s'arrêtaient à la côte, je ne connaissais rien des mers au-delà du pays de Jade. Elle déploya une autre carte pour me raconter ses dernières navigations. Dans son récit défilaient tous ceux qui avaient partagé son aventure. Elle les faisait revivre avec une verve de conteuse que je n'avais pas soupçonnée. Chaleureuse, enjouée, sa voix envoûtait par son timbre voilé qui s'accordait parfaitement au grain de la nuit.

Il en fut ainsi les jours suivants. Nous nous retirions à l'écart et tout le monde finit par s'habituer à nos apartés.

J'appris de sa bouche les richesses et les coutumes de sa terre natale, les fastes de Candaâ, les rites du Pain des Vieillards et le déroulement des fêtes du Grand Retour. Elle m'emmena de soir en soir jusqu'aux confins du monde connu. Elle n'avait aucun doute sur le fait que la terre était ronde. Elle avait vu les constellations d'un nouveau ciel en descendant loin dans le sud. L'été coulait vers sa fin. À mon tour, je fis récit de mes voyages. Je creusais, avec une baguette dans le sable, quantité de tracés qui revenaient sur ma longue route. Idrîs Khan y menait son lévrier. Des pierres, des coquillages figuraient des villes traversées. Ici, j'avais laissé Cambyse, là, j'avais rencontré Bayeri… Pourtant je ne parvenais pas à lui révéler la véritable raison de mes errances. Je préférais éviter de parler de ces mandarins de la nuit qui m'avaient réduit à un esclavage consenti. J'en éprouvais une certaine honte, tout comme des malheureux qui avaient payé de leur vie un peu d'inconscience ou de curiosité sur le parcours de la garde furtive. Il m'était plus facile d'évoquer les facéties de Zi Hou à l'auberge du Tigre amoureux ou la beauté du chant de Yué réveillant les pierres de lune dans la caverne des démons aux paupières closes.

Mais un soir qu'elle frissonnait, j'ai retiré de mon sachet de cuir la toile à nuage pour la passer autour de son épaule. Tout en se blottissant dans sa tiédeur bienfaisante, elle s'est émerveillée de la légèreté de ce voile plus fin qu'une mousseline. Elle en contempla, incrédule, la lente métamorphose sous le ciel qui nous recouvrait. Alors je lui ai raconté l'auberge, le tableau du char cheminant vers la montagne bleue. Je me suis revu sur la digue, perdu sous la pluie devant un paysan fatigué accompagné de son chien jaune. Il me semblait qu'ils n'avaient croisé mon chemin que pour m'envoyer là, sur cette plage, sous une falaise débordante de végétation, dans la clarté diffuse des étoiles, près de cette femme à la fois grave et rieuse. Nous nous sommes enlacés, je l'ai embrassée, et j'ai senti, alors que nos lèvres se rejoignaient, que toute ma vie venait de basculer sur son axe.

Nous avons fini de réparer le *Nadir.* Nous l'avons remis à flot. Il avait belle allure, mais comment naviguer avec personne à bord pour le manœuvrer ? Il portait près de trente hommes au moment de la bataille. Je proposai de vendre mes pierres de lune pour recruter un nouvel équipage. Ziyara s'y opposa.

— Je ne cherche pas de marins. Je veux des gens qui aiment naviguer… Il nous suffit d'être une quinzaine. Les autres viendront à nous. Je n'ai jamais procédé autrement.

Elle avait raison. Le grand désir d'horizon agit sur certaines personnes, non comme un vent qui souffle, mais comme un appel qui les inspire et les attire plus qu'il ne les pousse, et cette attraction merveilleuse est mille fois plus forte que toutes les raisons qui pourraient les contraindre à rester. Je fis une tournée en pirogue avec Padang. Cousins ou voisins, nous trouverions sans effort assez de jeunes hommes assoiffés d'aventure. Tous, ici, étaient déliés, vigoureux, d'un tempérament agile façonné par une enfance passée au grand air. Mais les gens de Vinh Gao et des alentours sont attachés à leurs familles par des liens d'une force qu'on rencontre rarement ailleurs, et ils ne quittent pas si facilement le lieu de leur naissance. Au bout de quelques jours, nous en avions seulement rencontré trois acceptant de faire ce sacrifice et prêts à partir sans délai.

En revenant à Vinh Gao, deux silhouettes minuscules nous firent de grands signes. Leur pirogue était si petite qu'elle ressemblait à un trait de crayon sur l'eau. J'écartai l'hypothèse de naufragés parce que, dans ces îles peuplées, on ne restait jamais longtemps à la dérive sans se voir porter secours ni toucher une terre habitée. Padang se dérouta vers eux. C'était un couple d'ermites rabougris aux cheveux blancs, elle, avec un menton en galoche qui lui arrivait sous le nez et lui, avec une barbiche dispersée par le vent en longs filaments clairsemés.

Padang entama un dialogue dans leur dialecte. Ces deux-là, me dit-il, voulaient se mettre au service de la femme-dauphin.

— Comment ça ?

— Ils connaissent la réputation de Ziyara. Et ils veulent l'accompagner dans son prochain voyage.

— C'est ridicule. On ne peut pas les prendre, Padang, tu as vu l'âge qu'ils ont ? Je crois bien que je n'ai encore jamais vu de gens aussi vieux, aussi maigres et ridés.

— Qui sait ? On mourra peut-être avant eux, Tête d'or ! Ils viennent de Xan. Lui, c'est Hoan, il connaît toutes les passes de l'archipel et sait prédire le temps à l'avance. Quant à la vieille Tanobay, personne ne sait vraiment son âge. La mère de ma mère la considérait déjà comme une ancêtre. Il paraît qu'elle est née sous la mer…

— Ziyara n'en voudra jamais. La place est réduite à bord du *Nadir*. On ne peut pas se permettre de les emmener avec nous, et je trouverais cruel de leur laisser croire que c'est possible.

Les deux vieux nous écoutaient comme un couple de cormorans déplumés prenant le soleil, leurs deux têtes comiquement relevées vers nous. Leurs paupières palpitaient en se fermant aux éclats du soleil, et ils se balançaient tranquillement, debout dans leur esquif ballotté par la houle, en buvant l'air à petite gorgée. Padang hésitait encore. Je chuchotai à son oreille, excédé :

— Mais enfin, regarde-les ! Ils tiennent à peine sur leurs jambes. On en fera quoi, quand il faudra grimper dans les cordages pendant les tempêtes ?

Il les souleva sous les aisselles pour les aider à monter à bord. Ils n'étaient pas plus lourds que des poupées de son.

— Tu sais quoi, Tête d'or ? Laissons Ziyara en décider.

Or, à ma grande surprise, Ziyara les accepta presque sans hésiter. De son côté, elle avait convaincu deux hommes du village et sept pêcheuses de perles, dont Ninh, Anh et Naw, les trois tigresses qui avaient veillé sur sa case. Nous passâmes tout l'hiver à faire des manœuvres entre les îles. Mateo tenait la barre et Hercalos nous enseignait les allures. Le vieux Hoan avait un don pour déceler les sautes de vent ou l'arrivée du mauvais temps, je crois que c'était grâce à sa barbiche tremblotant au premier courant d'air. Il se tenait près du pilote, assis sur les talons et les yeux mi-clos. Il ne se trompait jamais.

Le *Nadir* mit les voiles après la célébration des pains de la lune. Après un mois de navigation sans histoire, nous fîmes une longue escale dans la lagune des Trois Parfums. Ziyara voulait me faire découvrir la ville d'Alizade, bâtie sur des milliers de pilotis. Elle me présenta au zamorin, une sorte de gouverneur aux manières étranges dont les habits annonçaient qu'il appartenait au collège des Eaux Dormantes. Elle m'initia aux règles ondoyantes du commerce qu'on y pratiquait. Nous passâmes toute la saison des pluies-caresses seuls sur un jardin flottant.

L'attachement qu'elle éprouvait pour ce pays était lié au souvenir d'un officier de la flotte de Candaâ, Zénon d'Ambroisie, qui y avait disparu des années auparavant. Ziyara me raconta la première fois qu'elle avait traversé la lagune, son émerveillement devant la beauté d'Alizade, suspendue entre ciel et mer dans la lumière rase du soleil levant, son étonnement devant l'étrangeté des mœurs de ses habitants, comparables à celles d'aucun autre pays. Elle était revenue là bien des fois, des années durant. Elle avait appris leur langue pour le plaisir de prononcer des sons chantant la joie simple d'être au monde.

J'avais moins d'affinités que Ziyara pour ce pays d'eaux. Tout y était subtil, mouvant, imprévisible. J'avais connu l'air sec du désert, les vifs élancements des montagnes, leur impérieuse arrogance. Ici, je me perdais dans les méandres et les sinuosités des canaux, la géographie mouvante des lacs dont les rives s'épanchaient à la première averse. Il aurait fallu en faire un portrait changeant à chaque escale, mais je crois que notre amour s'y dessinait, lui aussi, entre la nonchalance des siestes et la fraîcheur complice des nuits.

Je ne m'attendais pas à tout ce que je découvrirais sur les mers. Ziyara était décidée à m'offrir ce qu'elle avait vu de plus beau. Notre navigation était faite de cabotage et de longues escales. Le *Nadir* se jouait des vagues, et les vagues lui rendaient plaisir pour plaisir. Les dauphins pour compagnons, un tourbillon d'oiseaux dans notre sillage, nous allions à la rencontre de merveilles. Nous faisions commerce de denrées rares et légères. Les perles, les bijoux en ivoire, mais aussi la vanille, la cannelle, la muscade, les clous de girofle : le *Nadir* était un palais flottant saturé d'odeurs enivrantes. La peau dorée de Ziyara en était toute parfumée, sa souple chevelure encensait quand elle la peignait à son réveil. Les gains se partageaient entre tous et toutes, une fois mis de côté ce que réclamaient l'entretien du vaisseau et l'approvisionnement de ses réserves. Ziyara ne faisait régner aucune autre discipline que celle de notre commune nécessité. Chacun, à tout moment, pilote ou gabier, savait ce qu'il avait à faire, mais chacun, aussi, était libre de quitter le bord sans devoir en donner la raison.

Certains se contentaient de partir puis de revenir. Quelques-uns nous quittèrent. Zénandre, dont l'esprit ne se remit jamais complètement de la bataille du détroit des Perles Noires, resta sur Vinh Gao dès notre premier retour sur l'île. Hercalos tomba amoureux à mi-chemin d'Alizade et nous laissa pour une belle îlienne. Hoan et Tanobay, nos deux vieux mages, étaient indestructibles malgré leur petite taille et leur appétit d'oiseau. Je n'avais encore jamais connu d'êtres aussi légers, j'avais peur de les voir s'envoler quand le *Nadir* se couchait sous un coup de vent trop appuyé. Ziyara les consultait souvent : j'ai déjà parlé du don de Hoan pour prévoir les caprices du temps. Il pouvait annoncer plusieurs jours à l'avance ouragans et tempêtes, en déterminer la provenance et la direction, ce qui nous laissait le temps de fuir ou de gagner un abri. Tanobay, quant à elle, avait un sixième sens pour déceler les dangers cachés sous les eaux. Quand cette gracile aïeule marmonnait dans son menton un soupçon d'inquiétude venant à lui traverser l'esprit, c'était un branle-bas général du haut en bas du navire. Mateo nous envoyait dans les mâtures redoubler de vigilance. Hauts-fonds, récifs, bancs de sable, monstre marin, il fallait s'attendre à quelque mauvaise surprise et se parer à virer de bord.

Le royaume de Ziyara, c'était cela : une constellation de terres dispersées, reliées entre elles par des routes invisibles mais néanmoins parfaitement déterminées par la bascule des vents ou la force aveugle des courants. Le *Nadir* connaissait ces routes par cœur, il essuyait tempêtes et ouragans d'un front impavide, labourait vaillamment les flots avec l'entêtement sagace d'un animal doué d'instinct et de raison.

Je n'avais qu'un désaccord avec Ziyara. J'avais besoin, impérieusement besoin, lorsque nous abordions une de ces terres, d'en explorer l'arrière-pays. Tout ce qui pouvait de près ou de loin me rappeler la montagne bleue m'attirait. Elle, elle ne pouvait supporter d'être éloignée trop longtemps de cette instabilité perpétuelle de la plaine marine sous les cieux changeants. La terre l'inspirait peu, elle n'aimait s'y rendre qu'en remontant une rivière ou un torrent. Les vasques sous les cascades l'enchantaient, mais la présence des montagnes réveillait en elle des souvenirs douloureux. Elle avait besoin de nager tous les jours, elle pouvait plonger pendant des heures avec les pêcheuses de perles pour le seul plaisir de côtoyer les dauphins, alors que je me lassais assez vite des éclaboussures et que je me méfiais des grands fonds, peuplés de méduses venimeuses, de bêtes à tentacules et de requins aux dents acérées. Une fois de temps en temps me suffisait. Le monde sous-marin m'inquiétait.

Si une île paraissait à l'horizon, pour peu qu'elle fût montagneuse, je me faisais débarquer pour en escalader le sommet, la plupart du temps accompagné de Padang qui partageait mon goût pour ces explorations. Le *Nadir* restait au mouillage ou partait caboter en attendant notre retour. Il nous est arrivé de marcher tout un mois, il nous est arrivé de nous perdre, il nous est arrivé, sur une île portant le nom de Komodo, de fuir à toutes jambes devant une énorme bête noire, verruqueuse et griffue, en fait ni plus ni moins qu'un dragon à langue de serpent, sifflant, grondant et puant la charogne, je sais que c'est difficile à croire, mais ce monstre pouvait fracasser un tronc d'arbre en le fouettant d'un seul coup de queue. Nous avons fini par lui échapper et d'ailleurs nous finissions toujours par revenir sains et saufs. Le bonheur, c'est quand je pouvais rapporter à Ziyara un couple d'oiseaux de paradis au plumage mordoré, ou bien une fleur, ou encore un fruit inconnu. Les volcans m'attiraient plus que toute autre chose. Plus d'une fois j'ai gravi des pentes calcinées pour aller admirer, depuis la crête d'un cratère, la fournaise bouillonnante de ces portes des enfers. Et quand je revenais, que Ziyara me rejoignait sur le pont, enveloppée de toile à nuage, que nous restions à contempler le cône de ce volcan et son nuage de fumée s'étirant sous le dôme étoilé, je repensais à la montagne bleue, la montagne du bleu des lointains, et je la serrais fort contre moi.

— Je n'aime pas ça, Cornélius, quand tu vas sur ces montagnes de feu. Ça me fait peur.

J'encadrais son visage de mes deux mains ouvertes.

— Je devrais m'en vanter, alors, parce que je ne connais rien qui te fasse peur, rien ni personne...

— Ne plaisante pas. Tu n'es pas le même quand tu les regardes. Et je n'aime pas non plus cette montagne bleue, ce chien jaune dont tu m'as parlé…

— Tu sais, Ziyara, tant que je n'aurai pas mis un pied sur Orbæ… cette histoire ne me laissera pas…

— Orbæ. Est-ce que ça existe, seulement ?

— Je n'ai pas inventé les voiles noires, je n'ai pas inventé la toile à nuage, je n'ai pas inventé Ibn Brazadîn et son *Traité sur les îles Indigo*…

— Ah oui, ce traité que tu as refait de mémoire, parce qu'il est resté aux mains des juges de la prison de Yulan, je sais…

— Tu ne me crois pas ?

— Cornélius ! ne m'insulte pas ! Bien sûr que je te crois !

Ces disputes étaient rares et passaient comme un galop de nuages dans notre ciel lumineux. D'ailleurs, insidieusement, l'idée d'aller à la rencontre de cette mystérieuse Orbæ faisait son chemin dans l'esprit de Ziyara. J'avais réveillé son instinct de découvreuse. Il nous faudrait, pour cela, naviguer plus au sud et plonger totalement dans l'inconnu. Mais nous l'ignorions encore.

J'ai été tenté de recréer pour elle une carte furtive. Je savais qu'elle rêvait d'en posséder une pour pouvoir la lire à la clarté de la lune. Mais je manquais de certains ingrédients pour fabriquer l'encre et je sacrifiais la moitié de mes pierres sélénites en ratant mes premiers essais. Enfin, après plusieurs nuits de tâtonnement, je parvins à obtenir une encre à peine moins brillante que celle que nous utilisions au pavillon des Chouettes Avisées. Je voulais réunir sur cette carte toutes les contrées, toutes les îles dont nous entendrions parler, pour en faire la projection d'un monde à rêver. Lorsque nous descendions dans un port, j'allais avec Padang à la rencontre des marins. Toutes les histoires que je pouvais glaner, j'insistais pour qu'on me les raconte en détail et qu'on me les situe. Untel avait vu un banc de sirènes nager le long d'une grande barrière de corail, un autre avait croisé une monstrueuse baleine blanche, un autre avait failli se faire dévorer au large des Andamans par des hommes à tête de chien, un autre était resté un an à la dérive sur une île flottante usant de ses cocotiers comme d'une voile frémissante...

— Moi, il m'est arrivé ceci, personne ne veut me croire, et pourtant c'est vrai : c'était dans mes jeunes années, et je naviguais sur un vaisseau marchand affrété pour le roi de Nilandâr. On part avec un bon vent bien portant pour une traversée sans histoire, et puis, le troisième jour, calme plat ! Plus rien ! Plus un souffle, une mer d'huile, un soleil de plomb. On attend des jours et des jours dans une chaleur impitoyable... On aurait soufflé nous-mêmes dans les voiles si nous n'avions pas été à ce point torturés par la soif. D'un coup on voit grossir ce nuage. Dense, compact. Grand, je ne sais pas, comme un château dans le ciel... Il se déplace au ras de l'eau, traversé d'éclairs rouges ou bleus chaque fois qu'il change de direction... La mer, elle, ne bouge toujours pas, excepté une molle ondulation qui me levait le cœur. Le nuage vire une dernière fois et fonce sur nous. Son ombre immense recouvre le vaisseau, et là... il se désagrège en dizaines de milliers de flocons de couleur, une averse de rubis et de saphirs...

— Oh...

— C'étaient des oiseaux, des oiseaux minuscules, avec un plumage magnifique, rouge sur le ventre et bleu sur le dos…

— Des colisibris ?

— Des girondelles ?

— Je n'en sais rien. En tout cas, pas des oiseaux de mer. Perdus, affolés. Une tempête les avait sans doute égarés…

— Ou alors ils sont nés de ces gros œufs flottants qui dérivent des îles Sindbad…

— Qui sait ? Toujours est-il qu'ils ont pris notre vaisseau pour la terre ferme. Au début, on a trouvé ça magnifique, ce gazouillis furtive au-dessus de nos têtes. Seulement il en est venu de plus en plus. Ils se posaient partout, sur les mâts et sur les bômes, sur le pont et dans la cale. Ils tombaient en pluie, s'abattaient par grappes entières. Se cramponnaient à nos cheveux, se nichaient dans nos chemises avec des cris suraigus. On en devenait sourds. On moulinait des bras en s'étouffant à respirer de la plume, le duvet se collait à nos paupières et nous bouchait les oreilles ; mais le pire, c'est que le pont s'inclinait et s'enfonçait peu à peu sous le poids. Ce qui devait arriver arriva. On a fini par couler !

— Quoi, comme ça ?

— Oui, comme ça ! Coulés par des oiseaux qui ne pesaient pas plus qu'un bébé souris dans le creux d'une main ! On n'est que trois à en être revenus, en dérivant sur une épave.

— Ça me rappelle quand les courants m'ont échoué sur l'île-qui-est-faite-d'un-seul-arbre. On a passé toute la nuit à dégager nos mâts et à couper les cordages entortillés dans les branches. Pendant tout ce temps, des rugissements rôdaient autour de nous. On était en mer quand on s'est aperçus qu'il manquait deux marins. Le pont était constellé de taches de sang. J'en ai encore la chair de poule, renchérit le pilote d'un prao qui puait la sueur et le poisson avarié.

— C'est l'île de Selva… le reprit un piroguier couvert de tatouages. Elle est infestée de tigres volants. Un coup de patte pour t'occire, et ils t'emportent en te broyant la nuque à pleines dents. Les gens de Vanikoa viennent les chasser. Il y en a beaucoup qui en reviennent mutilés, quand ils n'y laissent pas leur vie.

Padang plastronna :

— C'est rien, ça ! J'aurais bien voulu vous voir devant les dragons géants de Komodo ! J'y étais avec Tête d'or. Ce sont les plus horribles bêtes féroces qui existent sur terre.

— Possible ! approuva son voisin. Les pêcheurs des alentours leur offrent des sacrifices.

— Je préfère encore les dragons de Komodo aux hommes de Quinookta... souffla le piroguier comme pour lui-même.

— Pourquoi ça ?

— Ce sont des cannibales !

— Pfuh ! la belle affaire !

— Et le pire, c'est qu'ils nourrissent leur montagne de la même façon !

— Avec de la chair humaine ?

— Parfaitement ! Cette île ressemble au paradis ! Tu crois voir un jardin croulant de fleurs et de fruits alors qu'en fait c'est un piège où disparaissent les braves marins qui ont le malheur de s'y laisser prendre !

— Vers le nord ? le sud ? Tu saurais me la situer ? lui demandai-je.

Le piroguier sortit d'un petit sac un fin tressage de roseaux entrecroisés et formant une figure géométrique. Je m'en fis expliquer l'usage. Certaines de ces tiges représentaient les vents dominants, d'autres, qui les croisaient en oblique, indiquaient la direction de la houle. Aux intersections, des coquillages figuraient des îles. Je n'avais jamais vu de carte aussi intrigante. Il me montra l'île où nous étions, puis celle de Komodo, et désigna un groupe de cinq cauris, éloigné vers le sud de trois fois la même distance. Un de ces cauris représentait Quinookta. En multipliant par deux cette dernière mesure, tout en bas, à la croisée de plusieurs directions, on arrivait sur un disque de nacre parfaitement circulaire.

— Et celle-là ? demandai-je.

— Je n'y suis pas allé. Elle souffle.

— Elle souffle ?

— Oui, elle est entourée de vapeurs qui tournent autour d'elle. Il faut la surprendre au matin, avant que ces nuages ne s'élèvent dans le ciel. On ne la voit pas la nuit. Et, ajouta-t-il d'un air mystérieux en se servant une énième rasade de vin de palme, il faut une voile noire pour l'atteindre !

— Et quel est son nom ?

— Ordea ? Orlæ ? Quelque chose comme ça. Elle est difficile à atteindre. Trop de vents et de courants contraires. Nous la faisons toujours figurer sur nos cartes. C'est le grand sud.

Je lui achetai l'objet pour le comparer à ma carte furtive. En reportant les mesures, je m'aperçus que beaucoup des racontars que j'avais déjà dessinés coïncidaient avec la position des coquillages sur cette carte primitive. J'y ajoutai assez de sirènes, de baleines et de pieuvres géantes pour faire bonne mesure. Ziyara trouva la carte très belle, quoique un peu inquiétante. Allongés tous les deux à plat ventre sur le pont, épaule contre épaule, par un beau soir de pleine lune, nous la regardions scintiller en suivant du doigt d'imaginaires navigations. La grande île ronde figurée par le cercle de nacre brillait plus que les autres. En fait, elle attirait vers elle tous les tracés.

— C'est quoi, ce grand cercle, Cornélius ?

— Orbæ. D'après un piroguier que j'ai rencontré, elle existe vraiment.

— On peut dire que tu es têtu.

— Pas tout à fait autant que toi...

— D'accord, dit-elle en se redressant sur les coudes. On devrait essayer.

— De quoi parles-tu ?

— D'y aller. À Orbæ, si c'est bien d'elle qu'il s'agit.

— Je ne peux pas le jurer, Ziyara. Tout ça, ce sont des suppositions...

— Essayons quand même ! J'ai envie d'aller voir par moi-même.

Lorsque Ziyara prenait une décision, tout allait très vite. Nous avons fait une ample provision de cocos, d'ignames, de taros, de poisson séché et de poules vivantes. Moins de trois jours après, elle réunissait l'équipage au complet.

— Nous allons conduire le *Nadir* dans le grand sud. C'est une houle immense qui nous attend, et nous trouverons peu de terres pour apaiser la soif. Alors personne n'est obligé de faire le voyage...

Mais le *Nadir* et ses habitants, c'était un même corps. Un corps taillé pour la joie des escales mais aussi pour affronter l'inconnu, gréé pour aller voir de l'autre côté du monde. Personne ne quitta le bord.

Nous avons fait voile vers le groupe des cinq îles, jour et nuit, pendant un mois entier. Nos réserves d'eau commençaient à s'épuiser, lorsque l'horizon s'est enflammé d'éclairs et d'irisations éblouissantes. En nous approchant, nous avons vu que tous ces reflets provenaient d'une terre couverte de grands arbres qui balançaient très haut leurs palmes ocellées en les déployant en éventail. Quand elle sentit que le courant nous portait droit dessus, la vieille Tanobay commença à bougonner avec insistance. Cette végétation trop brillante l'incommodait. Elle y voyait le signe d'un piège sous les eaux. Alarmé, Mateo fit réduire la voilure pendant que nous scrutions de tous côtés les eaux transparentes. Mais il n'y avait rien, la côte se rapprocha et nous jetâmes l'ancre dans une rade dont les fonds d'une clarté cristalline laissaient paraître d'innocents bancs de poissons de toutes les couleurs. Je débarquai avec Padang pour explorer la rive. C'était un enchantement. Ces arbres-paons lançaient leur fût aérien à des hauteurs stupéfiantes, et tout là-haut, l'éventail de leur feuillage semé d'éclats miroitants s'agitait dans la brise marine. Les taches en forme d'œil les faisaient ressembler à de grandes roues de paons. Nous trouvâmes sous les ombrages une eau fraîche et limpide qui ruisselait vers la plage en dévalant les pentes. J'annonçai la bonne nouvelle à Ziyara.

Avec les deux pirogues assemblées en radeau, nous transportâmes l'eau dans de grandes jarres pour la transvaser à bord du *Nadir*. Trois voyages suffirent à remplir notre réserve d'eau potable. Ziyara profita de l'escale pour plonger avec ses amies et inspecter la coque. Je ne comprenais pas son inquiétude. Je l'avais rarement vue aussi agitée, elle scrutait la plage, puis les fonds, puis le ciel, vérifiait les écoutes et les cordages, et ne m'adressait la parole que pour me demander de me hâter. À la fin de la journée, tout était prêt pour le départ. Le vent s'établissait dans la bonne direction, des risées régulières couraient sur toute la surface de la baie. Le vaisseau virait sur son ancre, prêt à prendre le large. Cependant, j'avais grande envie de prolonger un peu l'escale pour explorer l'île. Pour la première fois, Ziyara m'opposa un non des plus fermes :

— Il n'en est pas question, Cornélius. Il faut repartir maintenant. Tanobay n'arrête pas de marmonner depuis que nous sommes arrivés. Je n'aime pas ça.

— Je l'aime bien, la vieille Tanobay, mais franchement, des fois, elle radote, dis-je en riant. Tu le sais aussi bien que moi.

Elle tourna les talons dans un brusque mouvement de colère. Je la suivis pour argumenter.

— Écoute un peu, Ziyara ! Il y a plein d'arbres à pain au-dessus du ruisseau. On devrait en profiter, tu ne crois pas ? Et j'ai vu des traces de cochon sauvage. Je vais aller en chasser avec Padang…

— Il y a suffisamment de vivres dans les cales.

— Un peu de viande fraîche ne ferait pas de mal à l'équipage. Sans parler des fruits qu'on trouve ici en abondance. Il n'y a qu'à se baisser pour en ramasser. Enfin Ziyara, tu as peur de quoi ? Cette île est déserte. Inhabitée. Il n'y a personne, aucune trace de pas sur la plage. Rien non plus le long du ruisseau. Personne.

— Je n'ai pas peur. Mais je ne veux pas m'attarder ici. L'équipage est nerveux. Nos deux vieux n'arrêtent pas de m'attraper la manche. Hoan est pris de tremblements depuis que nous sommes arrivés.

Je capitulai.

— D'accord. Laisse-moi une seule journée. Le sommet n'est pas loin. De là, je pourrai me faire une idée précise de la forme de cette île. Elle n'a pas l'air trop grande. Pendant ce temps, le *Nadir* pourra en faire le tour. Comme ça, nous pourrons confronter nos observations à ton retour, demain, dans la soirée, au plus tard. Ça te va ?

Elle se retourna pour me foudroyer du regard.

— Tu ne comprends pas ce que je dis ? Non ! Ça ne me va pas du tout ! Moi non plus je ne l'aime pas, cet endroit. C'est trop calme. Je me méfie de ces arbres. On dirait qu'ils nous observent.

— Tu délires ! Ce sont des racontars ! D'ailleurs, Padang n'y croit pas non plus. Lui est d'accord pour m'accompagner.

— Il n'est pas question de vous laisser seuls ici, même pour quelques heures. Encore moins pour une nuit. Si vous restez, on reste. Seulement, je dois d'abord poser la question à l'équipage…

— Pour quoi faire ? dis-je sans dissimuler mon aigreur. On sait très bien tous les deux ce qu'il va répondre, ton équipage, surtout avec Tanobay qui n'arrête pas ses bougonnements de vieille sorcière ! C'est toi qu'ils suivront !

— Parfait. Alors on lève l'ancre.

Elle me planta sur place pour aller commander la manœuvre. De mon côté, j'allais trouver Padang pour l'inviter à débarquer avec moi sans tenir compte de son interdiction. On verrait bien si elle oserait nous planter là ! Mais à peine avait-on hissé l'ancre et libéré les voiles que le vent tomba. C'était si soudain et si inattendu que nous levâmes tous le nez vers le ciel pour comprendre d'où venait ce calme absolu. L'instant d'avant, il y avait une jolie petite brise qui courait sur la baie et, d'un coup, plus rien, pas le plus petit soupir. Le vaisseau s'immobilisa au-dessus de l'ombre bleue de sa coque. Les voiles, inertes, pendaient comme linge aux fenêtres, et c'est franchement la situation qu'un coureur des mers déteste le plus. D'autant plus exaspérant que les arbres, sur le rivage, frémissaient en longues vagues successives. S'il y avait du vent, une main invisible le retenait, en l'empêchant de franchir l'étroite bande de sable de la plage, à moins de dix brasses de notre bordage. Sa puissance augmentait à vue d'œil sans nous faire bouger d'un cheveu. Le froufrou des palmiers se transforma progressivement en gifles furieuses. Et par-dessus ce tohu-bohu de fouettements cinglants et excédés, un coup de tonnerre roula d'un bout à l'autre de la baie, annonçant un grondement ininterrompu de tambours. La forêt déversa sur la plage des dizaines de guerriers bariolés qui portaient leurs pirogues en hurlant des cris de guerre, et cette troupe vociférante déferla à grands coups de pagaies vers le *Nadir*.

— Les cannibales ! hurla Padang.

Nous nous précipitâmes sur le bord menacé, qui avec un arc, qui avec une lance.

Ziyara, les lèvres plus blanches qu'un os de seiche, se tenait à la lisse.

— Appelle les dauphins, la conjura Mateo.

— Je ne veux pas. Il est trop tard. Les sauvages sont trop nombreux. Ils en feraient un carnage. Pourquoi mes frères sous la mer devraient-ils payer de leur vie nos égarements ? dit-elle en me regardant.

La première vague d'assaillants arriva en jetant une pluie de projectiles. Un groupe avait déjà pris pied sur le pont, je les vis qui s'apprêtaient à enlever Ninh en la tirant par les cheveux. Ils étaient peints et ils grimaçaient d'horribles ricanements. Avec Padang, je me jetai sur eux. Le premier tomba à mes pieds. Je m'emparai de sa massue pour en frapper les suivants. Mateo en tua deux sur ma droite en les embrochant d'un seul coup de lance, il arracha Ninh aux mains de ses ravisseurs et la passa derrière nous. J'entendis des appels désespérés. Je jetai un coup d'œil dans mon dos. L'équipage protégeait Ziyara. Les cris venaient d'ailleurs. Les cannibales emportaient Anh et Naw vers la plage. Leur pagayeur de tête se prit une flèche et tomba en déséquilibrant leur pirogue. Les deux femmes plongèrent et, nageant vivement sous la quille, elles réussirent à gagner l'abri de l'autre côté du vaisseau, où elles restèrent accrochées à la coque en respirant à fleur d'eau. Ça se battait furieusement de tous les côtés. Ziyara hurlait ses ordres, le sabre à la main. Je me frayai un chemin vers elle en abattant la massue comme une cognée. Je fauchai des têtes, des bras ou des jambes dans un aller-retour ravageur. La massue se brisa. J'esquivai la charge d'un guerrier, lui faisant sauter trois dents au passage d'un bon coup de coude à la mode de Zi Hou. Tout cela était du plus bel effet, ne manquait pas de panache, mais n'empêchait pas nos assaillants de s'inviter toujours plus nombreux à notre bord avec la ferme intention de passer à table. D'un coup, je sentis un flottement chez les sauvages. Ils s'interpellaient en tendant le doigt vers l'avant du vaisseau, d'où surgit une sorte de génie maléfique lançant des imprécations à faire dresser les cheveux sur la tête. Je ne comprenais rien à ce que ça disait, mais je peux témoigner que ces sons à la fois stridents et gutturaux s'enfonçaient sous la peau comme des aiguilles et qu'ils provoquaient des spasmes suffisamment violents pour nouer la gorge et faire grincer les mâchoires. C'était la vieille Tanobay, je ne la reconnus que lorsqu'elle passa près de moi, les yeux révulsés, le corps cabré en arrière, les membres tordus, couverte de sang et maculée de plumes. Elle n'avait pas du tout l'air de plaisanter. Or, les ondes sonores du poison qu'elle éructait par longues saccades heurtaient au maximum de leur puissance les cannibales qui refluaient, flageolant sur leurs jambes et courbés comme sous une grêle de coups.

— Que... que se passe-t-il, bégaya Mateo.

— Je ne sais pas. Elle doit leur couper l'appétit.

Quant au vieux Hoan, il avait réussi, je ne sais comment, à grimper tout en haut du grand mât d'où il suppliait le dieu des vents de voler à notre secours. Ce dieu, s'il existe d'une façon ou d'une autre, l'entendit car le vent, qui nous narguait en secouant les arbres de l'autre côté de l'eau, bondit d'un coup jusqu'à nous et s'engouffra dans les voiles tendues sur leurs écoutes, à notre grande joie et au complet désarroi des sauvages. La concomitance de ces deux événements, l'apparition d'une sorcière femme-oiseau toute sanglante et la détonation produite par le gonflement soudain de la voilure, les jetait dans une confusion indescriptible. Mateo se précipita sur la barre. Le vaisseau s'inclinant brutalement pour prendre son allure, le sol se déroba soudain sous leurs pieds. Nous en profitâmes pour les passer par-dessus bord à grands coups de rames. Le *Nadir* vira de bord et s'enleva du piège avec un long soupir de toutes ses membrures.

La plage s'éloignait rapidement. Derrière nous les arbres se refermaient les uns après les autres. Leur feuillage ternissait à vue d'œil, et, au lieu des fragrances paradisiaques qui nous avaient enivrés à notre arrivée, une épouvantable puanteur s'en échappa. Nous restâmes un bon moment à regarder l'île diminuer, sans pouvoir prononcer un mot. Elle me fit penser à ces belles fleurs vénéneuses qui attirent des insectes pour mieux les dévorer en les vidant de leur pulpe. L'éclat de sa végétation détournait les navigateurs, et les cannibales qu'elle abritait, prévenus par ses arbres-guetteurs, attendaient la chute du vent pour attaquer le navire prisonnier de son maléfice. Je n'ose imaginer de quelle façon ils dévoraient leurs victimes, l'horrible cuisine qui se tramait derrière ce rivage enchanteur. Ensuite, l'île, repue, se débarrassait de la carcasse vidée de sa chair en l'abandonnant aux vents et aux courants. Pour confirmer ce processus diabolique, ces derniers nous entraînèrent au large d'un cimetière de vaisseaux échoués sur un haut-fond. Il y en avait des dizaines, de toutes époques et de tous lieux, qui dressaient là leurs mâts inutiles comme de gros insectes renversés. Je ne pouvais blâmer Ziyara de me battre froid. Il s'en était fallu de peu, par ma faute, que le *Nadir* ne partage leur sort.

Le *Nadir* fila pendant des jours et des nuits sur la même erre de vent. Un matin, tout le monde se retrouva à la proue pour observer une couronne de nuages rosissant sous le lever de soleil. Au soir, nous vîmes l'horizon barré par un immense cercle de falaises. Pendant dix jours, le vaisseau longea la côte, puis nous vîmes une suite de découpes rocheuses derrière lesquelles s'ouvrait un golfe abritant des centaines de navires. Tout au fond s'étageait une grande ville blanche construite en gradins.

– Orbæ, souffla Ziyara en me prenant la main.

Et je vis dans ses yeux qu'elle était aussi heureuse que moi.

Mateo nous a menés sans encombre jusqu'au port. Des officiers sont montés à bord. Leur interprète, un personnage fluet qui flottait autant dans ses habits que dans la satisfaction de son propre rôle, nous débita tout un catalogue d'expressions inconnues. Je suppose que c'était une sorte de « Qui êtes-vous ? D'où venez-vous ? » en une trentaine de versions différentes, parce que ces deux phrases finirent par sortir de façon intelligible au milieu de toutes les autres. Voyant que nous le comprenions enfin, il se cala sur notre réponse pour continuer dans notre langue. Il la parlait très bizarrement, mais on arrivait à le suivre en penchant l'oreille et en plissant le front. Pendant ce temps, les officiers, descendus dans la cale pour inspecter la cargaison, étaient revenus, satisfaits de ce qu'ils y avaient trouvé. L'interprète nous indiqua qu'il fallait laisser deux dixièmes de nos marchandises pour acquitter notre droit de passage. Ce « deux dixièmes » ne souffrait d'aucune ambiguïté car il était illustré par l'index et le majeur de sa main droite brandis juste sous notre nez. Les officiers firent leur choix. Ensuite, tout fut noté sur un registre auquel Ziyara mit son paraphe.

Remontant sur le pont, nous avons observé les autres vaisseaux au mouillage. Pas un ne ressemblait au *Nadir*.

— Nous sommes vraiment arrivés de l'autre côté de la terre, dit Ziyara émerveillée.

Nous avons revêtu nos plus beaux habits pour débarquer. Ziyara dut établir un tour de rôle, parce que chaque membre de l'équipage voulait goûter à ce nouveau monde, même Tanobay et Hoan, d'ordinaire si prudents.

Il faut dire que tout y invitait, les échoppes rutilantes, les montagnes de fruits, les odeurs s'échappant des restaurants de plein air le long des quais où les pêcheurs ramendaient leurs filets entre des alignements d'amphores et de paniers de poissons.

Le troisième jour de notre escale, nos droits dûment payés et notre cargaison apprêtée pour la vente, de nouveaux officiers montèrent à notre bord. Cette fois-ci, ils demandèrent à voir les cartes. Ziyara ne trouva aucun moyen de s'y opposer. Ils en saisirent trois des plus belles, dont la carte furtive, et nous invitèrent à les suivre au palais des Cosmographes. Là, on nous déclara que, ces cartes devant être examinées en détail, le *Nadir* resterait à quai pour une durée indéterminée. En attendant, nous étions leurs hôtes, et tous nos frais de séjour seraient pris en charge.

Ziyara en prit son parti. Je crois qu'Orbæ lui rappelait Candaâ : même activité du port, même blancheur des palais, même labyrinthe des ruelles cherchant l'ombre des arcades sous la lumière crue du midi. Nous montions jusqu'aux dernières terrasses, d'où la vue embrasse la baie par-delà l'enchevêtrement des coupoles et des toits en escalier. Nous redescendions par les galeries du quartier des cartographes et des libraires pour y croiser Mateo en pleine discussion avec des pilotes et des capitaines de navires, et tout ce petit monde se retrouvait le soir à bord du *Nadir*. Il se faisait ici un grand trafic de toutes sortes de cartes, marines ou terrestres, c'était la principale denrée d'échanges. En revanche, toutes celles concernant ces vastes territoires que la caste des Cosmographes appelait les Terres Intérieures étaient interdites au commerce.

Les soirées se prolongeaient tard, à la lueur des lanternes, sous un voile tendu entre les deux grands mâts. Les nuits à Orbæ étaient claires. Il y avait toujours du monde à bord des bateaux. Aussi, le soudain mouvement qui agita cette foule paisible pendant l'une d'entre elles ne pouvait passer inaperçu. Nous portant dans la direction où convergeaient toutes les têtes, nous vîmes arriver trois vaisseaux aussi fins que des oiseaux. Ils glissaient, à peine visibles, et passèrent presque sans bruit le long de la forêt des mâts.

— Ziyara, regarde leurs voiles !

Elles étaient noires, du même noir que la nuit.

— Elles sont en toile à nuage !

Mais avec des gestes précis, les marins, vêtus eux aussi de noir, les repliaient déjà. Ils terminèrent la manœuvre aux avirons avec une aisance confondante, et vinrent se ranger près du palais des Cosmographes, dans une cale qui leur était réservée, face à un plan incliné. En une heure à peine, les bômes furent amenées, les mâts démontés et rangés tout de leur long sur les ponts. Une porte basse s'ouvrit dans la muraille du palais. Les trois vaisseaux, tirés à l'aide de palans sur un plan incliné, y disparurent l'un après l'autre.

— Ce sont des pourvoyeurs, dit Pausanias, l'un des plus assidus à ces soirées sur le *Nadir*, sans doute à cause du penchant qu'il éprouvait pour Naw, qui avait l'air de bien le lui rendre. Ils vont chercher des cartes à l'autre bout du monde. On les reconnaît à leur pavillon.

— Je n'arrive pas à comprendre comment on peut faire des voiles dans un tissu aussi fin, dit Naw. Ça dépasse l'entendement.

— Ces voiles sont faites de bandes croisées, superposées et cousues plusieurs fois. Elles sont beaucoup plus solides qu'elles n'en ont l'air. Elles sont indéchirables, et les cordages, faits de la même matière, ne rompent jamais. Mais il n'y a que le palais qui peut s'offrir un tel luxe. Une seule de ces voiles repliées, ma chère Naw, tiendrait dans vos deux mains délicates si vous les refermiez, et vaut davantage que le *Nadir* tout entier, cargaison comprise.

— Et l'équipage en prime, pendant que tu y es, le railla Mateo.

— Je ne dirais pas ça. Il me semble que cet équipage est hors de prix, répondit Pausanias en se penchant légèrement vers Naw.

— À quoi servent ces pourvoyeurs ? demanda Ziyara. On trouve des cartes partout sur le port, et jusque dans les arrière-boutiques. Sans compter les dizaines d'ateliers de copistes qui les reproduisent en quantité.

— C'est le tout-venant, ma chère Ziyara ! Les pourvoyeurs sont chargés de rapporter des cartes autrement singulières, des itinéraires, des « terra incognita ». Celles-là, croyez-moi, ne seront jamais reproduites. Elles ne sortiront jamais du palais…

Je vis que Ziyara pensait la même chose que moi : c'est bien là que s'achevait le long voyage des cartes furtives du pays de Jade, entre autres…

Pausanias était un étranger comme nous. Mais il venait régulièrement à Orbæ. Il nous fit un portrait saisissant de cette caste de Cosmographes. Érudits, orgueilleux, tournés vers les honneurs et la gloire un peu vaine des découvreurs, convaincus de l'excellence de leur île, accueillants mais distants, ils régnaient depuis leur immense palais sur la ville. Celle-ci était le seul accès à l'île, le seul point de contact avec le monde extérieur. Quant au palais, c'était un labyrinthe entièrement dévolu à l'Art Géographique, qui s'apparentait, pour les Cosmographes, à une forme de religion.

— Les jardins des Terres Intérieures à eux seuls valent une visite de plusieurs jours, c'est là qu'ils rassemblent toutes leurs collections de plantes et d'animaux. Mais, par une belle soirée comme celle-ci, les petits jardins le long de la plage ont davantage de charme : on peut y entendre de la musique en buvant des rafraîchissements…

— Si on allait y faire un tour, proposa Naw, sachant parfaitement que nous commencions tous à être gagnés par le sommeil.

— C'est à cette heure de la nuit, dit Pausanias, que les parfums s'épanchent le plus. Je vous emmène ?

Il se leva pour lui donner le bras. Mateo se leva aussi, prêt à les accompagner, mais je le retins discrètement par la manche. Pausanias et Naw descendirent la passerelle. Mateo prit congé de son côté en dardant sur moi un œil courroucé, le seul qu'il lui restait, et rentra dans sa cabine, pendant que nous retenions un fou rire.

— Il faudra que Ninh et Anh s'habituent à plonger sans elle, dis-je à Ziyara, en regardant Naw s'éloigner sur le quai au bras de son beau capitaine.

— Ne t'inquiète pas. Ses sœurs ne nagent pas beaucoup non plus ces derniers temps. Pausanias n'est pas le seul ici à être attiré par les pêcheuses de perles, tu n'avais pas remarqué ?

— Heu, fis-je en me grattant la tête. Orbæ est pleine de surprises…

— Ces voiles noires, par exemple, continua Ziyara en changeant de sujet. Elles n'ont rien à voir avec les navires qui ont attaqué le *Nadir*… Mais si elles peuvent aller jusqu'au pays de Jade sans se faire repérer, alors ce sont de sacrés marins, tu ne crois pas ?

— Tu as raison. Cela tient de l'exploit. Leurs vaisseaux ne sont pas très hauts sur l'eau. Comment font-ils pour affronter la haute mer ? Viens, il commence à faire froid, rentrons…

Nous avons continué notre exploration de la ville les jours suivants. Pausanias nous servit de guide au cours d'une promenade sur le port. On trouvait toutes sortes d'animaux et de plantes à vendre sur le quai des Cinq Curiosités, mais il nous conseilla vivement de visiter les jardins des Terres Intérieures pour nous faire vraiment une idée de la variété des espèces propres à Orbæ. Nous y rencontrâmes une jeune fille, vêtue d'une ample mousseline et d'un chapeau qui lui donnait l'air d'un gracieux champignon, occupée à dessiner les évolutions d'une tortue dans un bassin. J'admirai l'habileté de son coup de pinceau. Elle se tourna vers nous et à ma grande surprise engagea la conversation dans notre langue.

— Vous avez l'air si jeune, lui dis-je. Vous avez déjà voyagé ?

— Non, mais j'ai appris plusieurs langues. Chez nous, cela fait partie des études pour entrer au cabinet des Enluminures. Je veux devenir cartographe...

Je lui demandai ce qu'il fallait voir en premier dans les jardins. Elle referma son carnet, se releva d'un bond et se proposa de nous servir de guide. Elle désignait les arbres par leurs noms et les classait selon que leurs fleurs regardaient vers le sol ou vers le ciel, que leurs fruits étaient à coque ou à pulpe, le tronc d'un seul fût ou divisé, et surtout, ce qui nous étonna le plus, que leur ombre, légère et murmurante, invitait au sommeil ou au contraire, humide et ténébreuse, engendrait la maladie. Ses connaissances avaient l'air inépuisables.

— Quand je pense que j'étais émerveillée par les jardins de Candaâ, murmura Ziyara, alors qu'ils ne montraient pas le dixième de ce qu'on voit ici !

— Tout ça, dit la jeune fille en se rengorgeant, vient des Terres Intérieures. Elles sont très vastes. Il faut plusieurs mois de navigation pour faire le tour de notre île...

— Ça n'explique pas une aussi grande diversité, remarquai-je. À moins que plusieurs climats ne se soient donné rendez-vous au même endroit et au même instant, je ne comprends pas comment il peut exister sur un seul territoire autant de variétés d'animaux et de plantes si dissemblables !

— Les Terres Intérieures sont mouvantes. Vous avez vu cette couronne de nuages au-dessus des falaises ? Ce sont les Fleuves de Brume. Ils tournent constamment sur eux-mêmes, entraînés par un courant qui n'obéit qu'à lui-même. C'est à l'abri de cette couronne nuageuse, loin des regards, que les Terres Intérieures se transforment.

— Vous voulez dire qu'elles changent de forme ?

— Elles sont mouvantes, oui.

— Comme les nuages, murmura Ziyara pour elle-même. Comme les nuages et la mer qui nous entoure.

— C'est pour ça qu'on peut toujours y lancer de nouvelles expéditions, dit la jeune fille avec l'air d'énoncer une évidence : elles ne sont jamais les mêmes. Mon père, qui en a mené plusieurs, est un découvreur. Vous voyez cet animal ? (Elle nous désignait un cerf dont les bois dessinaient un masque. Dès que l'animal penchait la tête, on ne voyait plus que cela, une face un peu effrayante se dressait à la verticale de son crâne.) Les jardins en possèdent six. Cela n'existait pas quand j'étais petite. Mais depuis qu'on a rapporté le premier d'entre eux, il y a de cela quinze ans, les expéditions croisent des troupeaux qui peuvent aller jusqu'à plusieurs centaines de têtes...

— Je comprends votre fierté, lui glissa Ziyara.

La jeune fille rougit.

— Le jour où mon père rapportera lui aussi une merveille, il sera honoré du titre de Grand Découvreur...

— Une merveille ?

— Pour qu'une découverte soit déclarée « merveille », il faut que l'ensemble des Cosmographes réunis en conclave la juge digne de marquer son époque. Le bois-de-masque en fait partie. Nous sommes toujours dans celle de la Belladone Oiseuse...

— Joli nom, fit Ziyara. Qu'est-ce que c'est ?

— Une plante qui colore les rêves de ceux qui en boivent. Mais vous verrez, mon père trouvera bien mieux...

— N'écoutez pas trop ma fille Azadeh, fit un homme qui vint se placer derrière elle en posant une main sur son épaule. Revenir avec une merveille n'arrive qu'une fois dans une vie, et encore, il faut avoir beaucoup de chance et de talent... Permettez-moi de me présenter. Alvorandis, de la famille des Brazadîn.

Je sursautai à ce nom.

— Ziyara, de Candaâ, et Cornélius van Horn, pour vous servir. Nous sommes voyageurs et cartographes.

— Vous êtes arrivés depuis longtemps ?

— Un peu plus de trois semaines. Notre vaisseau, le *Nadir*, est au port.

— Un fier voilier que vous avez là. J'ai déjà eu l'occasion de l'admirer. Et quand repartez-vous ?

— En fait, nous sommes dans l'attente d'une décision du palais. Alors nous en profitons pour visiter la ville.

— Ce serait un honneur pour moi de vous en faire découvrir davantage. Nous n'avons pas de plus grand plaisir, à Orbæ, que de converser avec les voyageurs. Je serais très honoré de vous recevoir. Nous habitons tout près d'ici. Azadeh peut aller vous chercher à votre vaisseau et vous conduire. Vers la septième heure, cela vous conviendrait ?

Je vis briller la curiosité dans les yeux de Ziyara. Elle me pressa la main.

— Nous acceptons avec grand plaisir.

Il porta la main droite à son cœur avant de s'éloigner.

Nous avons continué notre promenade.

— Je ne comprends pas très bien, dis-je en m'adressant à Azadeh. Si votre île est si changeante, à quoi vous sert d'accumuler toute cette faune et cette flore ? C'est sans fin, vous n'en verrez jamais le bout.

— Les jardins sont une partie de notre mémoire, au même titre que les cartes que nous dressons. C'est ici que se confrontent toutes nos visions des Terres Intérieures. Nous savons, bien sûr, que le monde est vaste et qu'il existe ailleurs d'autres îles, et même des terres bien plus vastes, mais elles sont des filles d'Orbæ, car elle est sans conteste la terre la plus ancienne, et la première sur laquelle la vie a pris forme.

— Ce n'est pas ce qui se dit ailleurs, sans vouloir vous offenser. Nous avons visité tant de pays dont les peuples prétendent être à l'origine du monde, et de tant de façons différentes...

— Mais ils en apportent rarement la preuve, n'est-ce pas ? Tous les voyageurs qui viennent ici formulent la même objection, mais tous repartent d'Orbæ convaincus qu'ils se sont approchés de l'origine du monde. Car tout ce qui existe à l'extérieur a son équivalent, sous une forme ou une autre, dans les Terres Intérieures. Or l'inverse n'est pas vrai. Nous possédons les espèces de plantes et d'animaux les plus rares et certaines remontent à la nuit des temps. Venez, je vais vous les montrer.

Elle longea un canal d'irrigation et nous entraîna dans les profondeurs d'une forêt pétrifiée où une centaine de fougères arborescentes, ciselées dans la craie blanche, nous dominaient de toute leur hauteur. Sous ces frondaisons immobiles, d'autres roches emprisonnaient d'immenses squelettes d'animaux géants. Le plus grand dépassait la taille du *Nadir*, et ce n'était pas une baleine, mais un animal à quatre pattes, avec un corps aussi haut qu'une maison, une queue qui n'en finissait pas et une tête ridicule tout au bout d'un long cou. À ces côtés, toute une ménagerie de chimères combinait à plaisir des ailes de chauves-souris avec des becs de pélicans hérissés de dents ou des corps de lézards ouvrant des gueules de crocodiles.

— Vous avez aussi d'excellents sculpteurs, dis-je, et doués d'une imagination peu commune !

Azadeh me jeta un œil noir.

— Imagination ? Je ne vois pas de quoi vous parlez !

— Inventer, créer. C'est très bien fait. Il ne manque pas une griffe ni une dent à toutes ces créatures. On jurerait qu'elles ont existé !

— Mais tout ce qui est ici est vrai ! protesta-t-elle.

— Allons, dit Ziyara. Nous avons rencontré dans nos voyages toutes sortes de gens et de créatures. Je veux bien croire qu'il y a des bêtes marines de cette taille, oui, mais des animaux terrestres...

— Je vous l'ai dit, notre terre est changeante.

Je m'approchai d'un bloc pour en gratter de l'ongle la surface. L'animal était dessous, au cœur de la matière, on voyait même des lambeaux de peau adhérant encore aux os, et parfois le départ des tendons, c'était une véritable momie de pierre. Azadeh ne mentait pas. Il était impossible d'imiter à ce point les articulations ou les dentures, et pourtant je ne pouvais croire qu'un tel monstre ait pu exister. Il avait l'air foudroyé, saisi en pleine course. Il se retournait pour mordre. On ne pouvait qu'imaginer ses cris de rage pendant qu'il se débattait dans ce sortilège minéral qui l'avait aussi cruellement dépouillé de sa chair.

— Ces animaux sont nos plus anciens vestiges, et je suis sûre que nous en trouverons d'autres. Car il y a toujours de nouvelles découvertes.

— Et celui-là ? demanda Ziyara en montrant du doigt le squelette d'une espèce de grand singe.

— C'est un acéphale, un homme sans tête.

— On la lui a coupée ?

— Non, et d'ailleurs c'est le seul qui soit complet, les autres sont en morceaux. En fait, on pense que ces êtres devaient avoir la tête au milieu de la poitrine. On voit très bien les cavités osseuses entre les côtes pour les yeux, et l'ouverture des mâchoires juste sous le sternum. D'après nos savants, ce sont sans doute les premiers habitants de notre île, notre espèce est apparue après.

— Alors il y a toujours des habitants dans les Terres Intérieures ?

Elle éclata de rire.

— Bien sûr, mais pas des comme ça, heureusement ! Les Indiganes sont comme vous et moi. Ils sont très farouches. Il y en a peu en ville, ils vivent presque tous au-delà des Fleuves de Brume.

Ziyara m'indiqua d'une pression qu'elle souhaitait retourner au port.

En redescendant au vaisseau, je songeai encore à ces animaux saisis dans la pierre.

— Si je devais mourir ici, murmurai-je à Ziyara, je ne voudrais être ni brûlé ni enterré. Je voudrais être enfermé dans une de ces roches pour que mes lèvres prononcent ton nom dans l'éternité de son silence.

Elle se serra contre mon épaule, mais je n'entendis pas sa réponse, le cri d'un colporteur avait couvert sa voix.

Le soir, Azadeh vint nous chercher comme convenu pour nous conduire chez son père.

La demeure d'Alvorandis était construite autour d'un patio intérieur. Un bel arbre en fleur, planté au milieu d'un bassin, y déroulait ses branches jusqu'aux galeries supérieures. Alvorandis nous fit les honneurs de sa maison. Puis, nous prenant chacun par la main, il nous emmena sur une terrasse où le repas était dressé. Il se pencha vers Ziyara :

— Pardonnez ma curiosité, mais il est rare de voir ce genre d'écharpe au cou d'une étrangère, et même ici, vous aurez bien du mal à trouver quelqu'un qui en porte. Serait-il indiscret de vous demander où vous l'avez trouvée ?

Ziyara, troublée, hésita.

— C'est un cadeau de ma part, répondis-je, mais ce serait une trop longue histoire de vous dire comment je me la suis procurée.

— Ah, tant mieux ! Cela nous promet de belles soirées. Nous sommes grands amateurs d'histoires sur Orbæ. Vous savez sans doute que cette étoffe est très particulière...

— J'ai vécu dans un pays où le simple fait d'en parler était puni de mort, continuai-je, parce qu'elle était réservée à un grand souverain, l'Empereur de Jade. On ne l'évoquait, là-bas, qu'à travers le terme d'Imprononçable... Mais je sais qu'elle vient d'ici, d'Orbæ. C'est un homme qui porte le nom de votre famille qui m'en a parlé le premier.

— De ma famille, dites-vous ?

— Un vieil homme du nom d'Ibn Brazadîn.

— Si c'est bien de lui qu'il s'agit, vous parlez de mon oncle. Il a été condamné à l'exil il y a de ça une trentaine d'années. Je l'ai très peu connu.

— Il prétendait que cette étoffe était le produit d'une herbe sensitive qui ne pousse que dans les Terres Intérieures.

— En effet. En dehors de trouver des merveilles, c'est le but premier de nos expéditions que d'en rapporter. Le peuple des Indiganes récolte les flocons et nous les troquons contre d'autres denrées. Les échanges ne se font qu'à la nuit tombée, lorsque ces flocons sont à la bonne couleur. Tout revient au palais, où se trouvent les ateliers de tissage. La toile qu'on en obtient équipe nos vaisseaux et sert de monnaie d'échange pour acheter des cartes précieuses. Nous n'avons pas le droit d'en porter.

Gênée, Ziyara commença à se défaire de son écharpe pour la ranger dans son étui de cuir.

— Je vous en prie, continua Alvorandis en la lui remettant sur les épaules, vous êtes mon hôte.

— Votre oncle Ibn Brazadîn m'a montré une carte avec deux îles qui se dressent au milieu de la grande plaine où poussent les herbes à nuage.

Il haussa les sourcils.

— Vous parlez des îles Indigo, je suppose ?

— Vous les connaissez ?

— Ces îles n'ont jamais existé que dans son imagination, j'en ai peur. J'ai mené plusieurs expéditions dans la plaine herbeuse et je ne les ai jamais aperçues, même pas en mirage. À dire vrai, on ne les trouve mentionnées que dans un atlas incomplet, et à l'intérieur de ce traité qu'il a établi alors qu'il était encore un jeune découvreur plein d'avenir. Cet exemplaire avait disparu avec lui, mais voilà qu'il a mystérieusement refait son apparition ces jours derniers. (Ziyara me lança un bref regard, elle pensait à la même chose que moi : les voiles noires.) Nous avions assisté à leur arrivée au port… Je l'ai feuilleté, continua Alvorandis. À mon avis, il ne présente pas d'intérêt géographique.

Enfin, si c'est bien le même dont il s'agit, car je ne vous cache pas que très peu de gens l'ont eu entre les mains.

— J'aimerais le voir. J'ai eu cet exemplaire en ma possession. On me l'a confisqué. Cependant, je l'avais suffisamment consulté pour en faire un double de mémoire. Je le connais par cœur et je saurais aisément reconnaître l'original. Pensez-vous que ce soit une chose envisageable ?

— Je pourrai vous le montrer demain, mais, au risque de me répéter, je pense que vous serez déçu. Il n'a aucune valeur.

La conversation qui suivit roula sur une partie de nos voyages aux uns et aux autres. Je suppose qu'Alvorandis voulait à la fois juger si nous étions dignes de pénétrer dans le palais des Cosmographes et s'il n'était pas prématuré de nous en dire trop sur son fonctionnement. Il me faisait penser à Idrîs Khan. Sa barbe soignée, ses yeux ourlés de longs cils et ses gestes élégants étaient démentis par un nez vigoureusement dessiné et surtout par des mains carrées, robustes, cordées de veines noueuses qui dénonçaient une force capable d'une grande violence. Rien de surprenant. Il fallait sans doute une certaine trempe pour mener à bien ces expéditions. Il ne cachait pas son admiration pour Ziyara, ce qui ne m'était pas complètement agréable. Sa fille Azadeh affichait la même détermination alerte, mais je ne retrouvais pas, ni chez l'un ni chez l'autre, l'espièglerie et la malice d'Ibn Brazadîn, le vieil aubergiste…

La soirée se prolongea tard dans la nuit. Alvorandis Brazadîn nous donna rendez-vous pour le lendemain au palais. Il nous y accueillit revêtu de la robe d'apparat des Cosmographes. Il débuta la visite par l'observatoire des météores, construit sur une terrasse en plein ciel. Puis il nous fit entrer dans la bibliothèque des nuages, une grande salle où sont rangés les atlas nébuleux. Les cosmographes d'Orbæ sont parvenus, je ne sais comment, à classer les nuages selon leurs formes, couleurs, grains et modes d'apparition, mais aussi leurs genres et caractères : les mâles et les femelles, les grégaires et les solitaires, les indolents, les éperdus, les prétentieux, les foudroyants… On ne consulte ces grands livres que suspendu à des sangles, si bien que les savants versés dans cette spécialité semblent de grands oiseaux qui crient pour se faire entendre et qui vont donner de la tête contre les piliers soutenant la coupole lorsqu'ils se balancent trop vivement pour atteindre les rayonnages. Les plus vieux restent perchés à des hauteurs vertigineuses, à débattre des mérites de leurs nuées préférées. À force de se prendre pour des oiseaux, leurs cervelles se sont réduites aux proportions de ces derniers, ils en ont les coups de bec trop vifs et les envols désordonnés. On sort de cet endroit en se bouchant les oreilles comme si l'on avait traversé une volière fréquentée par des fous. Alvorandis nous fit ensuite parcourir plusieurs galeries. Négligeant les étages nobles, il nous fit descendre dans une enfilade de salles réservées aux aberrations et illusions géographiques. La dernière ne contenait que des livres de petits formats entassés dans des niches. Au premier coup d'œil, j'y reconnus, couché sur le flanc parmi une pile d'ouvrages poussiéreux et misérables, le *Traité sur les îles Indigo*. Je le pris en tremblant légèrement. C'était bien l'écriture d'Ibn Brazadîn, mais d'autres mains avaient amendé et annoté l'ouvrage. À la quatrième page, je reconnus l'empreinte du tampon rouge du tribunal de Yulan et tout un commentaire dans la langue du pays de Jade. À la dix-huitième et à la vingt-troisième page, je découvris le sceau imprimé à l'encre furtive des mandarins de la nuit, Liang Feng et Tsao Tsi.

De saisissement, le livre m'échappa. Alvorandis le ramassa et le remit entre mes mains.

— Si ce livre vous appartient, je vous en prie, reprenez-le.

— Comment ce livre a-t-il pu arriver jusqu'ici ?

— Ce serait peut-être à vous de me le dire ?

— Pour être franc avec vous, je n'en sais rien. Mais ce que je sais, c'est qu'il ne mérite pas d'être rangé parmi les mensonges et les aberrations. Ces îles existent. Votre oncle, si c'est bien lui, me l'a assuré.

— En tout cas, moi, je n'ai jamais aperçu cette montagne du bleu des lointains, pas même en mirage !

Nous revînmes sur nos pas, chacun muré dans le silence de ses réflexions. Sur les marches du palais, au moment de se quitter, Alvorandis fit mine d'hésiter, puis il m'interpella une dernière fois.

— Mon cher Cornélius, il me semble que nous devrions joindre nos intérêts dans cette affaire...

— Quelle affaire ?

— Comme je vous l'ai dit, je suis un cosmographe. Nous sommes très peu à avoir l'honneur de renouveler la vision des Terres Intérieures. Mais mériter le titre de Grand Découvreur, c'est encore autre chose. Cela n'est accordé qu'aux meilleurs d'entre nous. Que croyez-vous qu'il faut pour cela ? De l'intuition ? du courage ? de la chance ? Bien sûr qu'il en faut, seulement c'est très loin d'être suffisant. – Il soupira. – Il faut être choisi. Un tel privilège ne se conquiert pas, il n'est pas donné à la naissance, il est désigné par la main aveugle qui gouverne notre géographie capricieuse. Ce sont les Terres Intérieures qui nous choisissent.

— Je n'appartiens pas à votre caste. En quoi suis-je concerné ?

Il pointa un doigt vers le livre d'Ibn Brazadîn.

— Ce traité n'a aucune valeur. Cette montagne du bleu des lointains, personne n'en a ramené la moindre preuve, à part mon oncle qui avait l'imagination fertile. Mais son livre vous a élu, c'est évident. Tout ce chemin, toutes ces années, et vous finissez par le retrouver à l'autre bout du monde, là même où il a été écrit. Ou plutôt, c'est lui qui vous retrouve, vous ne croyez pas ? Pour tout autre que vous, j'en ai peur, ces îles demeureraient invisibles, mais si vous m'accompagnez, tout devient possible...

Mon cœur se mit à accélérer.

— Vous accompagner ?

— Là-bas, dans les herbes sensitives. Ce n'est pas une très longue expédition. Nous appelons cette route la route des cinquante jours. Je crois que nous devrions partir à leur recherche...

— Alors vous ne doutez plus de leur existence ?

— J'ai l'intuition que ce sont elles qui pourraient vous retrouver, vous comprenez ? Tout comme ce traité, qui les a décrites.

— Je ne vois toujours pas où est votre intérêt...

— Personne ne peut deviner ce qui l'attend derrière les Fleuves de Brume. Qui sait, justement, si les îles

Indigo n'abritent pas une faune ou une flore extraordinaire ? Une merveille digne de me faire accéder au titre de Grand Découvreur ? Je vous demande seulement d'y réfléchir, la prochaine expédition part dans une semaine, et je vous promets que nous serons de retour bien avant la mauvaise saison.

— Tu n'iras pas, n'est-ce pas ? me demanda Ziyara en remontant à bord du *Nadir*.

— Honnêtement, je ne sais pas. Alvorandis n'a pas tout à fait tort quand il affirme que ce livre m'a choisi. En tout cas, c'est bien lui qui m'a attiré jusqu'ici.

— Partons, s'il te plaît. Laissons au palais les cartes qu'on nous a prises et partons. Pense aux arbres de Quinookta, eux aussi nous avaient bien attirés…

— Ça n'a rien à voir. La preuve, c'est que sans ce livre, nous ne nous serions jamais rencontrés. C'est lui et le vieil aubergiste, après tout, qui m'ont mis sur ta route. Et puis, ce n'est que l'affaire de cinquante jours, Ziyara…

— Cinquante jours auxquels il faut ajouter le temps que vous passerez à chercher ces îles : un mois en plus ? deux mois ? C'est bien long, Cornélius…

Le regard éperdu, appuyée à la lisse, elle murmura pour elle-même : « Trop long… »

— Viens avec moi, alors.

Elle soupira.

— Je ne peux pas.

— Dis-moi plutôt que tu ne veux pas...

— Ce n'est pas mon histoire, Cornélius. Et je ne fais pas confiance à cette montagne bleue...

— Mais, Ziyara, comment repartir si près du but ? Alors que je pourrais peut-être enfin comprendre ?

— Comprendre quoi ? Qu'il y a quelque part une montagne qu'un vieux fou t'a dit ne jamais pouvoir atteindre ! Et quand bien même tu y poserais un pied, ça t'apporterait quoi ?

— Tu n'as pas vu ce tableau à l'auberge...

— J'ai froid, rentrons.

Ni l'un ni l'autre, nous n'osâmes aborder le sujet le jour suivant. Il y eut une belle soirée avec un long repas dans le brouhaha du port, égayé de contes et de chansons. Pausanias nous fit part de ses pérégrinations, et il n'était que trop évident pour tous qu'il emmènerait Naw avec lui dans ses prochaines navigations. Mateo argumenta un temps sur l'ineptie que représentait à ses yeux le fait de vivre en couple sur un bateau, mais le regard noir de Ziyara le plongea dans des explications de plus en plus confuses sur les exceptions que cela induisait, après quoi Pausanias le prit à l'épaule en lui disant qu'il lui manquerait, et notre pilote versa une larme de son unique œil comme un cyclope bourru découvrant soudain les subtils arcanes de l'amour.

Les jours suivants, je tournai en rond comme un lion en cage. Ziyara m'évitait. Elle nageait plus longuement que d'habitude. Un matin, alors que je l'accompagnais, elle attrapa la nageoire d'un dauphin et plongea vers les grands fonds, où elle resta hors de ma vue. Plongeant à sa suite, je tentai vainement de la rejoindre, mais elle était descendue si loin que je ne vis plus que des ombres. La panique me gagna. Je n'avais pas son endurance, il me fallut remonter prendre mon souffle. Je criai plusieurs fois son nom en tournant la tête dans un sens et dans l'autre. Enfin j'entendis cette fontaine d'eau et d'air qu'elle expirait toujours en revenant à l'air libre, et je vis danser au bout de son cordon le petit dauphin d'ivoire, comme s'il voulait remonter ce flot vers sa bouche pour lui donner un baiser. Et je la contemplai, ému et brisé de sa beauté mystérieuse et de cet air de fierté qui ne la quittait jamais, même au cœur de la tristesse. Et nous revînmes en brassant l'eau, glissant l'un près de l'autre, heureux simplement de sentir le monde s'écouler entre nos deux corps.

Dans le quartier des lapidaires, j'achetai une pierre aimante. Certaines, qui sont grossières et noires, hument les particules de fer car ce métal les attire. Ziyara possédait une pierre de cette sorte pour indiquer le nord. Elle l'appelait la pierre calamite et la conservait dans sa cabine, avec les autres instruments de navigation. On prétend que de telles pierres sont tombées du ciel et, qu'étant filles de l'étoile Polaire, elles regardent désespérément depuis leur exil l'endroit de la nuit où apparaît leur mère. Même si je sais qu'il peut paraître incroyable qu'un objet inerte dispose d'une quelconque forme de volonté ou de sentiment, nous avons maintes et maintes fois vérifié son obstination dans cette étrange inclination. Car même au milieu du brouillard le plus épais, la pierre calamite se tourne toujours vers le nord. Celle que j'achetai était toute différente. Polie et veinée comme un petit œuf d'hirondelle, elle était faite de deux moitiés irrégulières étroitement emboîtées. Le charme qui attire les deux pôles d'une pierre aimante est proportionnel au sentiment qu'éprouvent deux personnes l'une envers l'autre. Les nôtres résistaient avec une telle vigueur à leur séparation qu'il nous fallut glisser une lame entre eux pour y parvenir, exactement comme on ouvre une coquille d'huître, mais le marchand nous affirma très sérieusement que le fluide de cette pierre tiendrait jusqu'à la fin de nos jours. Je fis monter les deux fragments sur de fins cordons de cuir tressé. Je passai le premier au poignet de Ziyara, et je lui demandai d'en faire autant pour le second avec moi.

L'avant-dernier jour, Azadeh se présenta à la passerelle du *Nadir*.

— Mon père vous convie à la réception qu'il donne pour son départ. Il serait heureux de vous revoir une dernière fois.

Alvorandis nous reçut avec les honneurs qu'on imaginerait réservés à des ambassadeurs. Nourriture délicieuse, boissons exquises. Beaucoup de Cosmographes étaient là, et, parmi eux, des représentants de la guilde des Aveugles qui sont chargés de faire franchir les Fleuves de Brume aux expéditions. Je m'attendais de la part de notre hôte à un renouvellement de sa proposition. Politesse ou discrétion, il n'y fit aucune allusion, préférant passer la soirée à vanter les mérites de la grande capitaine et cartographe Ziyara, qui se trouva rapidement le centre d'intérêt de toutes les conversations. Elle ne s'était pas préparée à un tel assaut, et, plutôt que d'en fuir les vagues successives, elle brilla de tous ses feux au point de subjuguer l'assistance. Je connaissais ma Ziyara et ses talents de conteuse. Une trentaine de vieux barbus (c'est d'accord, nous conviendrons que certains ne l'étaient pas tant, et qu'ils avaient même l'audace de se présenter dans la plénitude de leur jeunesse) la pressaient de questions, poussaient des oh et des ah d'admiration, mimaient la frayeur ou éclataient de rire. Au plus fort de l'échange, alors que la soirée était bien avancée, Alvorandis me prit à part et me demanda, l'air de rien, si j'avais eu le temps de réfléchir. L'aiguillon de la jalousie me précipita du mauvais côté, et je lui répondis que naturellement je serais prêt à l'heure qui lui conviendrait.

De retour au *Nadir*, j'appris la nouvelle à Ziyara. Nous étions assis sur le pont, devant un petit brasero pour faire le thé. Je m'attendais à une explosion de colère, mais elle l'accueillit avec un sourire de résignation, disant qu'elle le savait déjà, et bien avant que j'aie pris ma décision. Je tentai encore de la convaincre de m'accompagner.

— C'est hors de question, Cornélius. Je ne viendrai pas avec toi.

— Pourquoi pas ?

— Parce que cette montagne est inaccessible et qu'elle barre notre horizon.

Je m'éloignai à l'autre bout du navire et je lui demandai de poser sur le plancher son morceau de pierre aimante, puis je me déplaçai de bâbord à tribord. Comme reliés par une corde invisible, les deux morceaux se tournèrent ensemble l'un vers l'autre. Quelle que soit la largeur de mes pas, sa pierre me suivait, dès que je changeais de direction, elle en changeait également.

Je posai ma pierre sur le plancher et invitai Ziyara à faire la même chose. Elle s'exécuta de mauvaise grâce et me reprocha cet enfantillage.

— Nous ne pouvons pas nous perdre, Ziyara. Même quand je serai loin, derrière les Fleuves de Brume, je pourrai revenir vers toi, je saurai où te trouver...

Elle détourna son visage vers le large. Je me rapprochai d'elle, passant une main timide dans ses cheveux que le vent rabattait. Elle planta son regard dans le mien.

— Je ne serai pas long. Je reviendrai avec un flocon de ces îles Indigo.

Je descendis dans la cabine faire mon paquetage. J'étais habitué à voyager léger, et Alvorandis m'avait prévenu qu'il se chargeait de la nourriture et du couchage. Elle me rejoignit.

— Quand partez-vous ?

— À la première heure. Tu viendras me dire au revoir ?

— Je ne crois pas que je pourrai...

Je fus réveillé avant l'aube par des frôlements contre la coque. Ziyara n'était pas là. Je m'habillai en hâte. Les dauphins glissaient autour du *Nadir*, elle nageait au milieu d'eux. Elle dressa le buste à demi en me faisant un petit signe de la main et coula sous mes yeux, laissant l'eau entièrement la recouvrir. Ses cheveux s'étalèrent en corolle, puis, sous cette tache d'ombre ondoyante, la forme plus claire de son corps s'allongea avant de se dissoudre et disparaître. Il ne restait plus, à l'endroit où l'instant d'avant elle se trouvait, que des vaguelettes et le clapotis du vaisseau au mouillage. C'était sa façon de me dire adieu.

Le cœur serré, sans me retourner, je pris la direction du palais. J'y arrivai, comme prévu, à la pointe de l'aube.

La troupe était prête, une vingtaine d'hommes et le double d'animaux de bât. Je fendis la foule des familles et des curieux pour rejoindre Alvorandis. Vêtu d'une veste de peau et coiffé d'une toque, il s'entretenait avec un petit groupe. Il tourna sur lui-même pour me donner l'accolade, puis il me présenta Syrelis, l'aveugle qui nous ferait traverser les Fleuves de Brume, et Lepias, le chef des pisteurs, flanqué de ses deux aides. Je remarquai que les pisteurs portaient de très belles bottes en peau de cerf ornées. Azadeh s'approcha. Je la saluai. Apparemment, j'étais le dernier. Alvorandis donna le signal du départ en levant son bâton ferré.

Empruntant la route des expéditions, une chaussée pavée qui grimpe tout en haut de la ville, nous dépassâmes la porte de la dernière enceinte. Au-delà, le sentier continuait son ascension entre des bois de pins et des jardins jusqu'en haut des falaises, dont il suivit la ligne de crête avant de grimper à nouveau jusqu'à un col. Deux grandes arches y annoncent le début des Terres Intérieures, elles sont très hautes, il n'y a rien autour d'elles que des cailloux et le souffle du vent. À partir de là, on bascule dans les Fleuves de Brume. On est pris dans leur courant humide qui noie tout sous sa blancheur laiteuse. On n'y voit plus rien. Sans la corde qui relie le premier au dernier, on est sûr de se perdre. De temps en temps, on escalade des rocs à l'assaut du vide, on entrevoit des ponts qui se perdent dans le néant...

Syrelis, l'aveugle, lançait des sifflements que les pisteurs reproduisaient, j'entendais ces sons rebondir derrière moi, d'un bout à l'autre de la colonne. Nous avons gravi pendant trois jours une succession de crêtes, dont certaines montaient parfois assez haut pour percer cette rivière de nuages. Nous avons fini par rejoindre les premières maisons d'un village émergeant du brouillard.

— C'est ici que se recrutent les meilleurs guides, me dit Alvorandis, ils sont tous aveugles, habitués dès l'enfance à courir les sentiers les plus périlleux dans ce brouillard qui les soustrait à leur vue.

— Comment font-ils ?

— Ils écoutent. Ils n'entendent pas seulement avec leurs oreilles, mais aussi avec leurs pieds. Ils savent à tout moment quand ils côtoient le vide et si le sol est ferme sous leurs pas. Ils parlent un langage de sifflements stridents qui porte à des distances considérables. Leur village se tient à la frontière des nuages. Les Fleuves de Brume le submergent ou le laissent à découvert selon qu'ils sont en haute ou basse respiration, on peut y passer sans transition de la brume à la pleine lumière juste en traversant une rue…

Ce qui nous arriva d'ailleurs quelques heures plus tard. En effet, tout au bout du sentier que nous empruntions, des marches grossièrement taillées s'effaçaient devant nous. Elles menaient en fait à une terrasse s'avançant au-dessus du vide. Lorsque j'y parvins, je vis que le brouillard diminuait d'un coup, et je m'arrêtai, le souffle coupé. Dans mon dos, le village que j'avais traversé sans le voir, plongé sous une haute falaise de brume mouvante, surgissait dans une fantasmagorie vaporeuse. Devant moi, pour ainsi dire sous mes pieds, s'étendait un immense paysage de montagnes, de steppes et de forêts, où, sous les éclats d'un soleil rasant, le réseau des lacs et des rivières se détachait avec la délicatesse des broderies d'un tapis de soie : les Terres Intérieures. Je compris pourquoi le vieil aubergiste avait rêvé de se faire oiseau en construisant une machine volante…

Alvorandis tendit le bras :

— Là-bas, ce sont les sept rivières. Les entrelacs de leur longue chevelure s'étalent et disparaissent dans la mer Incertaine, ce grand marais qu'on aperçoit au pied des Monts Sonores. On ne voit pas d'ici les herbes à nuage, elles sont au-delà de ces ondulations claires. Nous y serons dans une vingtaine de jours, tout au plus.

Depuis le village des aveugles, une grande descente nous conduisit à travers une steppe de collines rases. Nos trois pisteurs avançaient par bonds légers et se relayaient pour observer le sol. Ils revinrent vers nous en se concertant. Ils désignèrent un vallonnement et nous nous engageâmes dans cette direction, marchant jusqu'à la tombée du jour. Comme le temps était au beau, nous n'eûmes pas besoin de dresser de tentes. Le lendemain, alors que nous traversions un troupeau de « bois-de-masque », il se fit un brusque mouvement de panique parmi ces animaux. J'avoue avoir été saisi d'une grande frayeur à la vue de tous ces masques grimaçants qui se tournaient en même temps vers nous. Les mâles se mirent à pousser des brames tout en se rapprochant pas à pas, puis au petit trot. Ils passèrent soudain au galop et chargèrent dans un grondement de sabots terrifiant. Alvorandis nous avait déjà disposés en cercle, l'arc tendu, les épieux plantés en terre. Les flèches volèrent vers le troupeau, abattant les plus proches qui roulèrent au sol, entraînant les suivants dans leur chute, ce qui eut pour effet de dévier la charge qui allait nous écraser. Divisée en deux flots, elle fit longuement trembler le sol autour de notre îlot. En soulevant d'épaisses mottes de terre, les derniers se débandèrent avec force ruades et beuglements. Le calme revenu, les pisteurs sortirent leurs couteaux pour achever les animaux blessés. Il y avait là un vieux mâle qui refusait de mourir. Il nous faisait face, assis sur son arrière-train, soufflant un air rauque par les naseaux. Son front baissé nous présentait des bois qui figuraient le masque de la colère.

Alvorandis lui donna le coup de grâce. Il se releva et balaya du regard le terrain labouré et les cadavres qui transformaient cet endroit paisible en champ de bataille.

— Ce n'est pas très bon, me dit-il en essuyant son couteau.

— Tu aurais préféré qu'on se laisse écraser ?

— Nous avons fait peur aux « bois-de-masque ». Regarde les pisteurs.

Les trois hommes étaient occupés à tracer des signes sur les semelles de leurs bottes en peau de cerf.

— Qu'est-ce qu'ils font ?

— Ils écrivent de nouvelles formules sous leurs pas pour se faire pardonner. Nous sommes entrés dans les Terres Intérieures en tuant, et nous voulons éviter qu'elles nous demandent des vies. Les premières traces déterminent le succès ou l'échec d'une expédition.

— Et ces formules y suffiront ?

— Peut-être que oui, peut-être que non. Ce n'est pas à toi que j'apprendrai que tout chemin à venir est engendré par le chemin déjà parcouru...

Les pisteurs modifièrent notre route. Pour contourner les pâturages, nous dûmes effectuer une grande boucle à travers une région hérissée de cheminées. Ces tertres étaient fabriqués par des animaux fouisseurs pour aérer leurs galeries. Ces dernières s'effondraient parfois sous nos pieds, et nous pouvions alors entendre d'horribles cris d'alarme se propager et sortir de toutes ces cheminées comme d'un grand orgue désaccordé. Ce fut un soulagement de quitter ce bruyant territoire.

Lorsque la plaine des herbes sensitives apparut, nous marchions depuis plus de trois semaines. Leurs longues vagues parcourues de risées dupliquaient si bien le ciel qu'elles se confondaient avec l'horizon.

De près, ces herbes étaient très hautes et surmontées d'un plumet que la brise agitait.

Lepias, le chef des pisteurs, un genou posé au sol, goûta la terre en humant les odeurs charriées par le vent. Alvorandis l'interrogea. Il hésitait encore sur la route à tenir.

— Il est très aisé de se perdre ici, me dit Alvorandis en me prenant à part. Ces herbes ont une mémoire. Elles réagissent bizarrement. Si elles nous accueillent en visiteurs, elles ouvriront volontiers une piste à notre passage. Mais, pour peu qu'elles nous prennent pour des intrus, elles se serreront en touffes compactes et drues. Quand cela arrive, il n'y a plus qu'à rebrousser chemin, et ça ne sert à rien de tenter de les couper : le mur qu'elles opposent à la force des bras finit toujours par épuiser les meilleures volontés…

Lepias ôta ses bottes avant de s'engouffrer dans le rideau bruissant. Les herbes sifflèrent un peu à son passage, mais elles le reconnurent et le laissèrent passer en se refermant derrière lui.

Accroupis ou assis sur nos talons, nous attendîmes son signal pour le suivre. Au bout d'une heure à peine il revint sur ses pas.

— Ça ne passe pas par là. J'aurais pourtant juré que c'était le bon chemin. Je suis sûr de l'avoir déjà emprunté !…

Personnellement, je ne voyais pas le moindre début de sentier, mais Lepias avait l'air de bien connaître son affaire.

Le deuxième pisteur échoua à son tour. Pendant tout ce temps, les mouches nous harcelaient et irritaient les animaux. Le troisième pisteur revint également bredouille. Il avait suivi les traces d'un troupeau assoiffé mais n'avait fait que tourner en rond. Lepias reprit le même chemin qu'il avait tenté. Cette fois, les hautes herbes s'ouvrirent devant nous. Ma première impression fut de plonger dans le bleu du ciel, sauf qu'il descendait tout le long des tiges pour se dégrader au niveau du sol jusqu'au vert le plus sombre. Dans cette pénombre toute vibrante de la stridulation des insectes, on nageait beaucoup plus qu'on ne marchait, il fallait brasser des deux mains ce grand flot duveteux qui se balançait à dix pieds au-dessus de la tête, en ne perdant jamais de vue le dos de l'homme ou de l'animal marchant devant, aussitôt avalé par le rideau végétal. Les pisteurs chuchotaient entre eux pour s'indiquer la direction à prendre. Je ne sais pas comment ils faisaient pour se repérer. Notre premier bivouac se fit près d'une mare. Des chauves-souris y annonçaient la nuit, qui descendit en teintant les herbes. Je dormis peu. Un troupeau de pécaris sigillaires me réveilla, laissant dans l'argile d'admirables empreintes en forme de croissant de lune, puis ce furent trois antilopes photophores, aux cornes vaguement luminescentes, qui menaient boire leurs petits dans la pâle lumière de l'aube, en prélude à d'autres rencontres tout aussi étonnantes, car une faune variée vivait dans cette prairie géante.

Le troisième jour, Alvorandis m'invita à gravir à ses côtés une butte, et je pus me faire une idée de l'étendue dans laquelle nous nous étions enfoncés. Au loin, les crêtes des Monts Sonores, que nous avions laissées sur notre gauche, et plus loin encore, la courbe des Fleuves de Brume, qui dessinait dans le ciel cet œil immense dont nous parcourions en quelque sorte la pupille. Si la montagne du bleu des lointains existait, elle se fondait dans cette frange lumineuse où se dissolvait l'horizon. Balayant le sol pour y dégager un espace, je déposai au centre ma pierre aimante. Elle pivota lentement sur elle-même avant de s'arrêter en fixant un point invisible, tout là-bas au cœur de la couronne nuageuse.

— Ziyara… murmurai-je.

Les Indiganes se manifestèrent à la cinquième nuit. Ils portaient les cocons de toile à nuage dans de grands paniers tenus à leurs fronts par des sangles. Alvorandis, qui parlait leur langue, négocia l'achat de la marchandise et me présenta comme un homme venu de plus loin que l'autre côté des nuages, ce qui les impressionna grandement. L'un d'eux me tendit, flottant au creux de sa paume, un cocon indigo tout prêt à s'envoler. Cela ne pesait rien mais c'était merveilleux à toucher, et la couleur de la nuit y scintillait dans une pelote de fibres aussi fines que des cheveux d'ange. L'échange ne dura pas plus d'une heure. Ils s'évanouirent aussi discrètement qu'ils étaient apparus.

Alvorandis attendit le lendemain matin pour ordonner de suivre leurs traces.

— Ce n'est pas une bonne idée, protesta Lepias. Nous ne sommes pas chez nous. Les herbes sensitives nous acceptent comme hôtes de passage, mais personne n'a jamais profané ce territoire en traquant ses habitants. Ce ne sont pas des bêtes sauvages.

— Personne ne prend personne en chasse, répliqua Alvorandis, nous nous contenterons de les suivre…

— Ça ne change rien. Le pacte qui nous lie aux Indiganes est très ancien, insista Lepias, et on ne l'a jamais rompu. Ils nous livrent les cocons d'herbe à nuage, en échange de quoi nous les laissons repartir sans chercher à les suivre. Les herbes protégeront leur retraite, on peut en être sûrs !

Je réprimai un frisson en pensant aux arbres de l'île Quinookta. Cependant, je ne voyais pas d'autre moyen pour rejoindre les îles Indigo, si du moins elles existaient.

— Il faut nous séparer, alors, conclut Alvorandis. Je continuerai avec Cornélius.

— Vous n'y arriverez pas seuls, soupira Lepias. Je vous accompagne.

Alvorandis acquiesça. Il confia le reste de la troupe aux deux autres pisteurs en leur demandant de nous attendre à la limite des herbes. En peu de temps, nous nous retrouvâmes seuls. Les pas des Indiganes avaient à peine marqué le sol, mais leur piste était encore fraîche. Lepias marchait aussi vite que possible, nous le suivions courbés en avant. À force de repousser les tiges pendant des heures, mes épaules se firent douloureuses. Je ruisselais de sueur, et nous étions si concentrés sur notre effort que le premier coup de tonnerre nous fit tous les trois sursauter comme un seul homme.

Le ciel nous tomba dessus. Les herbes se teintèrent d'une encre sombre, hachurant l'espace de griffonnages que la pluie redoubla à grands traits livides. Lepias continuait à suivre la piste qui s'effaçait sous l'averse. Il avançait trop vite. L'eau tombait si drue que nos cris ne portaient pas au-delà d'une dizaine de pas. Je découvris malgré moi qu'il y a de nombreuses gradations de l'obscurité. Elle se fit progressivement totale, replongeant dans le noir absolu après chaque éblouissement de la foudre. Mes compagnons disparurent.

L'eau se mit à monter et noya mes chevilles à grand flot, puis les genoux, puis les cuisses. Je chassai des tiges cassées qui me giflaient le visage et des feuilles qui se collaient à mon front, craignant par-dessus tout qu'un coup de vent ne penche vers moi un trop grand nombre de ces roseaux en les brisant au-dessus de ma tête, car alors je périrais à la fois enseveli sous leur masse et prisonnier de la montée des eaux. Nulle part je ne pouvais trouver une éminence assez élevée pour me mettre à l'abri. Je tentai d'utiliser la pierre aimante pour trouver le chemin du retour en la tenant suspendue à son cordon. Les rafales la firent danser en tous sens et je craignis de la perdre. Je la remis à mon poignet. Le tonnerre cessa alors que le niveau avait atteint ma poitrine. Il ne roula plus que de loin en loin, emmenant avec lui le plus fort de l'averse. L'orage passé, l'eau continua de monter sous un ciel de traîne. J'en avais jusqu'aux épaules quand elle se décida enfin à redescendre, charriant avec elle quantité de débris dans les tourbillons. Les herbes ployant sous son poids s'égouttaient à mon passage. Mon sac était resté en arrière, je le cherchai à tâtons, incertain de l'endroit où il s'était accroché. Dedans se trouvait le traité d'Ibn Brazadîn, une couverture et quelques vivres. Là-dessus, la nuit arriva. Je continuai à marcher pour me réchauffer. Il avait suffi de quelques heures pour transformer cette prairie verdoyante en bourbier. Je m'étalai une dizaine de fois dans la boue. J'appelai Alvorandis et Lepias jusqu'à ce que je n'aie plus de voix. Au matin, une vive douleur au mollet m'élança dans tout le corps. Je me penchai et vis une espèce de petite loutre rayée et fort pointue du museau. Elle siffla, le poil hérissé, et disparut en se faufilant entre les herbes. Elle m'avait mordu. Une demi-douzaine de sangsues profitaient déjà de l'occasion pour se coller à la blessure. Je continuai à marcher toute la journée, puis je me rendis compte que je n'avais fait que rejoindre ma propre trace. J'entamai une deuxième nuit de marche... Ensuite, je crois bien que je n'ai plus fait que marcher, des jours, des nuits, des jours et des nuits... « Le chemin à venir est engendré par le chemin parcouru », m'avait prévenu Alvorandis...

Depuis l'île Longue, on n'aperçoit pas les Fleuves de Brume. Ils sont trop loin, on ne voit que l'océan des herbes, comme un fin pelage que le vent divise en y laissant courir son haleine. C'est une île montagneuse, couverte d'une végétation luxuriante. Il est difficile d'en apprécier l'étendue dans sa longueur, mais quatre à cinq jours de marche suffisent à la traverser dans sa largeur. Si on y arrive par l'ouest, l'on ne rencontrera que les Indiganes, le peuple de la toile à nuage. Ils ont la peau sombre et vivent dans de hautes maisons sous d'épais taillis de bambous. Les hommes sont vêtus de pantalons bouffants et de turbans. Les femmes se drapent de longs pagnes et d'écharpes légères, elles parent leur chevelure de fleurs aux couleurs vives. Mais si on arrive par l'est, alors c'est un tout autre peuple qui apparaît. Ceux-là ont la peau cuivrée. Ils se teintent le corps de peintures bariolées et portent des diadèmes de plumes. Ils dorment au creux des hamacs. Ce sont les Indiens Zizotls.

Tel est le paradoxe : Indiganes et Zizotls vivent sur la même île sans jamais pouvoir se rencontrer. Ils ne partagent pas le même temps. Les Indiganes disent que le soleil se lève chaque jour, décrit une immense courbe dans le ciel, puis plonge sous la terre avant de revenir le lendemain. C'est un astre immortel qui fait sans cesse le tour du monde. Nous sommes, pensent-ils, des créatures diurnes, mais nous sommes contraints de voyager chaque nuit dans le monde des rêves pendant son absence. À l'inverse, les Zizotls pensent que la succession des jours vient d'une infinité d'astres fragiles, des soleils-fleurs qui grandissent quelques heures, et meurent au soir de leur naissance. Pendant leur brève existence, chacun d'eux éclaire une infime fraction du temps immémorial de la nuit. Nous sommes des êtres nocturnes, de longue existence, mais notre esprit doit se réveiller chaque matin et habiter notre corps pour affronter le monde cru de la lumière du jour. Pour cette raison, Indiganes et Zizotls ne se croisent jamais dans leurs réalités réciproques. Ils fréquentent les mêmes sentiers et demeurent mutuellement invisibles les uns aux autres. Les premiers sont sédentaires et font la récolte des cocons de l'herbe à nuage. Les seconds sont nomades et pratiquent la politesse des pieds. Moi qui ne suis ni l'un ni l'autre, je peux emprunter un sentier tracé par mes amis Indiganes et tomber quelques pas plus loin sur un groupe de mes frères Zizotls…

Dans les deux cas, je suis un homme de l'au-delà des nuages, un homme qui a, de plus, subi la morsure d'une ozélidre rayée, morsure dont on sait qu'elle prolonge un état de demi-sommeil d'où, en principe, le malade ne revient jamais, car il peut marcher pendant des semaines, des mois, des années, sans plus appartenir ni au monde du jour, ni à celui de la nuit.

Lorsque j'y suis arrivé, je ne voyais que le ciel à travers des palmes brillantes se balançant au-dessus d'un feuillage troué de lumières pâles. Allongé, je flottais entre les colonnes d'un grand rideau végétal. On me portait sur une civière de fibres tressées. Respirer m'était difficile. Déglutir demandait un effort démesuré. Pourtant, je continuais à marcher chaque nuit au creux de mon sommeil, mû par une force invisible et secrète. Et le matin me retrouvait cloué sur ma couche, les yeux plantés sur un toit de paille pendant que la vie d'un village déroulait autour de moi la ronde ordinaire de ses bruits domestiques. Une ombre grandissante se propageait dans mes veines et mes artères, mes forces déclinaient, et pourtant je marchais chaque nuit. Et puis j'entendis des tambours, des voix qui mêlaient le chant et les lamentations… On me portait à nouveau en civière, ma tête roula sur le côté et je vis le chien jaune de la digue pencher ses yeux en me coulant un regard étonné. Les hautes maisons du village défilèrent dans le demi-jour de mes paupières. On me glissa de tout mon long dans un coffre peint de couleurs vives. Ma couche se mit à tanguer. J'entendis le grincement des roues et je compris que j'étais sur un char. Mais un char dont je ne voyais que ce plafond peint de fleurs et de divinités. Il avançait lentement. Le souffle des buffles soulignait sa marche pendant que leurs pattes robustes versaient les hautes herbes en gerbes sur le côté. La musique et les chants me berçaient, je ne sentais plus battre mon cœur, ou si faiblement… J'avais froid. Seul le bracelet à mon poignet droit semblait réel, pesant. J'y portai la main gauche. Je sentis entre mes doigts la pierre aimante. C'était le premier geste que je faisais depuis bien longtemps. Avec un effort terrible, je parvins à me renverser puis à me redresser sur un coude. Je vis, par la petite ouverture ménagée à l'avant du char, la croupe des buffles qui le tiraient, et puis, tout là-bas, dans le prolongement de l'attelage, un triangle posé sur la ligne d'horizon. Un volcan éteint.

— Te voilà arrivé, Cornélius, murmura le vieil aubergiste au creux de mon oreille, elle est là, la montagne du bleu des lointains, dit-il en me la montrant du doigt.

Je poussai un tel cri qu'une troupe de perroquets au ventre rouge s'envola du fond de ma gorge en battant des ailes.

Le char s'arrêta.

Le silence, tout d'un coup. On me tire vers l'extérieur. Quelqu'un m'aide à descendre, à tenir sur mes jambes. Je suis entouré de ces Indiganes. Leurs voix s'animent. On me donne à boire. Des rires perlent. Une jeune fille m'aide à porter la coupe à mes lèvres. L'eau est fraîche, délicieuse. Les buffles se reposent, ils agitent leurs oreilles pour chasser les mouches qui les agacent. Je m'appuie au flanc de l'un d'eux, je remonte l'attelage en titubant jusqu'à celui qui est en tête. Les herbes s'étendent à perte de vue. Derrière moi, les contreforts de l'île Longue, comme une côte découpée au bord de l'océan. Et devant, très loin, la montagne bleue, celle-là même que j'ai vue sur un tableau, dans une auberge, par une nuit d'orage. Elle est là, hors d'atteinte et pourtant plus proche que jamais. Pensive, mystérieuse. Nimbée d'azur et de silence. Je sens battre mon cœur, je reprends plusieurs fois mon souffle. La pierre est lourde, lourde à mon poignet, mais j'arrive à tendre le bras. Soudain, dans les ondulations des herbes à nuage, le sillage rapide et sinueux d'un trait de lumière...

— Ziyara... ont murmuré mes lèvres sèches.

La montagne s'est évanouie, peu à peu, comme bue par le tremblement du lointain. Le char a fait demi-tour. Je voyageais assis. Tout le monde était attentif et joyeux. Des coupes de fruits allaient de l'un à l'autre. La nuit était tombée à notre arrivée au village. Les Indiganes ont sacrifié un buffle. Ils m'ont confortablement installé, assis sur des coussins, face au rougeoiement du foyer devant lequel dansaient les ombres. Pour la première fois depuis bien longtemps, je me suis endormi sans « marcher ».

Ensuite, j'ai repris des forces. C'est si bon de toucher la terre avec les pieds nus, de goûter à la chair juteuse d'un fruit offert et de sentir l'odeur du feu de bois dans la brume du matin. De retrouver la parole. De voir la vie avec les yeux d'un enfant.

Un sentier descendait du village vers des escarpements qui dominaient la plaine. De là, je pouvais contempler la montagne aussi souvent que je le désirais. Je n'avais aucune envie de l'atteindre. Ce que je voulais, c'était revenir et serrer Ziyara dans mes bras. Mais personne ne traverse seul les herbes à nuage.

— Nous t'aiderons, m'avait dit Taneh, le jeune homme qui m'avait découvert inconscient. Mais il faut attendre le moment. Tu es resté des mois entiers allongé, entre la vie et la mort. Nous disons que les gens comme toi marchent vers la montagne bleue, mais qu'elle ne veut pas d'eux. Alors tu es fatigué, très fatigué, d'avoir tant et tant marché. Tu es encore trop faible.

Un jour, une brise légère s'est mise à souffler, poussant à la dérive quelques flocons bleus qui tournoyaient au-dessus des feuillages. Le lendemain, il y en avait des centaines, puis des milliers. La place du village s'est remplie d'enfants apportant des paniers tressés, pendant que les adultes sortaient des filets à long manche et de grandes échasses barrées d'un ergot de bois. Ensuite, tout le monde s'est rendu dans le sentier descendant vers la prairie. Hommes, femmes, garçons ou filles, tous plaisantaient le long du chemin en se montrant la migration furtive des cocons d'herbes à nuage. Taneh m'aida à lier mes chevilles au bout des échasses et resta près de moi pour m'habituer à leur équilibre. Les autres se dispersaient dans les hautes herbes, le buste émergeant au-dessus des épis. Encouragés par des ritournelles de flûtes et de tambourins, les filets s'agitaient au bout de leurs bras pour capturer la neige duveteuse. Lorsque j'ai pu, à mon tour, capturer mon premier flocon de toile à nuage, j'en ai éprouvé une immense fierté. La récolte a duré des jours, pendant lesquels le vent ne cessait de souffler, un vent tiède, régulier, un vent printanier avec une saveur légèrement sucrée. Partout dans le village pendaient sous les auvents de grosses boules de couleur captives dans leur prison d'osier. Mais c'est le soir qu'elles étaient les plus belles, juste avant la tombée de la nuit. Elles se teignaient d'un bleu velouté, profond, un bleu au bord de basculer dans le noir, un bleu indigo.

Ce bleu incitait à se promener. Les nuits étaient tièdes, envoûtantes, claires sous des ruissellements d'étoiles. C'est ainsi que j'ai rencontré mon premier Zizotl, en suivant un sentier éclairé par un rayon de lune. Nous sommes restés face à face un bon moment. Il avait un corps musclé, doux et arrondi, des cheveux d'un noir de jais ornés d'un diadème de plumes, il tenait à la main droite un arc et une poignée de longues flèches empennées de plumes brillantes. Il a été rejoint par trois guerriers, qui se sont figés à leur tour. L'un d'entre eux a enfin osé s'approcher. Il a tendu lentement une main vers moi pour la passer dans mes cheveux. Les autres en ont fait autant. Ensuite ils ont tourné les talons et se sont enfoncés sous le couvert des arbres. J'en ai rencontré de plus en plus souvent, même en plein jour. Comme si ce contact avait ouvert une porte invisible. Ils m'ont invité dans leur campement. Leurs parures de plumes et leurs vanneries me ravissaient, tout comme leur façon d'emporter leurs bébés, lovés dans des filets à même la peau nue de leurs mères. Ils se déplaçaient avec des mouvements fluides, même à la chasse. Ils considéraient la légèreté des pas comme une forme de politesse, parce qu'ils avaient le souci d'habiter le monde sans y laisser de traces. Eux aussi pouvaient rester des heures, sur une falaise, à regarder la montagne du bleu des lointains…

Mon impression est qu'elle se montrait chez eux plus jeune, avec des arêtes plus nettes et un bleu plus vif que lorsque je la voyais depuis le lieu fréquenté par les Indiganes. Pour les deux peuples, elle était pareillement impossible à atteindre. Comme ils s'ignoraient mutuellement, j'étais sans doute le seul à constater ce changement d'aspect. Or, ce n'était pas une illusion. Cette montagne était bien différente dans les deux cas. Les Indiganes la vénéraient comme la terre ultime où s'en vont ceux qui font le dernier voyage. Chez eux, elle était moins haute et légèrement érodée. Les Zizotls saluaient en elle la terre prénatale d'où viennent tous ceux qui naissent à la vie. Chez eux, elle était plus aiguë, plus abrupte.

J'avais perdu mon Traité sur les îles Indigo dans la tempête, mais j'étais sûr que ce point était ignoré d'Ibn Brazadîn. Lui s'était attaché à décrire cette montagne comme un point dans l'espace, un extrême horizon où porter la vue. J'avais découvert qu'il fallait la considérer comme une borne du temps. Car elle était, selon les croyances, la source ou le tombeau, le lieu inaccessible du commencement ou celui de la fin.

Un jour, enfin, Taneh m'a prévenu que nous allions partir pour l'échange des cocons d'herbes à nuage. Nous avons traversé la grande plaine herbeuse, en laissant la montagne bleue s'effacer derrière nous. Même chargés, les Indiganes marchaient vite, ils se coulaient littéralement entre les herbes. Ils repéraient leur chemin grâce à d'infimes détails, la texture du sol sous leurs pieds nus, le bourdonnement des insectes… J'avais, quant à moi, mon morceau de pierre aimante, et même si je constatais parfois que notre route déviait un peu par rapport à son orientation, je voyais qu'elle me ramenait vers Ziyara.

Nous sommes arrivés dans la région où nous devions faire notre jonction avec les pisteurs d'Orbæ. Les échanges ayant lieu à la tombée de la nuit, Taneh a posté des guetteurs pour les repérer. Ils se sont assis sur leurs talons, le panier en équilibre sur leurs genoux.

Ils pouvaient rester des heures dans cette position sans remuer un orteil. J'avais besoin de hurler pour signaler notre présence, je commençai à crier, mais Taneh m'expliqua que cela ne ferait que l'empêcher de deviner l'arrivée des pisteurs d'Orbæ.

— En touchant les herbes, nous pouvons dans le silence sentir un homme se déplacer de très loin, à plus d'une demi-journée de marche, me dit-il, alors que tes cris ne portent qu'à une faible distance. Ils ne serviraient qu'à nous fatiguer les oreilles.

Mais les pisteurs n'arrivaient pas. Nous avons fini par nous endormir. Nous nous sommes déplacés le lendemain un peu plus loin, puis encore à un autre endroit. Taneh envoya deux éclaireurs qui revinrent bredouilles. Au bout de trois nuits d'attente, Taneh décida de repartir.

— Ils ne sont pas là. Je pense qu'ils n'ont pas trouvé le chemin. Ça arrive parfois. Les herbes leur refusent le passage, on ne sait pas pourquoi.

— Alors je vais continuer tout seul.

— Tu risques de marcher longtemps.

Il me laissa pour quatre jours de vivres.

— Si tu ne sors pas des herbes d'ici là, c'est que tu es perdu pour de bon. Ça ne servirait à rien de te charger davantage. Bonne chance, ami !

Je fis mes adieux et m'enfonçai dans la verdure, la pierre aimante devant moi, confiant dans la direction qu'elle indiquait.

Les herbes ne l'entendaient pas tout à fait ainsi. Elles se serraient par endroits en bouquets si denses qu'il devenait impossible de les traverser. Je faisais d'innombrables détours pour garder mon cap, sans pouvoir vérifier mon avancée réelle. Le deuxième jour, la pierre se comporta bizarrement. Elle hésitait entre deux directions, comme si, à l'autre bout, sa part jumelle avait elle-même été divisée et déposée à deux endroits différents. Je la posai au sol pour tracer l'angle formé par les deux directions. L'angle avait une ouverture d'une quinzaine de degrés. Au bout d'une seule journée de marche, ces quinze petits degrés pouvaient représenter un écart considérable. Je pris le parti de suivre le chemin médian. Mais, là encore, les herbes me firent glisser insensiblement vers la plus haute des deux directions, si bien qu'il ne me resta plus d'autre choix que de tout miser sur cette dernière.

Au matin du troisième jour, je finis par voir un début d'horizon entre les herbes. Ce n'était pas une steppe, comme à mon voyage d'aller, mais une forêt d'arbres aux troncs grêles, portant de hauts feuillages en forme d'ombrelles. Je m'y engageai, toujours en suivant la pierre. Vers le midi, il se fit un grand fracas de tambours, de cris et de branches brisées. Je vis débouler une masse confuse de grands animaux qui barrissaient d'affolement et de colère, puis, à bonne distance derrière eux, une grande troupe d'hommes qui les rabattait en menant un raffut de tous les diables. Ces éléphants étaient pourvus de plusieurs trompes qu'ils brandissaient au-dessus de leurs têtes d'une manière effrayante. Pour une raison inexplicable, alors qu'ils passaient au plus près, ils firent soudain volte-face et obliquèrent d'un coup vers moi, m'obligeant à prendre la fuite en courant.

Je crois bien que je n'ai jamais couru aussi vite. Le sol trépidait sous leur charge, je rebondissais de droite et de gauche en repoussant les troncs qui me barraient le chemin. Pour comble d'horreur, on avait dressé d'énormes claies entre certains arbres, et ces claies allaient en se refermant devant moi comme une nasse. J'eus juste assez de place pour me faufiler entre deux branches, j'entendis la masse du troupeau lancée à ma poursuite s'empêtrer dans le piège.

Je m'écroulai un peu plus loin dans un taillis, hors d'haleine, le cœur battant à tout rompre. Les éléphants tournaient sur eux-mêmes et barrissaient de plus belle en se heurtant aux troncs qui les retenaient prisonniers. Les chasseurs se rapprochèrent. Ils lancèrent des lassos et finirent par isoler un de ces animaux.

Une voix claqua des ordres. Je la connaissais, cette voix : Alvorandis Brazadîn ! Je sortis du taillis.

Il était si occupé à la manœuvre qu'il ne me reconnut pas. Je dus l'interpeller au moins trois fois avant qu'il ne lève vraiment les yeux vers moi. Il recula pour me considérer. J'avançai encore. Il me tomba dans les bras.

– Cornélius ! Je n'en reviens pas ! souffla-t-il.

Mais des cris stridents autour du piège lui firent détourner la tête. Pendant que les chasseurs relâchaient le reste du troupeau, l'animal capturé, qui se démenait pour arracher ses liens, chargeait les hommes les plus proches. Alvorandis m'entraîna à grands pas vers la trappe. Il ordonna de lancer de nouvelles cordes. L'éléphant finit par s'immobiliser, soufflant et reniflant, les pattes parcourues de tremblements, ficelé en étoile entre les arbres, sans pouvoir faire le moindre pas en avant ou en arrière. Alvorandis exultait.

– C'est ma plus belle expédition, Cornélius. J'ai capturé une vraie merveille, un éléphant-poulpe. Tous ceux qui l'ont vu avant ne l'ont vu que de loin sans pouvoir l'approcher ! Et moi, je vais le ramener à Orbæ !

Un homme trapu nous rejoignait en courant. Il s'arrêta net, sidéré lui aussi de me revoir. C'était Lepias, le chef des pisteurs. Je lui tapotai l'épaule, et nous marchâmes vers le pachyderme qu'Alvorandis avait commencé à inspecter. C'était un animal de taille imposante, d'une belle couleur gris-bleu, légèrement brillante, et dont la tête ressemblait à un poulpe. Son œil noir me fixait étrangement. Soudain, il tendit vers moi non pas une trompe, mais un long pédoncule, et flaira délicatement la pierre à mon poignet.

— On dirait qu'il reconnaît ta pierre, souffla Lepias.

Les chasseurs repoussaient au loin le reste du troupeau, dont les barrissements d'indignation résonnaient à travers toute la forêt.

— En tout cas, répondis-je, c'est bien cette pierre qui m'a mené tout droit sur eux. C'est tout simplement inexplicable.

Ce que je ne précisai pas, c'est qu'elle ne montrait plus maintenant que l'autre direction, sans plus hésiter, comme si ce détour qu'elle m'avait imposé était la condition nécessaire pour me permettre de trouver le chemin du retour.

Alvorandis finissait de donner ses ordres. Il fit faire une ample moisson du feuillage dont se nourrissait l'éléphant et s'entretint avec les pisteurs de la longueur des entraves qu'il faudrait lier entre ses pattes pour l'empêcher de ruer pendant la marche.

Le soir, je racontai mon errance après l'orage, la perte de conscience qui avait suivi la morsure, ma rencontre avec les Indiganes. Je donnai aussi peu de détails que possible sur leur île, et surtout j'évitai de mentionner la montagne bleue. C'était une promesse que j'avais faite à Taneh. Les Indiganes la considéraient comme sacrée, n'appartenant pas vraiment au monde des vivants. Lepias hocha plusieurs fois la tête en levant les mains pour dire que toute mon histoire dépassait son entendement. Il lui semblait impossible d'avoir survécu, même quelques jours, dans la grande plaine herbeuse, et il restait convaincu que j'avais été capturé et maintenu dans un état de demi-sommeil par les sorciers indiganes.

— Ils en sont tout à fait capables, dit-il d'un ton rogue. Il vaut mieux s'en méfier. Le mieux à faire avec eux, c'est prendre les cocons qu'ils apportent, payer avec la marchandise et repartir aussitôt.

Au moment du coucher, je pris à part Alvorandis pour lui poser la question qui me brûlait les lèvres depuis le début, parce qu'il ne m'avait encore donné aucune nouvelle de Ziyara. Il me répondit, sans cacher son agacement.

— Elle t'a attendu. Elle t'a cherché. Elle a même tenté de traverser les Fleuves de Brume…

J'attendais la suite. Mais il fit comme s'il m'avait dit tout ce qu'il y avait à savoir.

— Elle est repartie sur le *Nadir* ? lui demandai-je en soupirant. Je sais qu'elle ne peut se passer trop longtemps de l'océan…

— Cela fait presque deux ans, Cornélius. Tout le monde te croyait mort, Cornélius. Tout le monde sauf elle…

Il en resta là de ses explications, et je n'en eus pas d'autre de tout le voyage de retour.

Pendant la longue ascension des Fleuves de Brume, l'éléphant brisa une de ses entraves et dérapa à mi-pente. Il resta là, en équilibre précaire, incapable de gravir le pierrier sans déraper davantage. Quinze hommes essayaient de le retenir, en tirant de toutes leurs forces sur ses cordes. Si un seul d'entre eux flanchait, tous les autres seraient entraînés dans la chute. Mais il n'y avait plus assez d'espace pour que d'autres puissent leur prêter main-forte. Toute la colonne s'était arrêtée. Alvorandis avait envoyé un aveugle me chercher. Je remontai avec ce dernier une partie du convoi. Il avait fallu, par endroits, poser des traverses de bois pour combler les éboulis de la piste, et je me demandais comment l'éléphant avait fait pour les franchir sans les briser sous son poids et dégringoler dans le ravin.

J'arrivais à sa hauteur. Il soufflait et renâclait bruyamment, au milieu des encouragements et des jurons des pisteurs. Je descendis la pente pas à pas. L'animal redressa la tête. Ma pierre l'attirait. Il fit un pas vers le haut, mais son déplacement fit rouler des cailloux.

On attendit la chute du dernier pour reprendre la main sur les cordages. L'éléphant fit un nouveau pas, puis un autre. Il atteignit progressivement le haut de la pente, où la roche, plus ferme, ne risquait plus de le faire glisser, en tirant avec lui toute la grappe humaine qui le retenait. Arrivé en haut, il eut ce geste bizarre, presque doux, de venir flairer la pierre à mon poignet.

— Cette pierre l'apaise, visiblement, souffla la voix d'Alvorandis dans mon dos, alors ne t'écarte pas trop de lui. On va avoir besoin de toi pour le guider.

Je fis tout le reste du voyage en marchant une dizaine de pas en avant de l'animal. Juste avant de franchir le dernier col, là où deux arches marquent le début du sentier des expéditions, Alvorandis arrêta notre progression et ordonna un bivouac. Les pisteurs protestèrent. Personne n'aime camper dans les Fleuves de Brume, et cette longue traversée de plus de huit jours avec un animal qui demandait une vigilance de tous les instants avait déjà mis nos nerfs à rude épreuve. D'autant que, même si la nuit s'avançait, nous pouvions sans doute faire la dernière partie du chemin en forçant l'allure. J'étais moi aussi sur des charbons adents. J'allai trouver Alvorandis dans sa tente. Il rejeta d'un ton cassant mes arguments. Il avait, de toute façon, déjà envoyé deux hommes de la guilde des Aveugles prévenir de notre arrivée pour le lendemain.

— Je sais ce que je fais, Cornélius ! J'ai attendu ce moment depuis trop longtemps.

Au matin, il passa en revue les hommes de l'expédition et demanda de rassembler toute l'eau qui restait pour faire la toilette de l'éléphant et le rendre aussi beau que possible. Nous n'avions plus que deux ou trois heures de marche devant nous. Au détour d'un virage, tout le panorama de la ville d'Orbæ apparut, jusqu'aux dernières falaises plongeant dans l'eau bleue du port. Les rues semblaient noires de monde. Une foule de plus en plus compacte venait à notre rencontre, et c'était comme affronter une rivière remontant la pente de son courant. Les pisteurs qui ouvraient la marche fendaient le flot pour rejeter sur les côtés les badauds trop empressés. Lepias, leur chef, marchait aux côtés d'Alvorandis. Tous deux saluaient le peuple en agitant la main comme s'ils lui donnaient une bénédiction. Leurs noms jaillissaient çà et là dans la foule, de plus en plus fort, de plus en plus souvent, jusqu'à être scandés et repris en chœur par toutes les bouches. Effrayé de tout ce vacarme et de cette agitation, l'éléphant-poulpe balançait sa grosse tête de droite et de gauche sous une pluie de fleurs jetées à son passage. Des mains l'effleuraient, un jeune audacieux se glissa même sous ses pattes pour la vaine gloire de réussir à passer sous son ventre. Une simple ruade aurait suffi à réduire ce fanfaron en chair à pâté, mais on avait doublé les entraves de l'animal, et une trentaine d'hommes parmi les plus solides le retenaient en tirant de toutes leurs forces sur ses cordes. Je vis bientôt Azadeh se détacher d'un groupe et courir à la rencontre de son père. Elle passa près de moi sans me remarquer. Azadeh, fille d'Alvorandis Brazadîn, toute fière de la gloire de son père, désormais assuré d'être élevé au titre de Grand Découvreur.

Nulle part je ne voyais Ziyara. Trop de monde autour de moi, trop de cris. Trop de joie.

En dépit de la presse qui le ralentissait, le cortège a fini par atteindre les abords du jardin des Terres Intérieures. Sur les marches du palais des Cartes, les Cosmographes et les femmes-cartographes attendaient le héros du jour, flanqués de toutes les corporations et confréries liées à leur activité, pisteurs, représentants de la guilde des Aveugles, interprètes, tous en grande tenue, accompagnés de leurs commis et de leurs scribes.

Cette liesse hystérique et collective, ces acclamations bruyantes, ce n'était pas ce que j'étais venu chercher, si loin des terres plates et froides de ma naissance. Ça ne ressemblait en rien à la délicatesse de l'écharpe en toile à nuage, si légère dans ses variations, si secrète quand elle prenait la couleur de la nuit, qu'un vieil aubergiste m'avait donnée, en me laissant entendre qu'elle me mènerait jusqu'à la montagne du bleu des lointains. J'étais plus perdu que jamais. Mes yeux se brouillaient.

Et soudain je la vis.

Elle ne bougeait pas. Elle me regardait. Plus belle et plus mystérieuse que dans mon souvenir. Plus inaccessible, peut-être, que cette merveilleuse illusion au bord de l'horizon, mais aussi tellement plus proche ! J'ai marché vers elle. Je l'ai enlacée.

J'ai senti son cou, ses cheveux. J'ai murmuré son nom, très bas, rien que pour elle, rien que pour moi, ce nom qui est tout à la fois mon début et ma fin :

Ziyara.

Le voyage de Ziyara

Très haut dans les montagnes, au-dessus de la ville de Candaâ, il y a un village agrippé de toutes ses griffes à un éperon rocheux. Ce village tient serrées entre ses murs tout au plus une centaine d'âmes, et la neige y tombe en silence pendant trois mois de l'année.

C'est là que j'ai grandi, pieds nus, entre les champs de seigle et les bois de châtaigniers.

Une vraie sauvageonne, morveuse et frondeuse. Je passais mon temps à me battre avec les garçons. Je les gagnais à la course, toujours. Ils aimaient mon rire mais se méfiaient de mes dents. Souvent je courais pour le seul plaisir de voler de rocher en rocher, je grimpais dans les éboulis jusqu'aux plus hautes crêtes. Puis je m'écroulais, hors d'haleine, hors d'atteinte, et je restais à regarder la mer au loin, là où les montagnes s'évanouissent. Tout en bas, dans leurs replis teintés d'un mauve poussiéreux, la ville de Candaâ, éclatante de blancheur, se chauffait aux derniers rayons du soleil.

Je tendais le cou, je plissais les yeux. Des aigles et des milans tournoyaient haut dans le ciel… Les filles de la montagne n'ont pas d'ailes. Quand elles pétrissent le pain, c'est pour y étouffer leurs rêves. Quand elles attisent le feu, c'est pour y consumer leur fièvre.

Quand elles lavent les draps, c'est pour y noyer leurs désirs. Et tout ça, toujours, sous le même morceau de ciel !

Je regardais la mer au loin, couverte de voiles blanches. Il n'y avait que le tonnerre et l'orage pour me faire rentrer. Ou alors la voix de mon père Dchemgidad, qui pouvait d'un grondement faire trembler toute la vallée. Il tenait en sa souveraine garde les clés des greniers communaux et réglait de sa seule autorité les litiges de notre pauvre pays de pâture. Tout le monde le respectait pour son sens de la justice et sa vaillance. Aussi, lorsque j'entendais mon nom crié du fin fond de sa poitrine, je redescendais. Non par crainte de subir ses foudres, comme le croyaient les garçons goguenards, mais bien plutôt pour lui complaire, car jamais ce tendre géant n'avait levé la main sur moi.

Le jour de mes quinze ans, je l'ai supplié pour qu'il m'emmène voir la fête du Grand Retour à Candaâ. Il devait, comme à chaque printemps, y conduire une caravane de mules chargées de miel et de farine.

Mon père était assis près du seuil, occupé à briquer un harnais de cuir. Je me souviens de la façon dont son geste s'est arrêté, et comment il a penché la tête pour réfléchir. C'était un jour calme, d'une clarté et d'une douceur particulières, on entendait de très loin la rumeur du torrent. Ma mère est apparue dans l'encadrement de la porte. Mon père s'est tourné vers elle. Elle s'est contentée de baisser les paupières pour indiquer son consentement. Mon père Dchemgidad m'a dit oui. J'ai couru me jeter dans leurs bras.

Quand le grand jour est arrivé, ma mère a tressé mes cheveux, elle a mis ses propres bijoux d'argent à mes oreilles et son plus beau collier à mon cou. Elle souriait de ce printemps tout neuf qui égayait nos montagnes. Elle m'a fait tourner devant elle en tenant le bout de mes doigts dans les siens, et nous avons éclaté de rire.

Soudain, nous nous sommes regardées, elle et moi : aussi rouges l'une que l'autre.

Dans la cour, la caravane était prête. Mon père a embrassé ma mère sur le front. Il m'a fait monter sur la mule de tête, une belle mule blanche aux sabots cirés, tout ornée de pompons rouges et de grelots, et, saisissant le licol d'une main et claquant de la langue pour l'encourager, il a donné le signal du départ. Le sentier nous menait de village en village. Des hommes que je voyais pour la première fois venaient saluer mon père Dchemgidad, ils le complimentaient sur la beauté de sa fille, et moi je devais faire effort pour comprendre que c'était bien de moi qu'ils parlaient. Certains se joignirent à nous, allongeant notre procession de leurs propres animaux. Les mules avançaient à petits pas têtus, leurs paniers pleins à craquer. Et c'est dans cet équipage, descendant de montagnes en vallées, que nous sommes parvenus, un beau matin, en vue de Candaâ, resplendissante sous la blancheur de ses coupoles. Mon père nous a frayé un chemin en écartant la foule qui se pressait au pied des murailles. Une fois passé l'octroi, il nous a entraînés dans un dédale de rues étroites et tendues de grands draps tamisant l'ardeur du soleil. La tête redressée, les oreilles pointées, nos mules paradaient. Elles faisaient sonner le pavé sous leurs sabots en tressaillant de plaisir lorsque des enfants venaient leur caresser l'encolure au passage. Nous avons débouché sur une place bordée par les arcades des entrepôts de la ville. Notre caravane s'est engouffrée sous un porche donnant sur un immense magasin. Celui qui n'est jamais entré dans la pénombre de ces cavernes ne peut se faire une idée des richesses de la ville de Candaâ : des alignements de jarres d'huile et de vin, des montagnes de grains dorés, des paniers de pois, de fèves, de poudres d'épices, de fruits séchés répandant leurs senteurs…

Pendant que des hommes s'affairaient à décharger nos paniers, des officiers portaient le contenu sur leurs registres : quarante boisseaux de la plus fine fleur de farine, dix muids de miel odorant, douze paniers d'herbes des montagnes. Mon père a payé les convoyeurs, puis il a pris ma main. J'admirais la façon dont il se dirigeait dans cette grande ville, allant d'une rue à l'autre aussi sûrement que dans les sentiers de nos montagnes.

Nous sommes allés visiter les jardins de l'Amirauté. Là sont toutes sortes d'animaux étranges et de plantes rares venus des plus lointains pays. Il y a, par exemple, des arbres qui se multiplient par leurs branches, car elles plongent leurs rameaux vers le sol pour y prendre racine et en resurgir sous la forme de troncs vigoureux. On pourrait aisément regrouper les maisons de notre village sous un seul de ces grands arbres. Bien sûr, je voulais tout voir. Je tirais mon père par la manche, je courais dans les allées de la ménagerie d'une cage à l'autre, frappée de stupeur devant un tarende de Medamothi, ou prise de fou rire à la vue de l'épouillage sentencieux des singes-hiboux des îles Sindbad. Mon père se réjouissait de mon émerveillement. Le temps est si vite passé que nous avons dû abréger la visite et hâter le pas pour nous trouver une place sur le port. J'exultai. J'allais enfin voir la fête du Grand Retour !

Il y avait beaucoup de monde descendant les degrés de l'escalier qui mène au port. Mon père n'avait pas besoin de jouer des coudes. Il marchait de son pas égal, son pas fier de paysan, et les gens s'écartaient devant lui. C'était un jour de liesse sans bousculade. Personne n'avait envie de bouder sa joie ou son bonheur. Les gens me souriaient sans me connaître, beaucoup se tenaient par les mains ou à l'épaule. Une foule joyeuse et paisible se déversait dans les rues. Je serrais fort la main de mon père. Je me laissais porter par cette ivresse.

Candaâ, la Perle des sept mers,

Candaâ, l'Épouse du monde.

Candaâ, la Porte des saveurs !

Chaque année, au printemps, on y fête le retour des grands vaisseaux de la flotte. Ils reviennent chargés de leur précieuse cargaison d'épices odorantes. Toute la ville chante et danse à cette occasion. Mais surtout, on goûte au Pain des Vieillards.

Ce n'est pas quelque chose d'ordinaire, ce Pain des Vieillards.

On l'a préparé longtemps avant ces fêtes. Il a fallu travailler pendant des jours le mélange de farine et de miel, en y ajoutant les épices rapportées de l'autre bout du monde. On a pris soin d'incorporer à cette préparation odorante un morceau de levain.

Or, ce levain a la particularité d'être vieux, très vieux. Il a cent ans. C'est la raison pour laquelle ce pain porte ce drôle de nom de Pain des Vieillards.

Une fois pétrie et séparée en morceaux, la pâte a été mise à reposer dans des bacs en bois d'ébène. Dans ces berceaux plus noirs que la nuit, elle a dormi pendant toute une année. Lovés dans cette fabuleuse pâte au bois dormant, généreuse et maternelle, d'innombrables rêves ont eu le temps de germer, semaine après semaine, mois après mois, pendant tout le temps qu'elle enflait et gonflait. Et, bien sûr, ce sont ces rêves qui donnent au pain un goût incomparable. La veille de la fête, la pâte a été portée dans le château des dames blanches, au point du jour. Les dames blanches sont les étranges cheminées qui encadrent la coupole de l'immense four à pain où a lieu la cuisson. À midi, pour peu que le vent porte, la fumée qui s'en échappe annonce un peu à l'avance le parfum que prendront les réjouissances. C'est, très exactement, le parfum de l'année précédente, celui de la dernière fête du Grand Retour. Juste avant le coucher du soleil, un immense gâteau brun et doré sort du château des dames blanches. Il embaume toute la ville à son passage. La farine des montagnes lui donne cette texture et cette finesse qui enchantent la langue et le palais, et les brunes et capiteuses épices des îles parfumées, dont la fragrance semble augmenter avec l'éloignement de leur origine, décuplent la puissance des arômes qu'il révèle avant même de le goûter. Qui en a mangé une fois, me disait mon père, ne peut l'oublier.

Il y a toujours une part réservée pour les archives du Palais du Goût : les années de Candaâ s'appellent l'année de l'anis bleu, l'année du gingembre fou, l'année des trois belles endormies...

Vraiment, ce n'est pas un pain ordinaire. C'est l'aliment couleur d'embruns et de soleil grâce auquel notre cité communie avec les forces de la terre et de l'océan...

Lorsque le pain, doré à point, a lentement refroidi dans les langes dont on l'a recouvert, on le porte avec tous les égards à bord de la nef amirale. Il faudra attendre, en silence, les trois coups de gong pour avoir enfin le droit d'y goûter.

Au premier coup, le pain est découpé en milliers de portions qui sont distribuées au peuple tout entier.

Au deuxième coup, chacun le porte à la bouche.

Au troisième coup, on le goûte en faisant un vœu…

Et moi, j'étais là. Parmi tous les autres, debout sur le quai, j'attendais. Le soir tombait. Il flottait dans l'air des odeurs de cannelle et de muscade. Les grands vaisseaux de la flotte, au milieu de la rade, entourés d'une multitude de barques éclairées de lampions, semblaient de grands animaux veillant sur leurs petits. Le Grand Amiral a jeté dans les eaux le premier morceau du Pain des Vieillards en offrande à la mer…

Au premier coup de gong, le Pain des Vieillards, découpé en milliers de portions, est passé dans le plus grand silence, de barque en barque, de proche en proche, de main en main. Il n'existe pas de geste plus délicat ni de chaîne plus solide que cette procession de petits gâteaux voyageant de l'un à l'autre, du pauvre au riche, de l'infirme à l'enfant. Jamais ils ne tombent à terre ni ne disparaissent au fond d'une poche, chacun en reçoit et en donne, et, si l'on traçait leur voyage depuis le port jusqu'au fin fond des ruelles qui en remontent, on verrait les rayons d'une étoile. Car tout le monde est servi, jusqu'au plus pouilleux des mendiants perdu dans l'arrière-cour d'un bas quartier.

Au deuxième coup de gong, mon père a souri. À la façon dont il portait le morceau à hauteur de sa bouche et de son nez pour en humer le parfum, tout en m'encourageant du regard, je vis sa fierté de partager ce moment avec moi. Lui avait dû attendre d'avoir atteint ses trente ans pour participer aux fêtes de Grand Retour, et jamais, depuis, il n'avait manqué ce rendez-vous. Ma mère l'avait accompagné une seule fois. Elle n'aimait pas quitter son village et ne supportait pas la foule. Elle redoutait, chez moi, ce violent désir d'horizon...

Une mouette, soudain, m'a effleurée de son aile.

Maintenant je le sais, les frissons qui me couraient le long des bras, ils ne venaient pas seulement de la fraîcheur de la nuit.

Au troisième coup de gong, j'ai fermé les yeux, j'ai mordu à belles dents...

La déflagration de senteurs et de saveurs de cette première bouchée, en réveillant mes sens, m'a submergée d'un seul coup et emportée si loin que j'en ai vacillé de bonheur... et si fort que je n'ai pas eu la patience de prolonger cette note jusqu'à son évanouissement : j'ai mordu davantage.

Et là, contre l'émail de mes dents, j'ai senti une résistance, un petit objet dur, quelque chose comme une sorte de fève. Je l'ai sorti pour le faire tourner entre mes doigts. Je l'ai regardé de plus près. C'était un dauphin. Un minuscule d'ivoire.

Une brise soudaine a soufflé sur la rade en bousculant les barques. Les grands vaisseaux se sont mis à tirer sur leurs ancres comme des chevaux cabrés. Leurs voiles claquaient au vent avec de longs frémissements. Ce même vent, qui maintenant fouettait mes cheveux, faisait tourbillonner des dizaines de mouettes au-dessus de ma tête. Je me suis rendu compte que tous les regards convergeaient sur moi. Je restai interdite, pétrifiée devant ce prodige. Des marins sont arrivés en courant. La foule s'est ouverte à leur passage. Ils nous ont attrapés par les manches et presque jetés dans une barque, mon géant de père empourpré de colère et moi, sa jeune fille, toute rouge de honte. Nous voilà arrêtés comme des malfaiteurs. Bringuebalés sur les flots. Les vaisseaux, maintenant, m'apparaissaient dans toute leur morgue et leur puissance. Vu de si bas, un seul de ces voiliers semble une forteresse plantée de mâts montant à l'assaut du ciel. La flotte du Grand Retour en alignait des dizaines ! Le dernier, le plus imposant, se dressait de toute sa hauteur au-dessus de nous.

Une échelle de corde tombe de cette muraille de bois.

Nous sommes hissés sans ménagement à son bord.

On nous pousse vers un groupe de personnages qui se tiennent en demi-cercle, face à nous, debout sur le pont. Ils sont vieux, je crois. Immobiles comme des statues, mais leurs barbes s'agitent, leurs sourcils se froncent. Ils me font peur, même si je ne le montre pas. Ce sont les grands capitaines, les notables de la cité. Ça se voit à leur costume, à leur air sévère. Aux boutons et aux broderies de fil d'or qui ornent leurs cols et leurs manches. On nous demande d'incliner la tête, de baisser le front devant eux. Il y a trop de gêne, d'un coup. Personne ne sait quoi faire. Les voiles, au-dessus, claquent toujours, les drisses et les haubans sifflent et vibrent. Et surtout, semble-t-il, la ville attend, retient son souffle. Le plus proche des marins me demande d'ouvrir la main, je n'y arrive pas. Je suis trop crispée. Un des capitaines lance un ordre qui claque comme un coup de fouet. Le marin m'attrape le poignet et tente d'ouvrir de force mon poing refermé. Malgré ses grosses mains durcies par le chanvre des cordages, il n'y parvient pas. Ma gorge se noue. Des larmes coulent sur mes joues. Il me fait mal, et je sens mes ongles, malgré moi, qui s'enfoncent un peu plus dans la paume de ma main. Un autre homme d'équipage vient l'aider. L'un me tient l'avant-bras et l'autre tire de toutes ses forces sur mes doigts pour les ouvrir. Ma main n'est pourtant pas bien grande, ni bien épaisse. Oui, mais voilà, cette main de jeune fille, presque enfantine, contient un trésor. Dedans, il y a cette larme d'ivoire. D'un coup, mes doigts s'ouvrent.

Le dauphin apparaît. À sa vue, tout le monde recule.

C'est une vague d'indignation : le dauphin d'ivoire… le dauphin d'ivoire… Comment ? le dauphin d'ivoire ? dans la main de cette misérable gardienne de chèvres ? Et mon père, toujours aussi rouge, qui n'ose dire un mot.

Un vieil homme, celui qui a une barbe blanche, me fait signe. Il porte un long manteau bordé de fourrures, des bottes de cuir rouge, une coiffe ornée d'une plume. Le marin lui a remis le dauphin d'ivoire. Le vieil homme parle de cette voix adoucie dont usent, pour rassurer les enfants, les gens qui n'en ont sans doute jamais eu.

— Allons, approchez, parlez sans crainte. Personne ici ne vous veut le moindre mal. Mais d'abord, quel est votre nom ?

C'est une demande grossière, même pour nous, les gens de la montagne. Je me tourne vers mon père. Veut-il que je réponde ? Il me fait un bref mouvement du menton en signe d'approbation. Je me redresse en frottant mon poignet douloureux. La peau en est toute bleue. Je m'avance vers le vieil homme.

— Ziyara.

— Ziyara !

Cela me fait bizarre d'entendre mon nom proféré devant tout le monde. J'ai peur que la foule massée sur les quais ne l'ait entendu. Je voudrais être ailleurs, dans les montagnes de mon village, loin de tous ces gens. Le vieil homme réfléchit. Il semble dépassé par les circonstances. Il cherche un appui dans le regard de mon père, comme s'il pouvait surseoir aux paroles qu'on attend de lui. Mais Dchemgidad ne dit pas un mot. Il se tient à côté de moi, tout droit maintenant, lui aussi. Comme il a sa main sur mon épaule, je ne crains plus rien.

— Ziyara… vous ignorez, j'en suis sûr, la signification de cet objet. La voici : il est dit, dans un texte qui remonte à la fondation de notre cité, que celui… – Il tousse, le poing à hauteur de la bouche, il cherche ses mots. – Hum, hum, eh bien, que, disons, la « personne » qui découvrira le dauphin d'ivoire sera, eh bien, sera le plus Grand Amiral de la flotte de Candaâ.

Il a dit ces derniers mots dans un souffle descendant et consterné, comme épuisé de l'énormité de ce qu'ils annoncent. Les protestations redoublent à voix basse. Il les fait taire en levant la main. Je comprends que c'est lui, le Grand Amiral. C'est à lui qu'obéit la flotte du Grand Retour, avec tous ces vaisseaux et leurs équipages. C'est lui qui tient entre ses mains la destinée présente de notre cité.

Il ordonne de puiser de l'eau de mer. Un marin jette par-dessus bord un seau attaché à un filin et le remonte, rempli à ras bord. Le Grand Amiral se penche au-dessus du baquet. Sa barbe se reflète dans l'eau sombre. Il laisse tomber l'objet. Cela fait un plouf ridicule, quelques ronds qui s'agrandissent en tremblant. L'objet a coulé au fond du seau.

J'entends des ricanements derrière moi, un début de fou rire.

Mais voilà que l'eau s'agite. Le dauphin en jaillit. Il se cabre, un instant suspendu, plonge, ressort, saute à nouveau, se met à nager à toute vitesse, ivre de cabrioles.

Ce dauphin d'ivoire est vivant !

— Ziyara, me dit l'Amiral, approchez. Votre prénom veut dire « Porteuse de Lumière », je crois... C'est un beau présage. Si vous gardez ce dauphin en médaillon à votre cou, jamais la mer ni l'océan ne pourront vous trahir. C'est à vous, Ziyara, et à vous seule, qu'il appartiendra de porter au plus haut le renom et la gloire de Candaâ !

Et là, mes jambes en tremblent encore, tous les hommes présents se sont prosternés devant moi. Même l'Amiral. Et même Dchemgidad, mon géant de père…

Aujourd'hui encore, ce n'est pas sans frayeur que je revis ce moment.

Pourtant, j'ai couru les sept mers et les quatre océans, j'ai réglé mon souffle sur la puissante respiration des eaux marines, et la rumeur des vagues gonfle encore mes poumons…

Du jour au lendemain, j'ai dû dire adieu aux sentiers de chèvres qui couraient dans les buissons de thym et de romarin. Je me suis retrouvée derrière les murs du palais de l'Amirauté, à étudier les mathématiques et l'astronomie avec Alcis de Malatavia, la cartographie avec Ésébore de Thar, la construction des navires et les principes de la navigation avec Théosid de Calavent, le Grand Amiral lui-même. C'est également lui qui m'a conduite dans les chambres sèches du palais du Pain des Vieillards pour y goûter les échantillons conservés, et reconnaître, en les gardant en mémoire sur mes papilles, les grandes années de notre cité. Chacun de ces morceaux de pain d'épice avait sa couleur, sa texture, son empreinte particulière. J'y reconnaissais, au milieu des odeurs de varech, de bois mouillé, de sel et de goudron familières de notre cité, les notes puissantes de telle ou telle racine, poudre ou graine nées sous un autre soleil. J'avais pour compagnons d'étude des garçons descendant des plus riches familles de navigateurs et de négociants, tous plus âgés que moi. Aucun ne daignait m'adresser la parole. Les fenêtres de nos salles de cours donnaient sur le port. Le crissement de ma plume sur le papier répondait à la chanson des cordages des vaisseaux amarrés. Or, j'aimais ça ! J'étais faite, inexplicablement, pour cette patiente initiation. J'en ai gravi tous les échelons, comme on apprend à grimper dans un hauban. Mais ce que j'aimais par-dessus tout, oh, par-dessus tout, c'est quand il fallait sortir en mer.

Et pourtant, quel horrible apprentissage que celui du métier de marin !

Je ne parle pas de la navigation. On apprend, avec les années, à se confondre avec la coque de bois qui nous abrite, on apprend à rester debout sur un plancher qui se dérobe, à fixer un point sur une ligne d'horizon basculant d'un bord à l'autre, on apprend à garder la tête froide, sans céder au malaise des viscères qui laisse sans force par les nuits de grand vent.

Je ne parle pas, non plus, de cette inflexible fermeté dont il faut faire preuve quand on a devant soi la redoutable tâche de commander aux hommes et à la manœuvre.

Je sais ce qu'on dit des marins, gens de sac et de corde, grands buveurs de gnôle, toujours prompts à la bagarre et prêts à sortir le couteau. On imagine cette gamine de la montagne jetée au beau milieu de la meute. Mais j'avais la tête tout aussi dure, j'avais de la corne aux pieds tout autant qu'eux, et qui vous a dit que je ne savais pas jouer du couteau ? Dans le pire des cas, il y avait le dauphin d'ivoire pour me protéger, et je jure ici qu'à sa seule vue, les injures ou les menaces rentraient aussitôt dans les gorges.

J'ai fait mon chemin. J'ai gagné leur estime. Et, quant à ceux que j'avais côtoyés sur les bancs et qui devaient, tout comme moi, prendre un jour le commandement d'un vaisseau, plus aucun ne s'aventurait à me regarder de haut.

Non, le plus difficile, sans doute, c'était de me sentir m'éloigner toujours plus de l'enfant frondeuse de la montagne, de grandir en force, en courage, et de me dire que la voix de Dchemgidad n'aurait plus jamais la couleur de l'orage… car les vrais marins quittent leurs attaches. Ils s'arrachent, sans le savoir, au monde des vivants.

Tout est allé si vite.

J'ai pris à mon tour la route des Épices. J'ai abordé les îles parfumées. J'ai mangé à la table de rois étranges dont la richesse tenait au parfum et à la saveur de petites graines, d'écorces fragiles, de baies séchées. J'ai entendu des langues nouvelles et contemplé l'énigme de leurs dieux couverts d'offrandes. J'ai connu la griserie des marchés, les outrances théâtrales du marchandage, tout ce que cela mettait en jeu de paroles et de serrements de mains. Il y a beaucoup de satisfaction à voir se remplir une cale quand on a longuement négocié, encore ne faut-il pas perdre la cargaison, veiller à l'arrimer solidement, la protéger des rongeurs et des coups de vent, être capable de la ramener intacte et à bon port.

Mes coureurs d'océan revenaient pour la fête du Grand Retour, plus nombreux à chaque printemps, en grands troupeaux de voiles blanches, fiers de leur long sillage, pavoisés jusqu'à la pomme du grand mât.

On sortait de leurs cales ventrues la précieuse cargaison conservée dans des jarres de terre cuite, des couffins de paille, des sacs de chanvre ou de coton, de grands paniers d'osier : muscade, safran, encens, girofle, poivre, gingembre, vanille, cannelle... Oui, ce furent de belles années. Le Pain des Vieillards avait un goût incomparable, un goût de terres enivrantes, de palmiers agités par la brise... On dansait sur les quais, dans les escaliers des ruelles, sur les terrasses et les balcons, et c'était beau de voir la ville plus bruissante et odorante qu'un bois d'oliviers crépitant de l'ivresse des cigales. J'étais courtisée par les familles de négociants qui poussaient leurs prétendants au mariage. Je sortais étourdie de leurs invitations dans des maisons rivalisant de splendeurs, assommée de leurs concerts de louanges intéressés.

Tous, ils se trompaient.

Car je l'ai compris, voyage après voyage, ce que nos vaisseaux rapportaient dans leurs coques épuisées par la longue course, ce n'étaient pas ces boisseaux de marchandises odorantes, aussi précieuses fussent-elles…

Ce qu'ils allaient chercher au-delà de l'horizon, c'étaient des histoires et des contes, des morceaux de pays, l'inaccessible et toujours mystérieux parfum des ailleurs…

Et de ces flamboyants oripeaux, la cité habillerait ses songes pendant toute une année.

Voilà pourquoi on m'invitait et m'honorait. C'est, du moins, ce que moi, Ziyara, je croyais. Ce que je voulais croire.

Alors j'ai tenté d'autres routes. Sous ma bannière, nos vaisseaux ont écumé les mers en s'écartant toujours plus loin des routes tracées par nos pilotes hauturiers, bien au-delà du monde connu.

Je le pouvais. Je le devais. Ils me faisaient confiance. N'étais-je pas l'élue ? Celle que le dauphin d'ivoire avait choisie ? Il était là, suspendu à mon cou. Il conduisait ma chance et mon destin.

J'ai vu, dans les mers froides, de grands ours à manteau d'hermine. Ils suivent les navires en longeant la glace. Ils sont beaux à voir. Leur marche balancée, presque gracieuse, est démentie par une grande férocité. Ils savent très bien nager. Dans ces contrées où un jour d'été dure six mois de notre année, les eaux libres se couvrent de montagnes de glace tueuses de navires. D'immenses troupeaux d'éléphants de mer, vautrés sur les rochers, bâillent et beuglent en poussant des clameurs jusqu'au ciel. Des baleines gigantesques jaillissent et plongent avec un fracas de tonnerre, pendant que l'ombre des licornes se faufile sous la glace. Assis dans leurs minuscules embarcations, des petits hommes virevoltent sans crainte parmi tant de dangers. L'un d'eux nous servit de guide. Il ne parlait pas notre langue. Il avait les yeux bridés, des pommettes rouges et trois griffes bleues tatouées sur la joue droite. Il s'appelait Nangajiik.

À des centaines de milles de là, j'ai vu, dans les mers chaudes et phosphorescentes, planer des arcs-en-ciel de poissons volants. Ils tombaient en pluie sur le pont, et nous n'avions qu'à nous baisser pour en remplir de pleins baquets.

J'ai vu des vagues plus hautes que des montagnes obscurcir le ciel.

J'ai vu l'horizon se tendre de ténèbres, la mer bouillir et tourbillonner jusqu'à faire naître de vivantes colonnes capables dans leur vélocité de pulvériser la plus puissante des flottes de guerre.

J'ai vu le feu Saint-Elme. Sa lueur verte courait d'un bord à l'autre, crépitait à la pointe de nos mâts et me dressait les cheveux sur la tête en la couronnant d'un buisson ardent...

J'ai vu des lagunes couvertes d'oiseaux blancs qui s'envolaient plus drus qu'une tempête de neige, et des sources chaudes peuplées de singes dont les tribus se faisaient la guerre.

J'ai vu tressaillir sous les eaux l'ombre mystérieuse des cités englouties.

J'ai entendu le chant plaintif des sirènes, la nuit, contre les parois de ma cabine...

Et lorsque je revenais à Candaâ pour la fête du Grand Retour, c'était toujours moi, Ziyara, Grand Amiral de la flotte, qui tranchait la première le Pain des Vieillards. J'étais fière de nos équipages et de nos vaisseaux. Nous apportions le bonheur et la prospérité. Les négociants et les marchands calculaient déjà les bénéfices qu'ils retireraient de nos pérégrinations. Même les plus humbles, qui n'espéraient pas de profits, savaient qu'ils garderaient quelque chose de ce que nous avions vu et entendu, car nous étions les ambassadeurs des autres mondes, inconcevables entre les quatre murs chaulés de leur cabane. Ils parleraient encore longtemps entre eux de l'année de l'ambre gris ou de l'année des sirènes, et de cette brûlante année de safran qui avait tant échauffé les esprits...

Cela dura jusqu'à l'année du dernier pain, l'année de la dernière fête.

Celle qu'on a appelée l'année de la grande peste.

Elle avait commencé comme les autres, pourtant. Nos vaisseaux roulaient d'un bord sur l'autre avec le ventre orgueilleux des grandes moissons. Le Pain des Vieillards, de l'avis de tous, était l'un des meilleurs qu'on eût mangés. Après le troisième coup de gong de la cérémonie des vœux, la ville m'avait officiellement déclarée Grand Amiral des Mers Océanes et offert un manteau d'or et de brocart dont les broderies représentaient mes voyages. On avait doublé la solde des équipages pour la circonstance. La liesse durait depuis trois semaines, on se remettait à préparer la prochaine campagne. Les vaisseaux, tirés à quai, raclés jusqu'à la quille, attendaient d'être calfatés, regréés, repeints de neuf. Dans les bâtiments de l'arsenal, on préparait de nouveaux cordages, on recousait les voiles. Brusquement, une poussée de fièvre s'était emparée des ruelles du vieux port. On y avait relevé des morts. Ils portaient des marques horribles sur le corps, des taches sombres et dures. La maladie avait gagné le port de pêche, puis les autres quartiers, courant à travers les rues, s'engouffrant dans les maisons, emportant pêle-mêle hommes, femmes et petits enfants dans une effroyable hécatombe. Enfin, elle avait bondi par-dessus les remparts et couru les chemins pour semer la désolation dans les campagnes.

Mon père et ma mère, dans leur petit village tout là-haut, en sont morts.

On ne me laissa pas le temps de les pleurer. Il y avait ceux qui combattaient de toutes leurs forces l'épidémie et ceux qui, déjà, en cherchaient l'unique raison. Ce n'était pas assez d'endurer ce fléau, il fallait aussi supporter la bêtise de ces derniers. Il y a toujours, dans les grandes détresses, quelques prophètes pour invoquer un châtiment divin, ou des imprécateurs qui recherchent un coupable.

On accusa les épices de l'année précédente. Trop fortes, trop brunes, pour la blanche farine de Candaâ. Ce pain resterait dans les annales comme celui de l'année de la grande peste.

Candaâ l'Épouse du monde ! Candaâ ! La ville aux trois cents palais de marbre !

Elle veut pour elle toutes les richesses, elle en ignore le prix.

Comme si les gens, ailleurs, ne goûtaient pas d'un autre pain !

Comme si les marins, à mon bord, n'avaient jamais eu entre les dents le pain de la misère, comme s'ils n'avaient jamais goûté au pain amer du naufrage !

Pourquoi les épices, d'ailleurs, et pas le levain ?

Et si c'était le fiel des anciens, plutôt, qui avait corrompu la pâte ?

Le Conseil des Sages de la cité se réunit en instance exceptionnelle. On me fit savoir que j'avais insulté les traditions et les usages en m'écartant des routes marchandes. Que la ville tout entière payait mon audace et mon impudence. Que je devais rendre, toutes instances cessantes, mon titre et le manteau qu'elle m'avait offert. Je répondis que les marins avaient payé un lourd tribut à l'épidémie, que ceux qui y avaient survécu s'étaient dévoués sans compter. Ils avaient transporté les morts, entretenu les feux pour purifier l'air, sauvegardé la flotte et les bâtiments publics, jour et nuit, sans relâche, et tout le monde m'avait vue à leurs côtés.

Le Grand Conseil en prit acte et conclut, dans sa bienveillance extrême, qu'il me laissait l'honneur de procéder moi-même à mon exécution. Je sortis hébétée du palais. J'allai aux jardins de l'Amirauté contempler une dernière fois la baie de Candaâ. Le soir venu, je redescendis au port.

Je rentrai à bord du *Nadir*, le vaisseau avec lequel j'avais accompli mes explorations. C'était un beau et bon voilier, robuste, bien taillé, avec un gréement élégant. Un vaisseau solide, capable d'affronter les pires tempêtes, mais assez léger pour naviguer en basses eaux, et même se faufiler entre les cailloux. J'avais surmonté grâce à lui d'effroyables dangers. Voilà que j'étais arrivée au bout de la route : une fiole de poison m'attendait sur la table de ma cabine. À côté, un parchemin portant le sceau du Grand Conseil détaillait les attendus de ma condamnation.

— N'obéissez pas ! dit une voix dans mon dos.

Je sursautai.

Je fis demi-tour. Dans l'encadrement de la porte se dessinait la silhouette massive de Mateo, mon pilote.

— Je vous en prie, continua-t-il, n'obéissez pas. Il me tendit la main. Accompagnez-moi sur le pont.

Je vis qu'il avait réuni mes fidèles : Zénandre, le fin cartographe, Hercalos, maître charpentier, Jadir, harponneur et maître d'équipage, Puech et Ochoa de Talance, deux fiers commandants de galiotes, et quelques bons matelots, dont le meilleur guetteur de toute la flotte, Vixente Bon-Appétit, qui, ayant perdu une jambe dans la gueule d'un requin, avait gravé par dérision ce surnom sur sa jambe de bois. Tous avaient juré de reprendre la mer avec moi.

— La cale est remplie, dit Mateo. Vivres, eau, voiles de rechange. Nous n'attendons que votre ordre, Ziyara, pour lever l'ancre. N'obéissez pas.

Les yeux fixés sur moi, ils guettaient ma décision. Je leur fis valoir qu'un tel voyage serait sans adieux ni retour, que, cette fois-ci, il n'aurait pas de fin. Que tous ceux qui viendraient avec moi seraient bannis pour la seule faute de m'avoir suivie. Qu'ils souffriraient de toujours regretter le pays qui les avait vus naître, sans jamais pouvoir y revenir. Mais je n'avais pas besoin de les interroger pour savoir qu'ils avaient déjà perdu leurs dernières attaches. La peste s'était chargée de les leur enlever. Je donnai l'ordre d'appareiller.

Nous sommes partis par petite brise, dans l'obscurité de cette nuit sans lune. Épuisée par les derniers soubresauts de l'épidémie et la charge des accusations qui pesaient encore sur mes épaules, je rentrai dans ma cabine et laissai le dauphin d'ivoire, au hasard sur une carte, décider de la direction qu'il m'indiquerait.

Mon talisman nous conduisit, après une longue navigation vers le ponant, aux abords d'une île grise dont les sommets disparaissaient sous un dais de nuages. Nous étions à bout de vivres, à bout de forces. La mer forte, hachée de vagues contrariées en tous sens, nous repoussait vers le large. Nous avons fini par jeter l'ancre près d'une plage de galets que le ressac remuait dans un continuel grincement de dents. Aucun de nous n'était jamais venu ici. C'était un endroit oublié, un endroit où la parole semblait résonner pour la première fois avant d'être emportée au large dans les plaintes du vent. La forêt s'y noyait sous des écharpes de pluie et de brume. Une colonie de pingouins au cri aigre et à la chair noire, tout juste comestible, y avait élu domicile sur une pointe de rocher. Ils n'étaient pas farouches, ils se contentaient de se dandiner de trois ou quatre pas à notre approche, avec un gloussement indigné, le bec en l'air et les ailes collées au corps. Menés par Jadir le harponneur, les marins en firent un sombre et malheureux carnage, mais cette tuerie était nécessaire pour refaire notre réserve de viande. En poussant plus loin nos explorations au-dessus de la forêt, sur des crêtes couvertes d'une herbe rase, nous avons trouvé de grandes et solitaires statues de pierre.

Quelques-unes tenaient encore debout, d'autres penchaient, mais la plupart s'étaient écroulées : défigurées par l'érosion, elles retournaient à leur état premier, cachées dans les herbes, et l'on pouvait voir, au milieu de leur poitrine brisée, un galet translucide et doré, serti dans le grain de la pierre. Je me suis assise près d'un de ces blocs. J'avais l'impression d'être au chevet d'un dieu mort. Un dieu dont le cœur aurait contenu des voies lactées et tout un firmament dans sa transparence de miel, à l'image de notre monde, perdu, lui aussi, dans l'énigme de ces étoiles sans nombre.

Je posais les mains dessus. Il en émanait une chaleur bienfaisante qui éloignait dans le vent et la pluie le voile de tristesse descendu sur mes nuits depuis que la peste avait ravagé notre vie.

L'équipage m'attendait. Je demandais à Zénandre de dresser la carte de cet endroit. Il la nomma, en raison de la présence de ces statues, l'île des Géants. Mais, sur mon propre livre de bord, je lui donnai le nom de Tristessa, l'île de la mélancolie.

C'est le véritable point de départ de mon errance. Après cela, je n'ai fait que me rendre de lieu en lieu, d'île en île, le temps de reprendre chaque fois assez de souffle pour affronter la houle des océans.

Car j'étais née pour aller plus loin.

Moi, Ziyara, je devais courir les vagues et le grand vent.

Chaque fois que le dauphin d'ivoire s'agitait à mon cou, ses frères au dos luisant ne tardaient pas à le rejoindre devant notre étrave. Griserie de ces chevauchées, lorsque le navire brisait lame après lame, toutes voiles dehors, les cordages tendus et vibrants comme des nerfs, et que nous voyions caracoler ces compagnons de route, bondissant de droite et de gauche, prenant de vitesse la crête des vagues, plongeant sous leur surface pour reparaître quelques encablures plus loin dans un bouillonnement joyeux !

Et ces cris comme des rires, les appels qu'ils se lançaient de l'un à l'autre. Quand je penchais le buste par-dessus la lisse, ils n'avaient de cesse de me frôler le museau. J'aimais ces baisers venus du fond des eaux.

Mon équipage était des plus bigarrés, ramassé au hasard des escales. Ils obéissaient à toutes sortes de croyances, se pliaient aux rites les plus étranges, mais tous partageaient une même attirance pour les dauphins. Il y avait une loi tacite à mon bord que personne ne doit tenter le moindre mal contre ces animaux. Je ne faisais rien pour taire cette légende qui prétendait que leur sang courait dans mes veines. Les marins en étaient si bien persuadés qu'ils m'appelaient entre eux « la femme-dauphin ». Ils étaient si sûrs du pacte qui me liait à la mer qu'ils m'obéissaient de plein gré, même au plus fort des tempêtes. Et comme je ne voulais pas les détromper, je bravais ces dernières en grimpant avec eux tout en haut du grand mât.

Nous allions droit devant nous. Nous vivions de commerce et de contrebande, partageant la peur des récifs et le bonheur des plages.

Prisonniers d'une coque de noix mais libres de la mener où bon nous semble, sauf, hélas, à Candaâ, où notre tête restait mise à prix. Dès que la bannière de la cité se montrait en haut d'une antenne, dès qu'un vaisseau de sa flotte croisait dans les parages, il nous fallait virer de bord et changer de cap.

Je ne manquais pas d'endroits où faire relâche.

Lorsque les vents étaient favorables, je cinglais vers Alizade. Cette grande ville sur pilotis est bâtie tout au fond de la lagune des Trois Parfums. Elle ouvre sur un immense pays de terres et d'eaux mêlées, porté sur les cartes sous le nom de pays du Lotus. Le *Nadir* y était toujours le bienvenu. D'ailleurs, deux marins du bord y avaient leurs familles.

J'avais abordé cette ville pour la première fois des années auparavant. Encore en apprentissage, j'obéissais, comme lieutenant, aux ordres de Zénon d'Ambroisie, un jeune commandant de la flotte du Grand Retour. Il avait de beaux cheveux bouclés, noirs et drus, il était plus âgé que moi, et c'était déjà un navigateur accompli. Je me souviens de son regard et de sa voix. Nous ne pouvions ignorer la force du sentiment qui nous entraînait l'un vers l'autre, mais le dauphin d'ivoire mettait une terrible distance entre nous. Car, au contraire de beaucoup d'autres, Zénon ne doutait pas que j'accomplirais le destin annoncé par le talisman. Il ne m'abordait qu'avec déférence, alors qu'il était mon aîné et que son autorité l'emportait sur la mienne. Je me souviens qu'il m'avait un soir effleuré la main, que j'en avais rougi et qu'il avait dû s'en excuser comme à regret. Je me souviens que mon cœur battait beaucoup trop vite quand son regard croisait le mien, et qu'il me fallait chercher un appui derrière la ligne d'horizon pour retrouver la contenance et la nécessaire froideur de notre position hiérarchique.

Personne ne peut vraiment comprendre ce qu'est le pays du Lotus. Il faut oublier là toute certitude géographique. Zénon se prit de passion pour cet endroit dès le premier jour où il y mit le pied. Ensemble, nous allions chasser dans la mangrove. Les palétuviers de cette forêt, qui se hissent au-dessus de la vase en multipliant leurs racines, donnent l'impression de vouloir dévorer la lagune en marchant sur des milliers de pattes de crabes. On y trouve une faune étonnante, aussi à l'aise sous les eaux que sur la terre ferme, et qui ressemble fort aux gens de ce pays, car leur pensée est de même sorte, mi-chair mi-poisson, inclassable et fluctuante.

Zénon passait des heures à discuter avec le zamorin, gouverneur de la ville d'Alizade. Ce petit homme un peu gras, très vif en paroles et toujours affable, s'appelait Parsidha. Il avait la charge du commerce et de l'administration, ce qui lui donnait un pouvoir considérable. Il déclamait sur tous les tons son amitié pour Zénon, jurant qu'il l'aiderait à développer le négoce entre Alizade et Candaâ. En revanche, il était peu soucieux d'étendre ces échanges aux villes voisines, alors que Zénon n'y voyait que des avantages. Alizade n'était que la porte du pays du Lotus, il y avait beaucoup d'autres villes avec lesquelles Candaâ pourrait commercer. Il souhaitait donc s'enfoncer plus avant au cœur du pays, obtenir une rencontre avec le Roi des Eaux, et sceller avec lui une entente officialisée par des ambassades et des traités mutuels. Et pour cela, expliqua patiemment Zénon, il avait besoin de la recommandation du zamorin. Parsidha fit tout pour dissuader Zénon de ce projet d'ambassade. Le Roi des Eaux, lui dit-il en substance, n'est pas un souverain comme les autres. Nul n'a jamais vu son palais. Il est mystérieux et imprévisible. Lui demander une audience peut prendre des mois ou des années. Il règne sur ce pays immense en se déplaçant secrètement, s'éloigne ou se rapproche de ses sujets en jouant des marées, des flots et des écluses. Tout ce qui vient de lui est frappé du sceau de l'arbitraire. Tout ce qu'il ordonne est inéluctable et sans appel. On le révère et on le craint. Parsidha n'avait jamais eu affaire à lui, et pourtant il le redoutait comme la foudre en plein orage. Zénon revint plusieurs fois à la charge, de toutes les manières possibles. Le zamorin prenait ses cadeaux, buvait son vin, recevait ses paroles, mais le congédiait dès que la tournure de l'entretien commençait à lui déplaire.

Je savais, pour ma part, que Zénon ne changerait pas d'avis. Effectivement, il décida de se passer de l'autorisation du zamorin et d'aller lui-même à la recherche du Roi des Eaux. Il me confia le commandement du vaisseau en me faisant promettre de revenir le chercher l'année suivante. À la façon dont il me regardait en me tenant la main, je compris que cette promesse n'avait pour lui rien d'ordinaire, et qu'il attendait tout de ces futures retrouvailles... J'avais le cœur serré à l'idée de le perdre.

Lorsque je revins dans la lagune des Trois Parfums, un an plus tard, j'avais été nommée pour la première fois amiral de la flotte. Beaucoup de choses avaient changé dans ma vie, et pourtant je n'avais cessé de penser à mon cher Zénon. J'étais impatiente de le revoir. La ville d'Alizade apparut dans une brume de chaleur qui lui donnait l'air de trembler sur ses pilotis. Je me tenais à la proue du *Nadir* pavoisé de toutes ses bannières. Le zamorin, entouré de ses conseillers alignés sous leurs ombrelles, était sorti de son palais pour accueillir la grande flotte de Candaâ.

La chaloupe du *Nadir* me déposa sur le quai. Je débarquai, suivie de tous mes officiers. Parsidha s'étonna de voir une femme en si grand appareil et nommée à la tête de tant de vaisseaux. J'avais l'habitude de ce genre de surprise. Je le saluai brièvement et lui demandai la faveur d'un premier entretien.

Il m'annonça lui-même la disparition de Zénon d'Ambroisie. J'encaissai la nouvelle sans rien laisser paraître. Je remis la conversation sur nos accords de commerce. J'étais dure en affaires. Nos conseillers passèrent quatre grosses journées à discuter des points de détail, ensuite le transfert des marchandises commença. Nos cales se vidèrent puis se remplirent, une procession de fourmis humaines, un panier sur la tête, montait et descendait des passerelles dans un ballet incessant, de l'aube au crépuscule. Je cherchai Zénon pendant toute la durée de notre séjour, en mettant à profit les rares moments de loisir laissés par ma charge. Je payai très cher des renseignements qui n'en étaient pas. Je rencontrai des témoins dont la mémoire évasive épousait au plus juste le fil de mes questions. Je dus repartir à contrecœur, frustrée de n'avoir rien trouvé. Zénon avait-il rencontré le Roi des Eaux ? Marchait-il sur les quais d'une autre ville cent-pieds, comme on nommait ces cités perchées sur leurs poteaux de bois ? Avait-il rejoint les villages-fleurs des environs, s'était-il mêlé à leur population flottante ? Il n'y avait aucun moyen de le savoir. Je revins l'année suivante et encore l'année d'après.

J'aurais dû détester ce pays et je n'y arrivais pas. Couché de tout son long, il ne s'accommode que de l'indistinct. Il ne connaît pas les frontières. On n'en devine pas les confins, qui se dilatent et gonflent sous les averses à la manière d'une éponge. La nuit elle-même est un nuage d'encre que boit lentement la lumière du jour. Tout y est brouillé, vaporeux, tremblant, jusqu'au scintillement des étoiles.

Je ne voyais pas la haute silhouette de mon fier Zénon hanter ces chemins d'eau sans laisser une empreinte durable derrière lui. Je ne le voyais pas céder à la lenteur, à la patience, à la langueur. Je tentai bien des fois de retrouver sa trace, mais c'est comme si elle s'était diluée dans ces étendues liquides, dans le reflet des nuages, la flaque sombre des eaux dormantes, et que lui-même eût disparu dans les replis de la langue musicale de ce peuple paisible.

Partout où je le cherchais, je ne trouvais que mon propre reflet ondoyant sur les eaux.

Je compris que je ne le verrais plus, que je n'entendrais plus le timbre de sa voix.

Parsidha quitta ses fonctions. Les relations entre Candaâ et le nouveau zamorin d'Alizade se dégradèrent, ce qui démontrait, *a contrario*, que Zénon avait bien eu raison de vouloir consolider nos échanges d'une façon plus officielle. Le *Nadir* ne risquait pas d'y rencontrer la flotte du Grand Retour, c'est pourquoi, après mon bannissement, il nous était facile d'y faire escale. Mais je préférais désormais, à l'activité brouillonne de la ville, la quiétude de ses étendues de roseaux. Il m'arrivait d'y rencontrer une école, c'est-à-dire rien d'autre qu'une hutte de plein vent abritant une grappe d'enfants regroupés autour d'un maître en sagesse. Je m'asseyais avec eux pour l'entendre lire des poèmes composés dans cette écriture qu'ils appellent d'herbe folle. Les cinq arts enseignés ici sont le calcul, la courtoisie, le murmure, l'écriture et le plongeon. Il faudrait ajouter que la tristesse y est perçue comme une forme d'impolitesse. On ne peut vivre parmi ces gens sans y gagner malgré soi en légèreté.

J'allais au hasard des canaux. Je me laissais gagner par la douceur des jardins flottants. Ma démarche s'assouplissait, mes hanches balançaient. Je savais, à la manière des villageoises de ce pays, passer par-dessus mon épaule un pan de l'étoffe qui me ceignait le corps, d'un simple geste du poignet. Lorsque arrivaient les signes avant-coureurs de la saison des pluies-tambours, je faisais apprêter le *Nadir* sans plus attendre, car il est impossible de naviguer dans cette région du monde sitôt qu'elle est entamée. Le ciel prend tous les matins une belle couleur de thé qui vire au noir en milieu de journée et se déverse en cataractes avant la tombée de la nuit. Inutile, donc, d'attendre les manifestations tonitruantes de cette colère quotidienne. La cale remplie, le pont briqué, les voiles ajustées, nous nous esquivions pour reprendre notre existence de coureurs des mers.

Je connaissais la route qui mène aux îles bruissantes et secrètes d'un archipel interdit.

Au loin, ce n'est qu'un semis de cailloux couleur d'émeraude plantés dans l'immensité, mais en s'approchant, ils grandissent, grandissent jusqu'à monter leurs escarpements par-dessus leur ombre. On se faufile à marée haute entre les tourbillons qui se forment à leur pied, et l'on arrive, après avoir franchi ces passes étroites, à Vinh Gao, un grand rocher couronné d'une végétation débordante. Là, sur une frange de sable blanc, s'élève un village, niché dans une concavité de la côte qui ne le rend visible qu'au tout dernier moment où l'on vire.

Mateo, notre pilote, aurait pu faire toutes ces manœuvres les yeux fermés. Une nuée d'enfants se jetaient à l'eau pour nous accueillir. Leur allégresse faisait bondir mon cœur, car je savais que j'allais y retrouver le peuple rieur des pêcheuses de perles, celles-là mêmes qui m'ont enseigné la nage sous les eaux...

Sitôt l'ancre jetée, toutes les pirogues du village nous attendaient pour nous débarquer, et c'était jusque tard dans la nuit une belle fête pour nous souhaiter la bienvenue. Nous déposions nos cadeaux sur les nattes étendues sur le sable.

Dès le lendemain, les pêcheuses de perles venaient me chercher. Je montais dans une des pirogues, nous mettions la voile pour rejoindre un de leurs lieux de pêche. Elles jetaient une ancre rudimentaire faite d'une grosse pierre attachée à une longue corde. Ensuite elles se laissaient couler l'une après l'autre. Je plongeais à mon tour...

C'est un autre monde, inouï, silencieux, un monde qui s'étage entre la nuit des profondeurs et les éclats de soleil dansant sous la peau des vagues. Les plus gracieuses des créatures, les plus colorées, les plus étranges, les plus effrayantes, les plus féroces, c'est ici qu'elles vivent, tapies dans le sable ou cachées dans les roches. Ninh, Anh et Naw, mes sœurs au sourire de nacre, me montraient le chemin. Sirènes animées d'un même souffle, nous glissions vers les fonds. Le sol perdait son emprise et ses droits. Nous n'avions plus de poids, ni de haut ni de bas. Nos pieds devenaient nageoires, et nos mains des ailes frémissantes.

Nos chevelures ondulaient. Des grappes fuyantes de poissons d'argent s'ouvraient en éventail devant nous, leurs ombres se faufilaient sous les coraux.

Avec des gestes lents, nos doigts débusquaient une à une les huîtres et les portaient aux sacs suspendus à nos ceintures…

Enfin nous remontions avec de lents battements de jambes, les poumons assoiffés d'air, et, jaillissant dans l'azur, un même rire éclatait à nos lèvres salées.

J'aurais voulu vivre là des années. À chaque plongée, je sentais nager le petit dauphin d'ivoire qui tirait le cordon à mon cou. Il était bien vivant, ivre de bonheur.

De retour à Vinh Gao, nous partagions la récolte sur la plage et, parfois, la larme précieuse d'une perle roulait dans le creux de nos mains.

Les hommes de l'équipage nous rejoignaient. Eux s'amusaient à chasser des poissons volants en les tirant à l'arc, en plein vol, comme l'ont toujours fait les gens de ce village.

Le soir venu, tout le monde dînait sur la plage. Poisson grillé, coquillages frais, noix de coco, igname, papaye accommodés aux épices dont le *Nadir* transportait toujours de grandes réserves. Il m'arrivait de m'isoler avec Zénandre pour compléter mes cartes. Nous y passions de longues heures, parce que l'archipel comprend des centaines d'îles et qu'elles sont séparées par des basses de roches ou de sable, des chenaux invisibles entre les tourbillons.

Pendant que je retraçais nos voyages sur le papier, j'entendais des chuchotements sur la plage. On pouvait facilement s'endormir, entre le murmure de ces voix et le bruit mouillé du ressac. Une chanson s'élevait, des histoires naissaient sous le grand balancement des palmes, plus loin c'étaient les éclaboussures et les aboiements d'un chien chassant les crabes, puis le silence s'installait, et même les bribes de conversations amoureuses finissaient par s'éteindre, peu à peu, gagnées par la touffeur de la nuit.

Lorsque la récolte de perles était suffisante, nous levions l'ancre pour aller en faire commerce de port en port. La proximité du puissant pays de Jade était favorable à notre négoce, on y trouvait de grands amateurs de perles, et toujours prêts à mettre le prix. Je laissais Mateo s'en occuper. C'était un fin manœuvrier, habile au marchandage. Il savait jouer des protestations d'amitié, des revirements, des menaces de rupture suivies de réconciliations qui font le sel de ces échanges. Il y tenait plus souvent le rôle du chat que celui de la souris, et ça ne l'ennuyait jamais. Ces jeux ne m'amusaient plus. J'aurais tout cédé sur une simple parole. Mais le

Nadir, grâce à lui, avait bonne réputation. Les pêcheuses de Vinh Gao nous confiaient toute leur récolte, elles étaient sûres d'en tirer le meilleur prix.

À Tahu, à Lokou, à Pithiak, sur les îles jumelles de Tiévoa et Tiévao, au petit royaume de Kivi, on parlait du *Nadir* comme du bateau de la femme-dauphin. À Xan, où l'on rend un culte à ces animaux pendant les marées d'équinoxe, il était accueilli par des offrandes.

Nous n'avions aucune attache, nous ne devions de tribut à personne, et cette liberté, étrange ou effrayante pour la plupart des peuples, ne contribuait pas peu à grandir notre légende. Le *Nadir* croisait dans ces eaux avec la fantaisie d'un vagabond. Il se mettait au mouillage en pleine nuit, un trait d'encre dessinait l'élégance de ses mâts et de ses antennes dans l'aube naissante, on le voyait surgir du vide comme un présage de bonne fortune.

Mais un matin, derrière un rocher en pain de sucre que le *Nadir* contournait en revenant à Vinh Gao, d'autres voiles sont apparues. Des voiles noires. La plus haute portait une bannière d'un tout autre présage, c'était celle des pirates du détroit des Perles Noires.

Ces pirates brûlaient les villages et s'emparaient de leurs habitants pour les réduire en esclavage. Comme ils n'étaient pas assez forts pour s'en prendre aux puissants comptoirs établis par le pays de Jade, ils rançonnaient les pêcheurs et les petits navires marchands. Dotikay, leur chef, était, paraît-il, furieux de voir une femme commander un vaisseau croisant son terrain de chasse. Ma présence lui faisait de l'ombre. Il menaçait quiconque nous accueillerait ou tenterait de commercer avec nous. Il laissait derrière lui des cadavres de dauphins échoués sur les plages et promettait d'en faire un grand massacre. Il avait juré de faire main basse sur notre cargaison et de tenir mon corps entre ses mains afin d'en jouir à sa guise. Or, le *Nadir* naviguait depuis des mois dans l'archipel à son nez et à sa barbe, plus insaisissable qu'une anguille.

J'avais sans doute trop présumé de sa bêtise. À force de menaces et de rançons, Dotikay était parvenu à retrouver ma trace. Ses vaisseaux nous coupaient la route. L'un après l'autre, ils se détachèrent de l'ombre du rocher qui les avait masqués à notre vue. Le courant nous entraînait droit sur eux. Le vent défavorable nous interdisait toute fuite possible. Nous nous sommes équipés en hâte. Leurs grappins ont volé vers nos cordages, ralentissant brutalement notre course. Les coques se sont heurtées dans un grand craquement. Le *Nadir*, encore sur son élan, tirait malgré lui cette meute qui lui mordait les flancs. Du haut de notre bordage qui les dominait, pendant un court instant, nous les avons criblés de flèches. De pauvres flèches, taillées dans des roseaux pour la pêche, trop fines et trop légères, et qui ne les gênaient pas plus que des piqûres de moustique. Eux grimpaient déjà à l'abordage. Jadir, notre harponneur, usa dix lances et tua autant de ces barbares avant d'être tué à son tour, après cela, il ne nous restait que de mauvais sabres et la certitude de mourir en leur faisant face. De la bataille, je garde une mémoire confuse et surtout une frayeur absolue. Ces hommes se battaient comme des démons. Vaincre ne leur suffisait pas. Il leur fallait réduire en charpie leurs adversaires et piétiner leurs corps démembrés. Ce ne fut qu'une horrible mêlée de cris et de sang. Je vis fondre mon équipage qui se battait à un contre cinq. Le dernier fut Vixente Bon-Appétit. Il se laissa chuter de tout en haut du grand mât en poussant un long hurlement et tua trois pirates dans sa chute, dont l'un fut cloué sur le pont par sa jambe de bois. Mais c'était la fin, le dernier acte héroïque et dérisoire d'une pièce jouée d'avance.

Ligotée au grand mât, j'assistai au supplice de mes derniers compagnons. Je vis s'approcher Dotikay. Ses petits yeux cruels balayèrent avec satisfaction le pont où s'entassaient les corps. Il pencha vers moi sa grosse tête semblable à une noix de coco cabossée, plantée de poils filandreux. Il éructa un ordre. La puanteur de son haleine me tira un rictus de dégoût. Aussitôt, un de ses hommes me jeta au visage un plein baquet d'eau de mer. La morsure du sel, fouillant mes plaies à vif, m'arracha un gémissement, mais ce crachat d'eau salée, par la même occasion, avait porté le dauphin d'ivoire jusqu'à ma bouche. Je mordis dedans pour faire taire ma douleur. De sa grosse main calleuse, Dotikay me martyrisa la mâchoire pour me soulever le menton, intrigué par l'amulette d'ivoire que je tenais serrée entre les dents.

J'ai fermé les yeux et, tout bas, j'ai supplié mon talisman, de toutes mes forces :

— Petit dauphin d'ivoire, joyeux compagnon des ouragans, des gouffres et des tempêtes, vaillant coureur des plus hautes vagues, je t'en supplie, viens à mon secours !

À peine ai-je aperçu cette ligne blanche, tendue d'un bout à l'autre de l'horizon, d'où naquit la vague prodigieuse qui avançait en grondant. L'espace d'un instant, elle s'éleva jusqu'à cacher le ciel, puis roula et déferla avec une telle violence qu'elle culbuta le vaisseau en s'écrasant dans un fracas inouï, arrachant les grappins qui le retenaient prisonnier et brisant en mille morceaux les vaisseaux de nos assaillants sous une cataracte d'eau et de sable.

Je tombai pendant une éternité, les côtes comprimées à en exploser. Mes oreilles hurlaient. Je ne respirais plus. Qui m'appelait ? Qui nageait à mes côtés ? Des voix me parlaient de très loin. C'étaient mes sœurs, les pêcheuses de perles. Que faisaient-elles ici ? Je ne sentais ni bras ni jambes, seulement le petit dauphin entre mes dents que je serrais à le briser, et que pourtant je n'arrivais plus à retenir. Il y avait aussi cet étranger, un homme à cheveux blonds penché sur moi. Encore un effort, Ziyara, encore un effort... Mes dents se sont relâchées, le dauphin a glissé et dans sa chute tout s'est effacé... Je ne vis plus rien. Le tourbillon des eaux noires m'avait emportée.

On me faisait boire. C'était douloureux d'avaler une simple gorgée, mais beaucoup moins que ces élancements dans tout le corps. J'étais revenue à Vinh Gao. J'en reconnaissais les odeurs, les parfums et les bruits : le crissement poudreux du sable sous la plante des pieds nus, l'infatigable frou-frou des palmes, le coq qui s'égosille, la détonation lointaine des vagues contre les brisants. La course du soleil, tamisée par le treillage du toit, m'indiquait la succession des jours et des nuits. Mais tout se mêlait dans mon sommeil entrecoupé de tourments, de chutes vertigineuses ou de noyades, de sensations atroces d'étouffement. J'entendais un bourdonnement continu et je voyais défiler tous mes compagnons morts. Les plus assidus de ces tristes visiteurs, Zénandre, le cartographe, Hercalos, le charpentier, et Mateo, le pilote, s'inclinaient avant d'entrer dans ma case. Je les voyais couverts de sang. Ils me parlaient, m'encourageaient. Parfois je distinguais leurs paroles, parfois je ne voyais que leur ombre, avant de replonger dans ma nuit. Dans les moments de lucidité, je m'en voulais d'avoir nargué cette brute de Dotikay en faisant des ronds dans l'eau sous son nez. Il aurait été si facile de quitter la région, d'attendre un moment de paix pour revenir. Une vieille guérisseuse préparait des remèdes qu'elle versait entre mes lèvres. Grâce à ses soins je repris des forces. Ce fut une petite victoire de me tenir allongée et redressée sur les coudes, puis une autre, considérable, de me mettre debout dans un équilibre chancelant. Ninh, Anh et Naw m'y aidaient. Elles me soutenaient sous les épaules. Leur babillage, leur gaieté me semblaient cependant encore inaccessibles. Je me sentais incapable de les rejoindre sur ces rivages de l'insouciance. J'étais trop épuisée, trop écrasée de tristesse et de remords. Mais l'homme qui me portait chaque matin un thé d'une très étrange couleur bleue et qui se taisait ? Lui, je ne le connaissais pas, je ne l'avais jamais vu, seulement dans ce rêve incertain où il se penchait vers moi. Il ne s'attardait pas. Il déposait le breuvage avant de se retirer. Il m'apaisait.

Les événements ont fini par trouver un sens, l'enchaînement des circonstances s'est éclairé à rebours, depuis le début de la bataille jusqu'à ce baquet d'eau portant le dauphin d'ivoire à ma bouche.

Zénandre, Mateo, Hercalos vivaient. Ils étaient tous les trois marqués par la bataille. Zénandre avait à moitié perdu sa raison, Mateo était borgne. Mais ils étaient vivants, c'était une heureuse certitude. Je n'avais pas complètement rêvé leur visite à mon chevet. Je repris des forces, peu à peu. J'allais nager tous les matins, chaque fois un peu plus. Le *Nadir* était bel et bien visible, couché sur la plage, les mâts et les espars rangés pour être remplacés ou réparés, tout environné de fourmis humaines qui œuvraient dans le choc des maillets et le grincement cadencé des scies. J'allais le visiter aussi souvent que possible. L'étranger qui me portait le thé bleu à mon réveil y travaillait. On l'appelait Tête d'or à cause de ses cheveux blonds cendrés. Il était dur au labeur. Il suspendait ses gestes quand j'arrivais. Il se souciait de moi. Je ne savais pas, avec lui, quelle contenance adopter.

Il avait sauvé mes cartes. Il les avait préservées de la moisissure.

Je ne me souviens plus des termes exacts de la dispute mais, un jour, Hercalos s'est jeté sur lui à ce propos. Tout le monde s'est arrêté de travailler. Même affaibli par ses blessures, Hercalos, avec son front de taureau et sa musculature orageuse, ne pouvait qu'emporter ce combat. J'observai son adversaire à la dérobée. Plus léger, il lui rendait une tête pour la taille. Il attendait la charge, les bras déliés, les jambes fléchies, le buste légèrement penché en avant. Il avait du cran, à n'en pas douter. Et il était aussi très rapide, parce que personne n'a compris comment notre charpentier s'est retrouvé une première fois au tapis, puis une seconde fois allongé de tout son long, aussi raide et stupide qu'un bois flotté, son bras droit passé dans le dos, à moitié inconscient.

J'ai fait connaissance avec ce Tête d'or. Je l'avais cru timide. Il était simplement discret. Nous avons parlé cartes. Il était plus à l'aise avec celles de terre ferme qu'avec mes portulans et mes chartes de navigation, mais il se montrait précis dans ses remarques. Nous nous sommes retrouvés ainsi, soir après soir. Il m'encourageait à parler de mes voyages, ce que je n'avais jamais fait jusque-là, et je me suis surprise à y trouver du plaisir. Lui avait arpenté les déserts et les montagnes, vécu de longues années au pays de Jade, commercé avec des princes et des marchands. Il avait une voix douce et une fossette sur la joue gauche quand il souriait. Il venait de loin. Il s'appelait, de son vrai nom, Cornélius. Dans la journée, j'évitais de lui parler. Il travaillait à réparer le *Nadir* ou partait parfois à la pêche avec Padang, un jeune homme du village. J'attendais chaque soir en me reprochant mon impatience. Je ne voulais pas de son emprise, mais je ne supportais déjà plus l'idée d'être sans lui.

Nous reprenions le fil de nos conversations à voix basse, comme pour nous excuser de ces moments d'intimité. Je ne sais plus à quel moment il parla pour la première fois des îles Indigo, de la montagne du bleu des lointains.

— Comment te dire, Ziyara, ce ne sont pas des « îles » à proprement parler, puisqu'elles ne sont pas en mer. Elles s'élèvent sur une immense plaine herbeuse qui se trouve au milieu d'une grande terre qu'on nomme Orbæ.

— Des îles de terre ferme ?

— Exactement. Mais ce n'est pas ce qui les rend extraordinaires. La plus longue de ces deux « îles » est tournée vers la seconde comme la barre d'un « i » vers le point qui est au-dessus, et ce point, c'est un volcan éteint. Ce volcan est toujours bleu, d'un bleu magnifique, comme une condensation plus vive de la couleur du ciel, ce bleu qu'on appelle le bleu des lointains.

— Je vois ce que tu veux dire. C'est la couleur des îles quand on les voit par beau temps à l'horizon.

— Imagine cette couleur encore plus intense, plus lumineuse, presque vibrante, comme un appel. C'est ce que produit la vision de cette montagne bleue. Sauf qu'il est impossible de la rejoindre.

— À mon avis, si elle se dresse sur une plaine, bien sûr que c'est possible.

— Non, ce n'est pas possible. On peut la voir. Elle est là, à portée de vue, mais elle est aussi inaccessible que la lune ou le soleil…

— C'est difficile à croire. Son sommet est peut-être trop haut ?

— J'ai déjà gravi des montagnes qui s'élevaient au-dessus des nuages. Mais tous ceux qui ont voulu seulement arriver à ses pieds n'y sont jamais parvenus. Elle s'éloigne d'autant qu'on s'en approche… Pourtant je sais que j'y arriverai. Je marcherai vers elle le temps qu'il faudra pour ça, toute ma vie s'il le faut.

— Je peux comprendre ça, je crois.

Nous étions assis sur le sable, côte à côte, face au large. Oui, je ne comprenais que trop bien ce besoin de tendre vers un ailleurs et de se mettre en marche.

— Pourtant, Cornélius, il me semble que tu es bien loin de cette terre d'Orbæ. J'ai parcouru, je crois, une bonne partie des mers de ce côté du monde, et je n'en ai jamais entendu parler. Que fais-tu ici, sur une petite île, à deux pas du pays de Jade ? On te voit sur le chantier, tu répares un vaisseau qui n'est même pas le tien. À part Hercalos qui se méfie encore un peu de toi, les gens t'aiment bien, mais personne ne te connaît vraiment. Tu m'es venu en aide, aussi, et ça, je ne peux pas l'oublier. Mais tout ça reste bien loin de cette montagne bleue, si jamais elle existe…

— Tu ne me crois pas ?

Il avait dit ces mots sans tristesse ni colère. Il faisait partie de ces gens habités par une certitude que les âmes tièdes prennent pour des fous, et qui acceptent d'en payer le prix par une trop grande solitude. Mais moi je reconnaissais cette flamme dans ses yeux, et je la tenais pour mienne. Je me sentis gênée par le silence qui s'installait entre nous. Je croisai les bras pour me réchauffer.

— Il fait un peu froid. Si tu veux, on en reparlera demain. Peut-être que je peux t'aider à trouver cette terre. Je te dois bien ça…

Comme je frissonnai, il a sorti du sachet de cuir pendu à son cou un petit carré d'étoffe. En le dépliant, il en a fait une longue écharpe qu'il a posée sur mes épaules. Je n'avais jamais vu une étoffe aussi fine, elle ruisselait dans mon cou et sur mes épaules, plus tiède, plus délicate, plus légère que de la soie. Elle avait la couleur du ciel, un bleu sombre presque noir.

— Où as-tu trouvé cette merveille ?

— C'est pour toi, Ziyara. Tu verras, sa couleur change au fil du jour. À certains endroits, on appelle cette étoffe de la toile à nuage. Au pays de Jade, où j'ai vécu, elle est interdite sous peine de mort. Son usage est réservé à l'Empereur, et comme on ne peut la nommer, on la désigne dans ce pays sous le terme d'Imprononçable.

Comme si, dans le déroulé du drapé, il remontait l'intégralité de ses souvenirs, il me fit le récit de sa rencontre, par une nuit d'orage, avec un vieil aubergiste qui lui avait conté l'origine de cette toile à nuage. Cet aubergiste venait d'Orbæ, la grande terre en question. Il s'appelait Ibn Brazadîn, et il lui avait confié un ouvrage écrit de sa main, le *Traité sur les îles Indigo*. Ce traité contenait deux cartes des îles Indigo, quelques indications sur leur emplacement, une description de la plaine herbeuse, diverses considérations sur la grande île d'Orbæ, sa couronne de nuages, son climat. Et des croquis montrant la récolte des flocons d'herbes à nuage. Cornélius n'était alors pas beaucoup plus vieux que moi, le jour où mon père Dchemgidad m'avait emmenée aux fêtes du Grand Retour. Et depuis, il avait lui aussi beaucoup voyagé. Je me rendis compte de l'immensité de son cadeau. Je retirai l'écharpe de mes épaules.

— Je ne peux pas accepter, Cornélius.

— Garde-la. Elle vient de ces îles Indigo. Il se tourna à demi, cherchant mon regard dans l'obscurité. Elle semble n'avoir été tissée que pour toi.

Nous étions tout près l'un de l'autre. Je me méfie des traîtrises de la mer, des courants sournois, des écueils invisibles, des bancs de brume à la dérive, des vagues meurtrières, des vases et des sables mouvants, des tourbillons scélérats, toutes choses ignorées des cartes et qui font la différence entre ceux qui croient vivre sur une terre solide et ceux qui savent que rien dessous nos pieds n'est jamais immobile. Mais quelque chose d'imprévisible a cédé dedans moi quand nous nous sommes embrassés. Non, je n'avais rien vu venir. Pourtant c'est bien ce soir-là que j'ai mordu à nouveau dans la vie.

Quelques jours plus tard, une jonque jeta l'ancre dans la baie de Vinh Gao, et une barque déposa trois hommes sur la plage. Celui qui les menait se présenta. Il suffisait de le voir débarquer pour deviner au premier coup d'œil qu'il venait du pays de Jade et qu'il était tout sauf marin. Il prit à part Cornélius, visiblement contrarié par cette visite, et s'entretint avec lui tout en me jetant des coups d'œil à la dérobée. À ses gestes, à son intonation, je compris qu'il lui demandait – ou lui ordonnait – de venir avec lui. Je détestais ses manières. Cornélius avait vécu longtemps au pays de Jade. Il y avait même occupé des fonctions officielles. C'est au palais de l'Empereur, chez les mandarins de la nuit, m'avait-il dit, qu'il avait appris la cartographie. Je n'avais pas envie de le voir repartir. Pas du tout. La seule idée de l'imaginer loin de moi m'était une souffrance insupportable.

Cornélius s'isola tout le reste de la journée. Je me retenais pour ne pas lui demander des explications. Je le vis remettre au petit homme une longue lettre qui tira de ce dernier une drôle de grimace. Les pêcheurs revinrent le soir avec une ample provision de poisson frais. Nous allions pouvoir honorer nos hôtes avec un beau festin. Le poisson était délicieux, cuit à point, les fruits mûrs et sucrés, le vin de palme plus doux que du lait d'amande, et la gaieté coutumière des gens de Vinh Gao aurait fait regretter au plus revêche des misanthropes la compagnie de ses semblables. Mais rien ne plaisait au petit homme. Il ne trouvait pas la nourriture à son goût. Moi, c'est lui que je n'aimais pas.

Lorsque je retrouvai Cornélius, je ne pus m'empêcher de lui demander qui étaient ces gens, et pourquoi ils venaient le chercher.

— Je ne pars pas avec eux, me dit-il aussitôt.

Je dissimulai mon émotion en détournant la tête. Il se rapprocha pour me prendre la main.

— En fait, Ziyara, je voulais plutôt te demander si tu accepterais, toi, de me prendre à ton bord...

Le lendemain, le petit homme salua Cornélius et s'inclina aussi devant moi. Je vis repartir sa jonque avec un immense soulagement.

Je m'inquiétai un peu de savoir comment mes compagnons accepteraient Cornélius parmi nous. Hercalos se tenait à distance, peu soucieux de conquérir son amitié. C'était un sanguin toujours au bord de l'explosion. Ses accès de mauvaise humeur n'impressionnaient nullement Cornélius. Il lui avait montré qu'il ne se laissait pas insulter sans réagir, et qu'il pouvait, si nécessaire, rendre coup pour coup. Zénandre ne poserait pas de question. Il avait un peu trop perdu l'esprit depuis la bataille. Il divaguait sur la plage en bredouillant des incohérences. Restait Mateo, qui m'avait accompagnée depuis le premier moment. Du temps où je commandais la grande flotte de Candaâ, je lui avais confié la lourde charge de premier pilote. C'était un fin navigateur, doublé d'un marin accompli, capable de lire les vagues et les courants. Lui, je le savais, jugerait Cornélius une fois en mer, et pas avant.

Je ne connaissais pas grand-chose, au fond, de mon cher Cornélius. Quand je l'emmenais plonger avec moi, il n'était jamais trop à son aise sous les eaux.

Vint le moment où le *Nadir* fut en état de reprendre la mer. Remis à flot, il se balançait face au village, plus élégant que jamais. Cornélius partit avec Padang dans les îles voisines recruter une partie de l'équipage. Ils revinrent quelques jours après avec trois jeunes pêcheurs qui s'entendaient déjà comme larrons en foire. Ils sautèrent à l'eau avec un bel ensemble pour tirer la pirogue sur le sable. Bien, me dis-je, en voilà au moins trois qui feront l'affaire. Mais je vis descendre à leur suite deux pauvres petits vieux, tout fripés, tout ratatinés, la peau cuite par un bon siècle de soleil.

Padang les poussa vers moi. J'aurais pu croire qu'ils s'inclinaient par excès de révérence, alors que seul le très grand âge les maintenait à ce point courbés vers le sable. J'interrogeai Cornélius du regard. Que voulait-il que je fasse de ces deux pauvres vieux ? Ils tenaient tout juste sur leurs jambes ! Cornélius fit un vague geste de la main pour m'indiquer qu'il n'y était pour rien. Eux restaient plantés là sans souffler mot, sous la lumière crue du midi, en se tenant par la main. Les pêcheurs avaient cessé leur bavardage. Les gens du village faisaient cercle autour de nous, un grand cercle de perplexité. Intimidé par le silence, Padang s'éclaircit la voix. Il me confia que ce Hoan et cette Tanobay étaient des mages de l'île de Xan, initiés aux mystères de la mer et du vent. Ayant depuis longtemps entendu parler de la femme-dauphin, ils venaient enfin la rencontrer pour lui demander de les accueillir à bord de sa grande pirogue blanche. Les deux créatures approuvèrent d'un mouvement du menton. La vieille s'avança à tout petits pas, et, tendant une main décharnée vers mon cou, elle saisit délicatement le dauphin d'ivoire. Je l'entendis grommeler une courte incantation. Lorsqu'elle relâcha le dauphin, celui-ci accomplit deux ou trois sauts de carpe du plus bel effet au bout de son cordon. La bouche de la vieille femme se fendit sur une sorte de sourire, et le vieux, par contagion, grimaça quelque chose d'équivalent. Ils se congratulèrent avec une conviction touchante. L'homme s'arracha trois poils de sa barbiche et les présenta vers le ciel, entre le pouce et l'index. Aussitôt une légère brise se leva, agitant les filaments blancs tandis qu'une risée parcourait la rade.

Depuis la grande vague qui m'avait sauvée des pirates, je ne traitais plus à la légère ces pouvoirs qu'on prend ailleurs pour des superstitions. Ces deux charmants vieillards venaient d'une île où l'on s'adresse à tout moment aux esprits et aux génies du vent, de la mer et des eaux. Ils prétendaient pouvoir déceler leurs desseins dans des signes connus d'eux seuls. Je ne voyais pas de raison de me priver de leur talent. Je donnai donc mon accord. Cornélius m'attrapa le bras. Il avait l'air si consterné que je fus prise de doute. Je lui souris en haussant légèrement les épaules, mais il resta figé dans cette attitude de reproche, vivant portrait de l'incrédulité. Padang nous observait, un peu gêné. Derrière la fente de leurs paupières enflées, les prunelles des deux vieux glissaient sur nous sans rien y comprendre, même s'ils nous approuvaient en multipliant les hochements de tête. D'un seul coup, le fou rire nous gagna tous les trois. À leur tour, ils éclatèrent de rire. Ils restèrent comme ça un long moment, secoués de hoquets à en faire tousser leurs bouches édentées. C'était de bon augure. L'humour est bon compagnon de voyage : à nouveau bateau, nouveaux visages. Pour la première fois, je décidai d'emmener à mon bord des pêcheuses de perles. Je n'eus aucun mal à les convaincre de m'accompagner. Elles aussi, elles étaient taillées pour l'aventure.

Lorsque la toile déployée s'est remise à claquer au vent, que le bois a entonné sa chanson répondant au clapot et que le pont, incliné juste assez pour remonter la pente des vagues, s'est élancé sous mes pieds, j'ai senti le dauphin tressauter à mon cou, comme s'il avait deviné que les années à venir seraient les plus belles que nous passerions sur les flots.

C'était beau de sentir Cornélius à mes côtés, d'affronter d'un même cœur les périls et les incertitudes, de rire et de s'émerveiller ensemble. Je redécouvrais avec lui tous ces endroits que je croyais connaître. Ma perception du monde se dilatait, parfois jusqu'à l'ivresse, comme si de le deviner à mes côtés décuplait la plus banale des impressions. Nous n'avions pas même besoin d'une pression de main ou d'un effleurement d'épaule pour savoir, d'une façon mystérieuse et sereine, que nous partagions, à la seconde où cela advenait pour l'un ou l'autre, le même sentiment, le même tremblement. L'horizon à perte de vue nous soufflait qu'une vie nouvelle s'ouvrait devant nous.

Cornélius tenait bien son rang dans la manœuvre, mais il avait la plante des pieds qui le démangeait dès que nous abordions un endroit sauvage. C'était un homme de terre ferme. Il lui suffisait d'apercevoir des escarpements perdus dans les nuages, ou mieux, un volcan vomissant des coulées de feu, pour me demander de dérouter le *Nadir* vers son panache. Un chiffon grossièrement passé sous le nez pour se protéger de la fumée, il débarquait pour arpenter le terrain, prendre des croquis et lever la carte de l'endroit. Je l'accompagnais parfois. Mais le plus souvent, il partait seul avec Padang en exploration. Même si le volcan menaçait d'entrer en éruption, j'avais le plus grand mal à le convaincre de renoncer. Il passait outre, en me promettant de revenir bientôt. Je détestais rester à bord du *Nadir* dans ces moments-là. Le ciel grondait, empuanti de vapeurs de soufre. J'attendais toute la nuit sous des rougeoiements d'incendie. La vieille Tanobay, assise à la poupe sans fermer l'œil, marmonnait des prières. Sa chevelure blanche teintée de feu lui donnait l'air d'un démon minuscule tremblant sous sa crinière de flammes.

— C'est ce qu'elle est ! me dit-il en riant, un jour que je lui expliquais nos angoisses communes.

— Ne te moque pas ! Je ne vaux guère mieux, dans ces cas-là. Je suis comme elle. Nous avons peur pour toi. Sur son île, à Xan, on dit que les volcans sont les portes des enfers.

— C'est ce qu'on pense aussi dans beaucoup d'autres endroits. Mais ce n'est que du feu, Ziyara : un des quatre éléments dont nous sommes faits ! Si on s'en approche avec prudence, on limite le danger. Le seul risque est de se brûler, non d'être précipité dans un gouffre pour se faire dévorer par des diables !

Les diables étaient un de nos thèmes favoris. La plupart de nos compagnons juraient qu'ils en avaient rencontré, et j'étais assez encline à les croire. Cornélius, quant à lui, niait tout bonnement leur existence. Il balayait ces créatures d'un revers de la main. Nous reprenions nos discussions interrompues, à comparer les croyances en vigueur ici et démenties ailleurs, sur ce petit monde constitué par notre corps et sur ce grand corps qu'est notre terre, sur les démons et sortilèges de toutes sortes, les créatures marines fabuleuses, les grands oiseaux voyageurs, les pluies de météores, les éclipses mystérieuses, les apparitions de comètes. Et cela, qui nous faisait rire ou arrondir les yeux, que partout des explications différentes en étaient données. Nous n'habitons pas le monde de la même façon ! Le soleil et la lune, les étoiles qui nous guident, pas un peuple ne les voit comme les autres. Vrai, nous avions l'un et l'autre beaucoup voyagé, mais il nous restait encore tant de merveilles à découvrir ! Et bien sûr, je pensais à la terre que cherchait Cornélius : l'île d'Orbæ gisant sous un ciel inconnu, sa grande étendue d'herbes, la montagne du bleu des lointains. C'était elle, cette montagne, qui l'avait mis en route et qui l'attirait. Je comprenais cette attraction et pourtant elle me faisait peur. Son absence hantait le moindre discours de Cornélius comme une tache aveugle et impérieuse, même lorsqu'il parlait d'autre chose. D'autres que moi auraient pris ça pour une lubie accrochée à de vieux souvenirs usés par les années, mais je soupçonnais une réalité tangible derrière ce pays fantôme qui l'aimantait. Et d'ailleurs, je rêvais avec lui sur les dessins qu'il en faisait.

La seule différence entre nous, c'était la responsabilité du vaisseau. J'en étais le capitaine. Nous pouvions choisir ensemble la direction à prendre, mais devant le danger, sachant qu'en cas d'erreur ou d'hésitation, il s'en faut moins de l'écoulement d'un sablier pour jeter à la côte tout un équipage en le condamnant à la noyade, j'étais seule à devoir prendre les ultimes décisions. Je ne transigeai pas sur cette prérogative qui m'était aussi un fardeau. Cornélius ne contestait pas ce privilège. Il ne l'affronta qu'une seule fois, sur l'île Quinookta, alors que, passant outre sa fringale d'exploration, je donnai l'ordre de lever l'ancre et de mettre les voiles au plus vite. J'avais raison, pour le coup, et nous en eûmes très vite la preuve lorsque la baie se couvrit de pirogues chargées de cannibales. Il fallut nous battre et, sans l'intervention miraculeuse de Tanobay et Hoan qui frappèrent de terreur les sauvages et firent lever le vent par grande magie, je crois bien que nous aurions tous fini en horrible festin.

De cette île maudite, il ne resta bientôt plus qu'un point minuscule dans notre dos. J'emportai notre petite communauté sous des étoiles nouvelles, avec pour seul guide la carte établie par Cornélius à partir d'un tracé rudimentaire acheté à un piroguier. Cette carte était son chef-d'œuvre. Je ne mentirais pas en disant que je n'en avais jamais vu d'aussi belle. Elle figurait des dizaines de terres et d'îlots, dessinés sur un papier sombre avec une encre blanche, opalescente, une encre de la couleur de la lune. Et, naturellement, elle montrait son île, l'île d'Orbæ...

Nous la regardions chaque nuit en nous interrogeant sur son existence.

Ce n'était pas un rêve, ni une chimère. Un matin, nous avons vu au loin une couronne de nuages qui s'élevaient et s'abaissaient, entraînés dans leur lente rotation au-dessus d'une grande terre. Nous ne pouvions en détacher nos yeux. Cela ressemblait à la respiration d'un être vivant. Cette terre a fini par s'étendre devant nous sur toute la largeur de l'horizon. Nous avons longé ses falaises verticales pendant dix jours et dix nuits. Au matin la petite ombre du *Nadir* glissait sur leur écran éclatant de soleil, le soir il disparaissait tout entier dans le grand cercle de ténèbres qu'elles projetaient loin en mer. Et puis, le onzième jour, le grondement des vagues qui battaient à leur pied s'est assourdi. Une échancrure s'est dessinée dans la haute barrière. Une série de caps en retrait nous a laissé le passage vers une vaste baie profondément enfoncée. Au fond, tout au fond de cette trouée bleue, resplendissait une ville.

Or, cette vision paradisiaque me noua brusquement la gorge. J'avais épousé ce rêve de Cornélius, mais voilà qu'au moment où il se rapprochait de son but, je redoutais qu'il ne l'atteigne...

— Orbæ...

J'ai pris sa main dans la mienne.

Nous avons traversé la baie et jeté l'ancre au milieu de dizaines de vaisseaux. Un interprète et des officiers sont montés à bord. Il y avait, comme dans tous les ports du monde, des formalités à effectuer et un droit de passage à acquitter. Tout cela fut assez rondement expédié. Nous étions impatients de découvrir la ville. Dans son trajet entre le *Nadir* et le quai, notre barque frôla des coques dont j'ignorais tout de la forme et du dessin. Les bruits du port ressemblaient à ceux de n'importe quelle autre escale, mais dès le débarquement nous fûmes saisis d'impressions nouvelles, depuis la lumière sur les toits jusqu'au débit de la langue en passant par la diversité extravagante des costumes. Nous nous sommes enfoncés dans les ruelles qui grimpaient à travers les marchés. Nous goûtions à tous les fruits, pour le plaisir de mordre dans des chairs inconnues, des pulpes à la texture bizarre et aux saveurs nouvelles. Même à Candaâ, pendant les fêtes du Grand Retour, je n'avais pas eu de sensation aussi déroutante.

Au troisième jour, des officiers vinrent à notre bord consulter nos cartes. Ils nous demandèrent de leur en confier trois, dont la plus précieuse, la carte de Cornélius qui nous avait permis de parvenir jusqu'ici. Ils nous ordonnèrent de les suivre au palais des Cosmographes, qui domine la ville de sa masse imposante. On nous fit savoir que ces cartes nous seraient restituées, sans préciser quand. En attendant, nous étions considérés comme des hôtes à part entière, des invités en quelque sorte. Cornélius voulait mettre à profit ce séjour pour en apprendre davantage sur l'intérieur des terres. Cette perspective m'enchantait à demi, mais Orbæ offrait tant d'occasions de s'étonner et de se réjouir que je ne me sentais pas le cœur de le lui reprocher. J'allais avec lui à la rencontre des autres voyageurs.

Très vite, le pont de notre vaisseau devint un lieu de rendez-vous prisé pour ces derniers. Les marins aiment se raconter des histoires. Pour certains d'entre eux, c'est un art à part entière, autant que celui de naviguer. Pausanias était capitaine de navire. Il parlait plusieurs langues et, par bonheur, la nôtre. Assis sur un rouleau de cordages, il tenait son auditoire comme on tient la barre. La douceur de sa voix y était pour quelque chose, et sa façon, aussi, d'engager tout le corps dans un simple geste de la main. Regroupés autour du brasero, Tanobay et Hoan s'endormaient au bout de quelques minutes, en l'écoutant sans rien comprendre, paupières closes, épaule contre épaule. Mes sœurs de Vinh Gao, les pêcheuses de perles, rêvaient plutôt les yeux ouverts en buvant ses paroles. Je crois bien que Naw en était dès le premier soir tombée amoureuse. Ou peut-être est-ce l'inverse. Anh et Ninh n'en éprouvaient aucune jalousie, elles ne manquaient ni de soupirants ni d'admirateurs, et leur grande beauté n'était sans doute pas pour rien dans l'affluence des auditeurs à notre bord. Les veillées à bord du *Nadir* me rappelaient la douceur des soirées sur la plage de Vinh Gao, sauf qu'il y avait autour de nous une immense forêt de mâts, des lanternes partout allumées, et l'amphithéâtre de la ville, avec toutes les vies qui s'y déroulaient comme en écho aux récits que nous écoutions.

Un soir, trois voiles noires ont remonté silencieusement le port. C'étaient de fins vaisseaux aux formes allongées. Je ne connaissais pas leur gréement. Pausanias s'est interrompu en plein récit. Nous nous sommes tous portés sur la lisse pour les voir manœuvrer. Les marins ont amené les voiles et terminé à la rame, jusqu'à un plan incliné près du palais des

Cosmographes où les bateaux ont été tirés, avant de disparaître derrière des portes massives creusées dans la muraille.

Cornélius m'avait longuement parlé de ces voiles noires. Elles allaient jusqu'au pays de Jade. Leur monnaie d'échange était la toile à nuage, et elles repartaient avec des cartes nocturnes fabriquées par des lettrés qui y consacraient tout leur talent, les mandarins de la nuit. Il avait travaillé pour ces derniers, mais il ne connaissait pas leurs mystérieux correspondants. C'était la première fois qu'il les voyait d'aussi près. Pausanias nous apprit le peu qu'il savait sur ces navigateurs. On les appelait, au palais, des pourvoyeurs. Ils se procuraient des cartes dans toutes les parties du monde. Leurs voiles n'étaient pas noires, même si elles paraissaient sombres. Elles étaient simplement tissées en toile à nuage, et comme elles voyageaient de nuit, elles en prenaient la couleur.

— Orbæ, nous dit le lendemain Pausanias, au cours d'une promenade sur le port, est dirigée depuis ce grand palais que vous voyez. Vous y êtes forcément déjà entrés. Il appartient à la caste des Cosmographes. Ils ne vivent que pour ça : accumuler le plus grand nombre possible d'images de la terre. On peut dire qu'ils y épuisent toutes leurs ressources, et même qu'ils y laissent leur vie et leur intelligence…

— Je partage avec eux cette passion, lui avoua Cornélius.

— Je ne crois pas. Ce n'est pas la même chose. Vous et moi nous avons voyagé. Les Cosmographes ne quittent jamais leur palais. Ils sont entièrement tournés vers leur île, dont ils ne se lassent pas d'explorer les métamorphoses. Partir leur semblerait insupportable, inconcevable. L'exil est pour eux la pire des condamnations. Seulement, ils ont besoin d'imaginer le reste du monde.

— C'est un peu le propos de tous les cartographes, non ?

— Un peu seulement. Il y a tant et tant de façons différentes de voir le monde, vous ne croyez pas ? Nos cartes nous servent à tracer les routes du commerce, à découvrir de nouveaux pays, à faire la guerre si besoin est. Je dirais que leur usage dicte leur forme. Ce n'est pas le propos des Cosmographes. Ils sont moins exigeants que nous sur la justesse et la précision d'un tracé de côte, mais beaucoup plus sur la sensibilité et l'émotion de celui qui a tenu la plume. Ils ont besoin de représentations inédites, d'itinéraires fiévreux et inspirés. En un mot, ce qui se fait de plus étrange et de plus singulier. Ils en tirent des histoires et des lois, ne me demandez pas lesquelles, je crois que personne d'autre qu'eux ne peut les comprendre. Mais leur grande affaire, c'est de confronter l'immense masse de tous ces documents à leurs propres représentations des Terres Intérieures, celles qui s'étendent à l'abri des Fleuves de Brume, cette ceinture de nuages que vous avez aperçue en arrivant.

— J'ai bien tenté d'en apprendre un peu là-dessus...

— Si vous tenez vraiment à en savoir plus, mon cher Cornélius, je vous invite à aller visiter les jardins du palais, ceux qu'on appelle justement les jardins des Terres Intérieures. Allez-y faire un tour, vous y apprendrez davantage qu'en questionnant les gens...

Pausanias s'interrompit soudain. Je suivis son regard. À dix pas de nous, mes sœurs de Vinh Gao sortaient juste d'une échoppe en riant. Naw me fit un petit signe de la main. Je doutais qu'elle ait croisé notre promenade par hasard. Pausanias salua un peu abruptement Cornélius, qui attendait patiemment la suite de ses explications, et s'inclina devant moi.

— Peut-être devrions-nous en reparler plus tranquillement ce soir ? me glissa-t-il avec un brin d'ironie.

— Avec plaisir, dis-je en m'inclinant à mon tour. Je n'ai pas besoin de vous préciser, mon cher Pausanias, à quel point vous êtes toujours le bienvenu à notre bord !

Il sourit pour me répondre.

Nous sommes donc allés visiter ces jardins des Terres Intérieures. Ils étaient au moins dix fois plus grands que ceux de l'Amirauté à Candaâ, mais surtout ils montraient des espèces animales ou végétales totalement inconnues ailleurs. Si leur diversité était à l'image des territoires qu'ils représentaient, alors je comprenais mieux la fascination des Cosmographes pour leur île. Un peu comme si on avait rassemblé là un condensé de tous les climats et de toutes les formes de vie sur terre et qu'on en eût poussé au plus loin les bizarreries et les extravagances. Il fallait plusieurs journées pour en faire le tour, et c'était à chaque pas une nouvelle découverte. Peut-être que si j'étais née sur cette île, c'est la barrière des Fleuves de Brume qui m'aurait servi d'horizon, et non l'immensité de la mer. Je pensais à ça lorsque nous sommes tombés sur une jeune fille qui était à peine plus âgée que moi quand j'avais goûté pour la première fois au Pain des Vieillards. Elle dessinait un bois-de-masque, une sorte de grand cerf pourvu d'une ramure dont la forme évoque un masque de comédie. J'admirai la sûreté de son geste. Elle travaillait vite, sans repentir. En quelques traits, elle captait les mouvements de l'animal, qui se déplaçait en broutant ou levait la tête pour nous observer d'un air passablement intrigué. Un grand chapeau la protégeait des ardeurs du soleil. Nous avons fait connaissance, elle s'appelait Azadeh. Son père appartenait à la caste des Cosmographes.

Azadeh était novice au collège des femmes-cartographes. Elle pratiquait le dessin, la botanique, l'histoire et la littérature. Elle tenait à nous faire profiter de son savoir avec une ardeur toute juvénile. Elle nous a tout de suite amenés à la forêt pétrifiée, un des endroits les plus extraordinaires de ces jardins. On y conserve les traces du plus lointain passé d'Orbæ. J'avais déjà vu des fossiles, mais c'étaient de simples coquillages durcis par les épaisseurs du temps. Ici, on pouvait voir des arbres tout entiers, des fougères géantes, des squelettes d'animaux monstrueux transformés en pierre, comme si, de leur vivant, un sortilège les avait frappés d'une stupeur minérale. De tels animaux devaient au moins remonter aux temps d'avant le déluge. Azadeh était d'ailleurs convaincue de la primauté d'Orbæ sur toutes les autres terres. C'est ici, nous affirma-t-elle, sur notre île, qu'a commencé la vie, et nous en avons de multiples preuves. Je ne pus m'empêcher de sourire devant ces naïves prétentions. Après tout, chaque peuple est toujours plus ou moins persuadé d'être le centre du monde...

Il y avait, parmi les fossiles, des êtres très étranges, mi-humains, mi-animaux, dont la tête se trouvait au milieu du corps, très semblables à ceux que j'avais déjà vus sur les cartes fantaisistes tracées par nos premiers géographes. Quand je commandais encore la flotte du Grand Retour, à Candaâ, j'avais des consultations régulières avec les savants versés dans les sciences de la nature. Ils m'interrogeaient sur mes voyages, me demandaient de leur rapporter des échantillons, des boutures, et même des animaux quand c'était possible. Ils se passionnaient tous pour la question des origines. Quand et comment a été créé notre monde, et par qui ? J'aurais voulu pouvoir les faire venir jusqu'ici, leur faire rencontrer les savants d'Orbæ. À coup sûr, ils auraient eu matière à discuter, et toute leur vision de l'histoire de la terre en aurait été transformée !

— Et si, m'avait glissé Cornélius en me prenant le bras, la montagne bleue était elle aussi un écho de ces premiers âges de la terre, cela expliquerait peut-être qu'on ne parvient jamais à l'atteindre, tu ne crois pas ?

Au cours de cette matinée, nous fûmes rejoints par le père d'Azadeh, qui nous invita à dîner le soir même.

J'avoue que j'étais impatiente de découvrir sa demeure. Quand on voyage, il n'y a pas de meilleure façon de comprendre la façon dont vivent les gens que de partager avec eux un repas dans leur maison. Et j'étais de plus en plus intriguée par les habitants d'Orbæ. Ceux qu'on pouvait voir sur le port avaient des préoccupations somme toute assez éloignées des Cosmographes. C'étaient des gens simples. Des pêcheurs, des boutiquiers, des matelots, tous ceux dont l'activité est liée aux allées et venues d'un port, avec, peut-être, davantage de libraires et de marchands de cartes, parce qu'il s'en faisait un grand commerce ici. Il était facile de les rencontrer. Mais, pour la grande majorité d'entre eux, ce qui se passait de l'autre côté des Fleuves de Brume ne les concernait pas. Ils allaient assister au retour des expéditions, visitaient de temps à autre les jardins des Terres Intérieures, faisaient part de leur fierté d'être natifs d'Orbæ et n'éprouvaient aucun désir d'aller se frotter à d'autres peuples. Ils méprisaient le peuple des Indiganes, qui vit au centre d'Orbæ, et subissaient à leur tour l'arrogance de la caste des Cosmographes, peu soucieuse de se mêler à la plèbe des bas quartiers.

Azadeh vint nous chercher au *Nadir* bien avant l'heure de la veillée. J'avais revêtu mes plus beaux vêtements et je portais mon écharpe en toile à nuage. La jeune fille nous fit prendre des petites rues pentues que nous ne connaissions pas, donnant sur une infinité de cours et de jardins. Tout en haut de l'une d'elles, son père, Alvorandis Brazadîn, nous attendait sur le seuil de sa maison. Il nous en fit les honneurs. Un grand patio occupé par un arbre en fleur ouvrait sur des galeries aériennes ornées de colonnades. Au cours du repas, somptueux, servi sur une terrasse, Alvorandis s'étonna poliment de me voir porter une écharpe taillée dans une étoffe réservée au palais. Cornélius lui en expliqua l'origine. Or, aussi étrange que cela puisse paraître, il y avait bien un lien entre cette écharpe et notre hôte.

Cornélius était parti à la recherche du pays d'origine de la toile à nuage en s'aidant d'un traité que lui avait légué un vieil aubergiste. Et cet aubergiste, qu'il n'avait vu qu'une fois au cours d'une lointaine nuit d'orage, portait le même nom de famille qu'Alvorandis : tous deux appartenaient à la puissante lignée de Cosmographes des Brazadîn. Nous nous trouvions donc réunis là, après tant d'années et de distances parcourues, par le charme d'un voile couleur de nuit qui, sur mes épaules, ne pesait pas plus qu'un flocon de neige.

Peut-être aurais-je dû davantage m'inquiéter, alors, des conséquences possibles d'une pareille coïncidence.

Alvorandis faisait partie de ceux que le palais envoyait en expédition là-bas, au-delà des Fleuves de Brume. Il espérait en revenir un jour avec le titre de Grand Découvreur, réservé à ceux qui rapportent une merveille. Cornélius l'interrogea longuement sur cette notion de merveille. Alvorandis nous décrivit une longue liste d'animaux extraordinaires et de plantes inconnues.

— Pour un Cosmographe, continua-t-il avec flamme, il n'y a pas de plus grande gloire que d'en rapporter une.

— C'est vrai de beaucoup d'endroits dans le monde. Je me souviens d'avoir entendu parler, quand j'étais encore au pays de Jade, de la réception fastueuse donnée par l'Empereur pour une girafe venue d'un lointain royaume. Personne n'avait encore rencontré d'animal mêlant d'aussi noble façon la grâce et la puissance. Trois ans après son arrivée, j'en trouvais encore des portraits jusque dans des auberges perdues au fin fond des montagnes, vendus par des colporteurs ! À la vérité, ils étaient assez grossiers, bien maladroitement reproduits, mais vous auriez vu de quelle façon les gens les contemplaient…

Alvorandis haussa les épaules.

— Cela, c'est de la curiosité, n'est-ce pas ? Le goût un peu vulgaire pour tout ce qui permet d'échapper à la banalité. Il est normal que les gens de peu d'esprit s'arrêtent à cet aspect des choses. Il faut d'ailleurs l'encourager. Quand un Grand Découvreur reçoit les louanges du palais, il a droit à un cortège triomphal devant le peuple tout entier, ce qui est toujours l'occasion de grandes réjouissances. Mais pour ceux qui, comme moi, appartiennent à une longue génération de Cosmographes, rapporter une merveille signifie bien davantage…

Alvorandis marqua un temps pour bien s'assurer de notre écoute.

— Cela signifie, pour nous, qu'Orbæ est toujours vivante !

— Vivante, comme un être vivant ?

— Si vous voulez. Cela prouve qu'elle continue à inventer et produire de nouvelles créatures à l'abri de son voile de nuages. Notre rôle, à nous Cosmographes, est de rechercher, grâce aux expéditions lancées au-delà des Fleuves de Brume, les preuves renouvelées de sa puissance de création et d'en rendre compte au moyen de toutes les descriptions possibles. Et comme la raison d'être de nos savants est d'augmenter sans cesse leur savoir, et que ce savoir dépend à son tour de la prodigalité des Terres Intérieures, cela ne doit jamais avoir de fin. Vous voyez que les enjeux dépassent de très loin le petit frisson de l'inconnu. Nous ne pouvons nous contenter de le recevoir, nous devons le susciter !

— Découvrir, conclut Alvorandis, relève de l'état de grâce. Il faut être choisi, désigné par les Terres Intérieures. Beaucoup s'y efforcent, et bien peu réussissent !

Il s'exprimait avec une force de conviction peu commune, en accompagnant chacune de ses paroles de grands mouvements de bras, main ouverte ou poing fermé. Il était tout entier habité par ce désir. Je me fis la réflexion que Cornélius, à bien des égards, partageait cet idéal de toujours tendre vers un but, même si le sien était mieux défini, et qu'il en parlait sans la moindre morgue.

J'en connaissais bien les ressorts. Je pouvais même en deviner les ravages.

Quelques jours plus tard, Alvorandis nous fit visiter le palais des Cosmographes. Il faudrait, pour en avoir une image, se figurer un immense labyrinthe de centaines de bibliothèques, toutes consacrées aux arts géographiques. Car tout y est cartographié, jusqu'à la forme des nuages, et sur une infinité de supports, y compris des coquilles d'œufs ou des écorces de bouleaux. Alvorandis nous a fait descendre jusqu'aux salles basses réservées aux hérésies géographiques. Et là, comme par hasard, il a sorti d'un rayonnage l'ouvrage d'Ibn Brazadîn, le *Traité sur les îles Indigo*. Cornélius, bouleversé, l'a pris dans ses mains et l'a feuilleté avec fébrilité. Il ne pouvait en croire ses yeux. Ce livre ressemblait absolument au livre que lui avait remis le vieil aubergiste et qui l'avait lancé sur les routes, depuis les villes du Levant jusqu'à Vinh Gao. Ce ne pouvait être le même. Car on le lui avait confisqué des années auparavant, alors qu'il était prisonnier dans une ville de garnison, tout au bout du pays de Jade. Comment pouvait-il se retrouver ici ? Ce devait être une copie. Mais non, même écriture, même nombre de pages et, preuve ultime, des tampons qui prouvaient qu'il avait bien transité par les mêmes endroits que lui.

Alvorandis le guettait du coin de l'œil. Il faisait semblant de minimiser la portée de cette découverte, insistait sur le peu de fiabilité de son auteur, tout en précisant que c'était bien son oncle, et qu'il avait été condamné à l'exil justement à cause de ce traité. Cornélius s'est tourné vers moi. Nous pensions tous les deux aux voiles noires. Je lui ai rendu son regard, mais je ne suis pas sûre que nous nous soyons vraiment compris. Car, loin de me remplir d'allégresse, cette découverte ravivait mon inquiétude.

Ce qui s'est passé par la suite était prévisible.

Nous nous sommes revus plusieurs fois avec Alvorandis. Il a proposé à Cornélius de l'accompagner là-bas, derrière les Fleuves de Brume. Il ne pouvait en être autrement. Je n'aimais pas cette montagne du bleu des lointains. Je m'en méfiais. Toutes ces terres, de l'autre côté des Fleuves de Brume, nous avait dit Azadeh, sont mouvantes et imprévisibles... D'instinct, je leur préférais les caprices du vent, et même la furie des flots.

Bien souvent, j'avais débarqué Cornélius pour le laisser assouvir sa fringale d'exploration. Il remontait une rivière pendant des jours ou bien il suivait une ligne de crêtes jusqu'à son point culminant. Padang l'accompagnait, un arc à la main. Pendant ce temps, le *Nadir* contournait des caps, traversait une anse de sable, arrondissait une crique rocheuse. Je faisais sonder les fonds, je traçais le profil de la côte. Un cordon de fumée montant vers le ciel m'avertissait de leur retour. Je les voyais agiter les bras tout en haut des dunes. Ensuite, je passais des heures à me disputer avec Cornélius pour des broutilles, en comparant nos relevés. Il lui manquait un peu d'humour, et c'est aussi ce qui faisait son charme.

Cette séparation ne serait pas comme les autres.

Qu'arrive-t-il quand on est si près d'atteindre le but qu'on a poursuivi pendant tout le reste de sa vie ? Un morceau de pain d'épices, simple bouquet de senteurs et de saveurs aussitôt évanouies, m'avait ouvert en grand les routes de la haute mer. C'était un commencement, un élan, et non une fin. Je n'avais pas d'autre quête que d'aller le nez au vent découvrir ce que le monde me réservait.

Lui était parti avec cette montagne bleue en ligne de mire. Imprécise, ténue mais insistante, elle s'était toujours déplacée avec lui. Elle l'avait entraîné loin des siens, à travers les déserts et les océans. Où qu'il aille, elle bornait son horizon. Son esprit ne parviendrait jamais à s'en détacher. Elle était maintenant plus proche que jamais. Et ce constat, effrayant dans ses conséquences possibles, me laissait anéantie.

Car cette montagne ne se contentait pas de figurer sur une carte.

Il l'avait vue, aussi, peinte sur un tableau. Un char avançait vers elle. Un char mortuaire. Et le vieil aubergiste le lui avait bien précisé : cette montagne bleue, on peut la voir, mais on ne l'atteint jamais. Mais si on l'atteint un jour, me demandai-je, est-il possible d'en revenir ? N'était-elle pas, tout simplement, la montagne où s'en vont ceux qui ont achevé leur vie ?

J'avais ce poids sur le cœur. Cette angoisse de le laisser partir. Une famille de dauphins, toujours la même, venait s'ébattre à la pointe du jour autour du *Nadir*. Je nageais en cherchant la fatigue. Quand l'un d'eux me frôlait en s'apprêtant à plonger, je me cramponnais à la nageoire de son dos. Je le laissais m'entraîner vers le fond, je descendais le plus loin et le plus longtemps possible. En bas, les poumons dans un étau, je continuais jusqu'à l'épuisement, jusqu'au vertige, juste pour sentir le poids de mon oppression s'alléger en remontant. Deux ou trois fois, Cornélius est venu me rejoindre. Je n'arrivais pas à lui parler.

Quelques jours avant son départ, nous sommes allés nous promener dans le quartier des marchands de gemmes et de pierres précieuses. Il s'est approché d'une échoppe. Tous ces bijoux me donnaient la nausée. J'ai serré sa main.

— Cornélius, partons.

— Ce n'est pas ce que tu crois, Ziyara.

— Ne fais pas ça, s'il te plaît. Je déteste les ornements et les parures.

— Ziyara, tu n'as rien à craindre. Ne me fais pas l'affront de croire qu'il me viendrait à l'idée d'acheter ta patience.

Le marchand s'est dirigé vers lui comme vers un client qu'on a déjà rencontré. De fait, il lui a aussitôt présenté une petite pierre de la taille d'un œuf d'hirondelle, fendue en deux moitiés égales. Rien ne tenait ces deux parties ensemble sinon une incroyable force d'attraction mutuelle. Ni colle ni ligature, rien de tout ça.

— Essayez de les séparer, a dit le marchand avec un petit rire.

J'ai pris un morceau, et Cornélius l'autre. Nous avons tiré de toutes nos forces, en vain, et nous avons fini par en rire. Il a fallu glisser une lame dans la ligne de fracture pour en venir à bout. Cornélius lui a demandé de nous fabriquer deux bracelets pour les pierres. Nous sommes revenus par les quais. Je sentais le bracelet me démanger à mon poignet. Le marchand nous avait assuré que l'attraction de la pierre était d'autant plus vigoureuse que les deux personnes qui se la partageaient étaient attachées par un sentiment réciproque.

— Je ne sais pas si c'est une bonne idée, Cornélius.

— Ce n'est qu'un bout de caillou, Ziyara, soupira-t-il. Il n'y a rien qui t'oblige à le porter.

Mais la veille de son départ, à bord du *Nadir*, il me demanda de poser mon bracelet sur le plancher, en laissant la face brisée de ma pierre vers lui, et de ne plus bouger. Puis, marchant à grands pas jusqu'à l'autre bout du pont, il passa plusieurs fois d'un bord à l'autre en gardant la même distance. Les deux pierres restaient dans un alignement parfait, la mienne pivotant au fur et à mesure pour suivre les allers-retours de la sienne. Il posa ensuite sa moitié de pierre et me demanda de marcher à mon tour. Je haussai les épaules. Comme je m'y attendais, les deux pôles se tournèrent l'un vers l'autre. Je me détournai, lasse de ce petit jeu. Il perçut mon agacement.

— Elles agissent comme ta pierre calamite, qui ne peut faire autrement que de regarder vers le nord.

— La pierre calamite est un instrument de navigation, Cornélius…

— Quand je serai au loin, au-delà des Fleuves de Brume, continua-t-il sans relever ma remarque, nos pierres resteront alignées parce que nous resterons toi et moi tournés l'un vers l'autre. Nous ne pouvons pas nous perdre, Ziyara. C'est pourquoi cette pierre s'appelle la pierre aimante.

Le dernier soir, il fit ses bagages. Je ne trouvais pas le sommeil. J'allai nager au milieu de la nuit. Tout le monde dormait. Juste avant l'aube, je vis Cornélius monter dans la barque. Il me chercha du regard avant de gagner le port. À peine trouvai-je la force de lui faire un signe. Le poids sur mon cœur se fit trop lourd. Je me laissai couler pour que l'eau recouvre mes larmes.

Les jours suivants, le poignet me fit si mal que je finis par ranger le bracelet dans ma cabine. Je continuais de visiter la ville, j'allais même, un matin, tout en haut des falaises, jusqu'à la limite du sentier des expéditions, au bord des Fleuves de Brume. Je restais un long moment devant cette blancheur vaporeuse qui avançait en effaçant tout sur son passage.

Les soirées à bord du *Nadir* étaient toujours aussi enjouées. Les jours et les semaines passaient. Je faisais bonne figure, je répondais même aux invitations sur d'autres vaisseaux. Beaucoup étaient sur le départ, pour devancer la mauvaise saison qui s'annonçait. Cornélius me manquait. Naw était désormais la compagne de Pausanias et l'avait rejoint à son bord. Je redoutais qu'à son tour elle ne parte. La rade essuya plusieurs grains, de plus en plus violents. Les deux bras de terre qui l'entouraient dans leur anse ne suffisaient pas toujours à briser la houle venue du grand large, ni à réduire la puissance de ses vagues. Il y eut quelques coques écrasées, des mâts brisés, des barques imprudentes chavirées sous les rafales qui s'engouffraient dans la passe. Le mouillage du *Nadir* était bien à l'abri, mais il suffisait d'aller marcher une petite heure au-dessus du cap pour voir l'océan se déchaîner. Il lançait du bout de l'horizon ses troupeaux écumants à l'assaut des falaises et bouillonnait de rage en venant tonner à leur pied.

Un jour, un vaisseau arriva tout chancelant et minuscule dans la tempête. Sa cargaison devait être désarrimée, il roulait sur un seul bord, ballotté d'une crête à l'autre. Il s'inclinait à faire peur. Je le regardai jusqu'au bout avancer avec obstination, plongeant l'avant dans les vagues, recrachant l'eau par toutes les ouvertures, blanc de sel et les voiles en charpie. Ce fut un soulagement de le voir entrer dans les eaux de la baie pour y trouver un abri. Je retournai à mon bord, hantée par cette vision. Dehors le vent soufflait avec moins de force. Comment était-ce, là-bas, dans les Terres Intérieures ? Le temps n'est jamais le même de l'autre côté des Fleuves de Brume, m'avait promis Azadeh.

Trois mois après le départ de Cornélius, on annonça enfin le retour de l'expédition. Je me rendis au palais sous un ciel gris, encore traversé d'averses qui obligeaient à passer de refuge en refuge en courant sous les arcades.

Je ne vis revenir qu'une poignée d'hommes fourbus. J'aperçus Azadeh qui venait aussi aux nouvelles. Elle était blanche comme un linge. Je l'interceptai au passage.

L'expédition s'était perdue. Alvorandis et le chef des pisteurs étaient manquants. Cornélius également.

Je me mordis les lèvres.

Azadeh s'effondra. Je la raccompagnai chez elle. Les gens de sa maison me laissèrent entrer à sa suite. Je tentai de rassurer la jeune fille.

— Ce n'est pas parce qu'ils ont disparu qu'il faut envisager le pire. Ils reviendront.

— Les autres pisteurs les ont vus s'enfoncer tous les trois dans les hautes herbes. Mon père, Cornélius et le chef des pisteurs, Lepias. Ils ont été pris sous l'orage. C'est un océan d'herbes, Ziyara. Elles font trois à quatre fois la hauteur d'un homme, et serrées comme une claie d'osier. Si vous vous y perdez, vous ne pouvez plus en revenir.

— Je partirai à leur recherche.

— Vous n'arrivez même pas jusque-là.

— Pourquoi non ?

— Il vous faudrait d'abord traverser les Fleuves de Brume. Personne ne l'a jamais fait par ses propres moyens. Vous n'avez aucune idée de la densité de ces nuages. Le courant qui les entraîne fausse toutes les sensations. On ne peut que tomber dans des précipices invisibles ou s'égarer sur des sentiers qui ne mènent nulle part. Les orages y montent très vite. Et ils sont meurtriers. La guilde des Aveugles est la seule qui sache les traverser.

— Je louerai leurs services.

— Aucun aveugle n'acceptera de vous conduire, croyez-moi.

Elle secoua la tête, comme devant les paroles d'une insensée.

— Il faut attendre la prochaine expédition, souffla-t-elle.

— Nous partirons avec eux, dans ce cas.

— Ziyara, vous ne connaissez pas nos usages. Ces expéditions vers les Terres Intérieures dépendent directement du palais. Elles sont décidées par les représentants des grandes familles. On ne peut pas en faire partie aussi simplement que ça. Je veux dire… Vous êtes une femme, et vous êtes une étrangère.

Je revins au *Nadir*. Je réunis mes compagnons pour tenir conseil. Mateo tournait de long en large. Padang voulait partir dès le lendemain. Pausanias, accompagné de Naw, nous rejoignit.

— Le temps est encore trop incertain, Ziyara. On peut voir d'ici les éclairs dans la ceinture de nuages. Personne ne souhaite ajouter votre disparition à la sienne. Attendez au moins une accalmie…

— Nous viendrons avec toi, dit Naw en se tournant vers Anh et Ninh. Tu auras besoin de nous.

— J'ai surtout besoin de vous savoir en vie. Je n'ai pas de bons souvenirs de certaines conséquences de mes entêtements.

— C'est différent, Ziyara. On mettra toutes les chances de notre côté. Tu as besoin de notre expérience, nous sommes des plongeuses. Nous savons nous mouvoir dans les courants et les tourbillons. Nous ne nous perdons jamais dans l'eau trouble.

— Ce qui se passe là-haut n'a rien à voir avec ce que vous connaissez.

— Ziyara, trancha vivement Pausanias, écoutez-moi bien. Vous n'irez pas seule.

Je me suis rendue à leurs arguments. Ça nous laissait le temps de préparer des vivres et de nous équiper un peu. Je ne voulais pas entendre parler de guides ni de pisteurs. J'avais mon morceau de pierre aimante, aussi sûre que la pierre calamite. Et je savais que le secret compterait pour notre réussite.

Quand les orages ont commencé à s'éloigner, nous nous sommes donné rendez-vous à la sortie de la ville, sur la chaussée des expéditions. Je m'y rendis avec Padang. Naw et Pausanias arrivèrent par un autre chemin. Nous avions décidé de ne pas partir plus nombreux. Quatre, c'était bien assez. J'avais déjà trop de fois engagé la vie de mes compagnons. Mateo restait au port. Je lui laissais la charge du *Nadir* et de sa petite communauté.

Nous sommes arrivés aux Portes de Pierre, tout en haut d'un col. Derrière elles, les Fleuves de Brume défilaient en longs étirements parallèles, éclairés par la lumière du soleil levant, chacun se détachant sur l'ombre du précédent. Entraînés dans leur ronde inlassable, ils avançaient comme un gigantesque troupeau de moutons arasant les crêtes. Même de loin, ils faisaient peur. Nous nous sommes enfoncés dans les nuages. Padang ouvrait la marche. Il s'engagea sur un sentier. Il avançait pas à pas, s'arrêtait de temps en temps pour lancer un cri, ne repartait que lorsqu'il lui était revenu répété par le dernier. Parfois le sentier finissait en à-pic, parfois il s'égarait dans un chaos impraticable. Des cailloux roulaient sous nos pieds, des rampes faciles à grimper se vrillaient soudain sans raison en escaliers vicieux. Il fallait rebrousser chemin, revenir à une bifurcation en retrouvant le tas de pierres que nous laissions de loin en loin pour marquer notre retour. Nous fîmes une pause à mi-pente sur un pierrier dont le fond disparaissait dans la brume. Marcher sans voir est épuisant. Trois pas sur le côté, trois petits pas dans l'incertain, et c'est la disparition ou la chute. Pausanias prit le relais. Au bout de cinq ou six heures, nous arrivâmes sur une arête suspendue dans le vide. Nous dûmes remonter toute une partie du chemin parcouru avant de tenter une autre route.

Nous échangeâmes peu de paroles au bivouac en fin de journée. Nous n'avions presque pas avancé, et personne ne voulait se décourager en le faisant remarquer.

Le lendemain, la brume se fit plus dense. Nous avancions l'un derrière l'autre, une main sur le dos du précédent. Naw marchait en tête. Elle nous mena jusqu'à un plateau où plusieurs pistes s'embrouillaient.

Je pris ma pierre aimante, tenue à la manière d'un pendule. Je passai devant, confiante dans la direction qu'elle indiquait. Moins d'une heure plus tard, le sol se déroba sous moi. Pausanias me rattrapa de justesse, nous tombâmes tous les quatre en arrière. Une éclaircie balaya brièvement le ravin à nos pieds. Nous revînmes une fois encore sur nos pas.

Pausanias demanda une pause. Il distribua des galettes de fromage et de la viande séchée, puis il s'assit sur une pierre en désignant les crottes de chèvre qui parsemaient le sol.

— Tous ces sentiers qui mènent nulle part, ce sont des sentiers d'animaux, ils ne font que marquer des divagations qui n'ont ni début ni fin.

— Ma pierre ne divague pas.

— Vous avez raison, Ziyara. Elle est juste. Elle est fiable. Elle ne connaît que la direction de sa moitié jumelle. Seulement, elle ne peut pas tenir compte des accidents du terrain. Si nous la suivons aveuglément, elle nous conduira tout droit dans un autre précipice !

— Il y avait une autre route possible avant le plateau, dit Naw. Elle prenait un peu en descendant, je crois.

— Je l'ai remarquée aussi. On devrait l'essayer, approuva Padang...

— Allons-y, dis-je. On verra bien.

Pausanias poussa un soupir. Naw prit de nouveau la tête. Nous retrouvâmes notre dernier repère. Il fallait remonter plus loin encore. À la mi-journée, le cours des Fleuves de Brume changea brutalement d'allure. C'était une rivière qui se fit soudain torrent. D'énormes nuages noirs montaient du fond et roulaient sur eux-mêmes en se chevauchant. Leur flot gonflait à vue d'œil, charriant d'énormes amas de poches d'encre, et la bourrasque qui les emportait soufflait devant elle un vent froid qui nous glaça les os. Le tonnerre gronda. La pluie tomba d'un coup à verse, violente, oblique, martelant le sol et ruisselant avec furie en dévalant des ravines. Les rochers se firent glissants, on dérapait à tout moment.

— Il faut rentrer, Ziyara ! hurla Pausanias.

Nous repartîmes sous des trombes d'eau, vaincus, titubant de tas de pierres en tas de pierres. Je ne sais toujours pas comment nous avons fait pour ne pas nous perdre. Je tremblais sur mes jambes. Chaque fois que nous reprenions souffle, la foudre tombait tout près de là, jetant une lueur blafarde sur la profondeur des gouffres auxquels nous avions échappé, comme pour mieux nous avertir de ne jamais y revenir.

Je retrouvai avec soulagement la silhouette familière du *Nadir*. Tout l'équipage nous attendait, penché au-dessus de la lisse. Anh et Ninh sautèrent à l'eau pour rejoindre notre barque. Tanobay et Hoan, recroquevillés l'un contre l'autre, arboraient un sourire qui leur mangeait la moitié du visage. Mateo, à leur côté, faisait figure de géant contrarié.

— Il était temps que vous reveniez, dit-il en m'aidant à franchir l'échelle de coupée. Un peu plus et ces deux-là seraient morts d'inquiétude. Surtout Hoan. Il s'est réveillé en pleine nuit en disant que vous alliez droit sur la tempête ! J'ai regardé autour : tout était calme ! Seulement, après ça, plus moyen de le rassurer !

— Hoan sait tout du vent et des orages, Mateo. Et il a raison. Nous avons affronté une violente bourrasque dans les Fleuves de Brume. Nous avons bien failli y rester.

Nous nous sommes réchauffés. Je restai prostrée, une couverture sur les épaules, une coupe de thé entre les mains. J'étais incapable de me représenter le parcours que nous avions accompli, incapable de savoir si nous nous étions approchés un tant soit peu de l'autre rive des Fleuves de Brume. Je ne pouvais m'en prendre qu'à moi-même : de ça aussi, Azadeh m'avait prévenue. L'endroit pour les franchir et le temps de la traversée ne sont jamais les mêmes. Il n'y a que les aveugles qui savent s'y mouvoir. Il n'y a qu'eux qui peuvent décider du chemin à prendre.

— Si Naw était tombée dans un de ces précipices, mon cher Pausanias, je ne me le serais jamais pardonné, ou Padang ou vous, cela va sans dire… Hélas, je suis incapable d'y retourner.

— Nous avons tous eu peur, Ziyara. Je vous jure que j'étais terrorisé. Nous sommes allés aussi loin que nous le pouvions…

— Vous ne comprenez pas… Ces Fleuves de Brume me terrifient. Je n'avais jamais ressenti ça, même au pire des tempêtes. Ils ont détruit mon courage et ma volonté. Ils m'enlèvent toutes mes forces. C'est comme si un écran invisible m'interdisait d'entrer dans ce territoire...

— Il faut vous reposer, Ziyara, me reprit-il doucement, vous n'avez pas l'air de vous rendre compte à quel point les gens d'ici tiennent à vous !

Je levai la tête vers la ville et les falaises qui la bordaient, couvertes de leurs chapeaux de nuages. Voilà la porte et voilà la serrure, me dis-je, qui m'empêchent de rejoindre mon bel amant aux cheveux d'or. Il est là-bas, derrière les Fleuves de Brume, et je suis incapable de faire les trois pas qui nous séparent. Je me tournai vers Pausanias.

— Et si je longeais la côte ? Il y a forcément un autre passage, un endroit où les falaises s'abaissent vers la mer !

Pausanias leva une main.

— Ziyara, nous serions depuis longtemps en mer si c'était une solution. Il n'y a pas de terre plus parfaitement circulaire ni de falaises plus obstinément verticales que celles d'Orbæ, croyez-moi. D'autres que vous ont essayé. Moi aussi, j'ai cru à une autre voie possible vers les Terres Intérieures. Il n'y en a pas. Vous épuiserez vos vivres avant de revenir à votre point de départ.

— Il y a bien quelque chose à faire !

— Personne ne vous demande de renoncer, Ziyara, reprit-il plus doucement. Surtout pas moi. Mais vous devez admettre que tout ne peut dépendre que de vous. Cette traversée n'est pas à votre portée. D'autres savent la faire. Il y aura de nouvelles expéditions. En admettant qu'il reste une chance, elle est là. Vous devez à tout prix garder un contact avec le palais des Cosmographes.

Je suivis son conseil. J'allais régulièrement au palais. J'y rencontrai plusieurs fois Azadeh. La jeune femme avait repris espoir. Comme moi, elle misait tout sur la prochaine expédition. Mais nous n'eûmes pas à attendre si longtemps. La nouvelle arriva un matin que les disparus avaient réussi à rejoindre par leurs propres moyens un village de l'autre côté des Fleuves de Brume. Des guides aveugles les faisaient traverser.

Il y avait une petite foule pour les attendre tout en haut de la chaussée des expéditions, aux portes de la ville. Azadeh se mit à courir en voyant les silhouettes d'un groupe de cinq ou six marcheurs. Je la vis se jeter dans les bras de son père qui descendait lentement, une couverture passée autour des épaules. Des aveugles s'en écartèrent. Le groupe se rapprochant, je reconnus à sa silhouette plus massive Lepias, le chef des pisteurs. Lui aussi avait l'air épuisé. Il s'appuyait sur un aveugle. J'attendis encore un peu, mais plus personne n'arrivait derrière eux. Personne. Cette évidence s'imposait avec toute la cruauté contenue dans la banalité du mot. J'oubliai ma réserve, je me précipitai à mon tour. Alvorandis me reconnut. Il obliqua vers moi.

— Ziyara !

— Alvorandis ! Où est-il ?

Il me fit non en secouant la tête. Azadeh se cramponnait à son bras.

— On ne pouvait rien faire, Ziyara…

— Mais il est toujours vivant, je le sais !

Il me fixa étrangement, en cherchant ses mots. Il avait les traits tirés, amaigris. Azadeh s'interposa.

— Mon père doit se reposer !

— Venez demain, Ziyara, souffla-t-il. Je vous raconterai…

Les curieux se dispersèrent. Je redescendis vers le port.

— Là-bas, les averses sont si violentes que les herbes se couchent dans tous les sens. Après, c'est impossible de retrouver une trace.

Le regard d'Alvorandis se perdait derrière moi. Il buvait à petites gorgées dans un bol de porcelaine blanche.

— Nous l'avons appelé aussi fort et aussi longtemps que nous le pouvions, et la nuit était si dense qu'on ne voyait pas le bout de nos mains !

— Mais vous êtes revenus, Alvorandis. Pourquoi ne reviendrait-il pas, lui aussi ?

— Nous avons eu beaucoup de chance de passer à moins de cent pas de notre dernier bivouac. Nous y avions laissé des réserves de nourriture. Après cela, nous n'avons pas pu retrouver le même chemin, il nous a fallu faire quantité de détours, en ignorant notre position. Ces herbes couvrent un immense territoire. Nous en sommes sortis seulement le dixième jour, mais beaucoup trop loin du sentier des aveugles. Ziyara, croyez-moi, il n'y a plus rien à faire.

— Mais le peuple que vous y rencontrez ? Les Indiganes. Ils vivent dans ces herbes, n'est-ce pas ? Pourquoi ne lui viendraient-ils pas en aide ?

— Moi aussi, j'ai envisagé cette possibilité. Mais l'eau est montée si vite et il faisait si noir. Je ne vois pas comment ils auraient pu le découvrir. Je ne sais pas comment dire ça, je me sens responsable de ce qui lui est arrivé...

— Il y serait allé de toute façon. Vous n'avez fait que lui en donner l'opportunité.

— Je veux que vous considériez cette maison comme la vôtre et mon aide comme acquise. Venez aussi souvent que vous le souhaitez.

Azadeh approuva chaleureusement son père en me saisissant les mains. Elle me reconduisit à la porte et me fit promettre de revenir. Ce m'était à peine un réconfort de les voir partager cette peine. Comment leur dire que la pierre aimante bougeait toujours aussi vivement à mon poignet ?

Avec le retour des beaux jours, il se fit beaucoup de mouvement dans la rade. Des vaisseaux arrivaient. D'autres repartaient. Il y avait sans cesse des barques transportant des passagers vers les navires au mouillage. Des officiers du palais des Cosmographes vinrent à bord du *Nadir* me rendre les trois cartes empruntées. Je déroulai celle de Cornélius avec émotion. Tout notre parcours y était inscrit de sa main. Je revis son beau visage penché sur le papier, sa façon de lever les yeux vers moi quand je venais l'interrompre… Les officiers m'indiquèrent que, les copies de mes cartes étant désormais conservées au palais et leurs originaux m'ayant été rendus, je ne bénéficiais plus des avantages concédés à un hôte officiel. Ce qui signifiait que nous serions bientôt à bout de ressources. Je devais prendre une décision.

Pausanias était sur le départ. Il avait acheté des boutures et des plants d'une variété particulière d'arbre à pain au quai des Cinq Curiosités. Cette cargaison fragile ne pouvait souffrir une trop longue attente. Il vint faire ses adieux. Tout l'équipage était réuni sur le pont. J'avais le cœur serré, et plus encore à l'idée de me séparer de Naw, celle que j'appelais ma petite sœur de Vinh Gao. Sa gaieté me manquerait. Et le bonheur partagé de nos baignades, les plongées joyeuses en compagnie des dauphins.

— Nous serons là pour l'année prochaine, me dit Pausanias. Pour vous aussi, Ziyara, il serait grand temps de reprendre la mer.

— Pausanias, je ne peux pas.

— Personne ici n'ose vous le dire, et pourtant il le faut. Vous devez commencer à envisager le pire…

— Je ne peux pas.

Il se tourna de côté.

— Ce n'est pas digne d'un vaisseau comme le *Nadir* de rester sur son ancre en regardant passer les nuages. Ça ne lui va pas, cette barbe d'algues qui pousse à son étrave, ces grincements aigris dès qu'un peu de vent rafraîchit la rade. Il prend du ventre, lui qui est taillé pour la haute mer. Tout le monde à bord sait ça, ma chère Ziyara. Et tout le monde dépend de vous pour ça.

— Je vais y réfléchir.

Il me tendit les bras. Naw s'inclina devant chacun de nous, les mains jointes à la manière de Vinh Gao. Mateo écrasa une larme de son gros poing. Elle éclata de rire.

— Tu t'es trompé d'œil !

— Je ne vois que de l'œil droit, mais je pleure avec les deux, expliqua-t-il maladroitement.

Anh et Ninh éclatèrent à leur tour. Le rire des pêcheuses de perles, c'était une source. Tanobay et Hoan en plissaient la pomme toute confite de leur vieux visage ridé.

Nous regardâmes Pausanias et Naw descendre dans leur barque. Pendant qu'ils s'éloignaient vers leur vaisseau, je m'adressai à Mateo :

— Pausanias a parlé juste. On ne peut pas rester plus. Ça n'a aucun sens d'attendre sans rien faire. Il faut apprêter le *Nadir*, faire de l'eau et des provisions. Je veux qu'il soit en état d'appareiller dans moins d'une semaine.

Il bondit de joie devant la nouvelle.

— Donne-moi seulement deux jours, Ziyara. C'est comme si c'était fait.

— Je vais te laisser le commandement du *Nadir*. Padang en connaît assez sur la manœuvre. Il fera un très bon second. J'ai besoin que vous alliez à Vinh Gao.

— Mais Ziyara...

— Tanobay et Hoan sont trop vieux pour rester si longtemps loin de chez eux. Ils ont le droit de finir leurs jours dans l'île qui les a vus naître. Tu les ramèneras à Xan avant de rallier Vinh Gao.

— Ziyara…

— Et le *Nadir* a besoin de se dégourdir les jambes. C'est un pur-sang, alors ne ménage pas la toile. Je sais que le vent te manque, à toi aussi. Fais-le courir au grand large. Reviens l'année prochaine avec la récolte de perles. C'est une monnaie qui a cours ici. Je serai là. Je vous attendrai.

C'était mieux ainsi. Seule, avec peu de moyens, je tiendrais plus longtemps. Je trouvai une chambre sur le port, à deux pas du palais. Il me semblait que la solution se trouvait derrière ces hauts murs, dans le labyrinthe des bibliothèques. Quelle, je ne le savais pas encore. Simplement, tout arrivait ou repartait du palais. On y décidait des principales expéditions. La guilde des Aveugles y tenait son assemblée et les pisteurs y préparaient leurs itinéraires. À chaque retour d'expédition, les plantes et les animaux étaient dirigés vers les jardins des Terres Intérieures pour y être observés et conservés, tandis que les journaux de route et les carnets de notes étaient épluchés avant d'être reportés sur une mystérieuse Carte-Mère.

Je retournai voir Alvorandis. Il ne m'avait pas menti en disant qu'il m'aiderait. Il m'avait déjà ouvert les portes de sa maison, il m'ouvrit en grand celles de sa famille.

Les Brazadîn appartenaient à une puissante lignée de Cosmographes. À part cet oncle exilé dont le *Traité sur les îles Indigo* avait un temps défrayé la chronique pour cause d'hérésie géographique, tous avaient une charge au palais à des titres divers. Un des frères d'Alvorandis était provéditeur à l'arsenal, un autre officiait comme secrétaire au collège des Interprètes, le troisième siégeait au Conseil des Sages à l'Interprétation. La mère d'Azadeh n'était plus de ce monde. Elle avait été une grande figure du cabinet des Enluminures, et la jeune fille, qui voulait suivre ses traces, venait d'y entrer comme novice.

Alvorandis me présenta au Conseil des Sages à l'Interprétation. Sous ce vocable se réunissait la fine fleur des Cosmographes, une quinzaine de savants dont l'insatiable curiosité, loin de se limiter aux Terres Intérieures, embrassait une grande partie des Mondes Extérieurs. Je découvris que toutes les cartes rapportées du pays de Jade étaient passées entre leurs mains. Ils pouvaient situer de mémoire les passes de l'archipel des Perles Noires ou les canaux de la lagune des Cinq Parfums. Ils consacraient plus de temps à étudier une carte furtive que les mandarins de la nuit n'en avaient mis à l'établir. Ils m'interrogèrent longuement, passionnément, sur mes voyages. Je fis, à leur demande, le portrait de mon pays natal et de la ville de Candaâ. Ils m'obligèrent à en préciser chaque détail, où se trouvaient exactement le phare, les entrepôts, les jardins de l'Amirauté. Ils cherchaient l'histoire de la ville dans sa configuration, me faisaient répéter le nom des rues, fermaient les yeux pour en remonter le lacis. Je dédiai une séance complète aux fêtes du Grand Retour et à notre Pain des Vieillards. L'idée d'un pain d'épice prodiguant la saveur des voyages les enchanta, et plus encore celle d'une bibliothèque du goût pour en conserver les arômes au fil des années.

— Dire que nous n'avons pas cela au palais. Il nous faudra créer une nouvelle branche de la cartographie, prévoir un atlas des éblouissements et des dégoûts !

— Est-ce vrai, ce que l'on raconte, que vous avez un cœur de dauphin ? Combien de temps pouvez-vous nager sous l'eau ?

— Comme ils doivent être beaux, ces pays sous les eaux ! Nous ferons dresser des cartes de sable et de coquillages, des forêts de coraux pour en rendre compte...

— Et, chère Ziyara, que pouvez-vous nous dire de ce pays du Nord où les jours durent six mois de toute une année ? Les gens qui vivent là dorment vraiment pendant tout ce temps ?

— On y produit quelles sortes d'épices ?

— Comment avez-vous fait pour échapper à ces montagnes de glace tueuses de navires ? Vont-elles en troupeaux ? Sont-elles solitaires ? Obéissent-elles à un roi ?

En moins d'un mois, je fis la conquête de cet aréopage de vieux barbus. Shéhérazade venue des mers, je hissais pour eux chaque jour les voiles d'un nouveau récit. Ils s'asseyaient dans un grand bruissement d'étoffes, prenaient leurs pipes et m'invitaient à commencer.

Alors je racontais. Je voyais peu à peu se pencher leurs têtes, leurs lèvres remuer au fil de mes paroles, leurs poitrines exhaler des soupirs, leurs sourcils s'arrondir d'étonnement ou froncer d'indignation. En échange de quoi, je pouvais aller et venir à ma guise au palais, visiter les archives et sonder leurs mémoires, les questionner autant que je le souhaitais. Et pour le vrai, j'avais à mon tour de quoi m'émerveiller. Car le palais contenait tant de salles sur l'histoire du monde qu'il me semblait entendre le chant des peuples qui l'habitaient. Mais si je croisais, en bien des occasions, la trace de Cornélius et de ses précédents voyages, je ne vis rien sur les îles Indigo ou sur la montagne bleue. Elles n'étaient mentionnées que dans le traité du vieux Brazadîn. Les semaines passaient et je n'avançais pas.

Il me fallait entrer plus encore au cœur de cette grande machine à rêver les territoires. Je finis par demander à faire partie du collège des femmes-cartographes, qui sont seules à pouvoir accéder au cabinet des Enluminures. Les Cosmographes appuyèrent avec enthousiasme ma candidature, en me précisant qu'il me fallait faire avant mon apprentissage. Azadeh, qui y travaillait déjà comme novice, se proposa comme marraine. Elle m'aida à me familiariser avec les encres de couleur, les plumes de tailles diverses, la poudre de marbre, les liants et les gommes, les règles de bronze et les compas d'argent. Grâce à son appui, et aussi à tout ce que j'avais appris à Candaâ, du temps où j'étudiais à l'Amirauté, il ne me fallut que quelques mois pour être admise à mon tour comme élève femme-cartographe. Notre travail consistait à mettre au clair les notes des carnets des chefs d'expédition et des pisteurs. Il s'agissait de préciser leurs esquisses de paysages, d'animaux et de plantes prises sur le vif, au-delà des Fleuves de Brume. Nous apprenions à les peindre, aussi, sur des parchemins, tout comme les montagnes ou les rivières.

J'étais là au meilleur endroit pour recueillir et recouper des renseignements, puisque toutes les expéditions, sans exception, devaient nous remettre leurs documents de route.

Aucune, hélas, ne revenait avec des nouvelles de Cornélius. J'interrogeais, avec la complicité d'Azadeh, les chefs et les pisteurs. J'épluchais leurs comptes rendus. Pas un n'avait retrouvé sa trace. Les herbes à nuage avaient depuis longtemps tout effacé. Azadeh et ses compagnes, touchées de mes efforts, me rapportaient tout ce qui pouvait me servir. L'une avait retrouvé un vieux témoignage sur un camp abandonné des Indiganes, découvert par hasard aux confins de l'océan d'herbes. Le compte rendu datait de bien avant le départ de Cornélius. Mais il apportait la preuve que ces gens étaient, comme beaucoup le prétendaient, les seuls capables de se déplacer sans se perdre dans cet océan d'herbes. Je voulais croire de toutes mes forces que Cornélius les avait rencontrés. Les îles Indigo, cependant, n'étaient mentionnées nulle part. Si des chars en partaient, comme le traité l'affirmait, ils ne laissaient aucune marque, pas la moindre ornière, pas le plus petit brin d'herbe couché derrière eux. Les seules montagnes visibles à proximité des herbes à nuage s'appelaient les Monts Sonores. Le plus haut sommet avait bien une vague forme en triangle, mais il ne pouvait se confondre avec la description si précise de la montagne bleue.

Tous les jours, Sanalah, la doyenne des femmes-cartographes, nous distribuait les tâches et surveillait nos progrès. En tant que novices, nous nous contentions de préparer le travail de celles qui œuvraient au cabinet des Enluminures. Lorsque j'allais nager, tôt le matin, je serrais la pierre aimante à mon poignet pour être sûre de ne pas la perdre. À l'intérieur du palais, elle émettait une brillance particulière et se faisait plus tiède contre ma peau, alors que partout ailleurs elle baissait en intensité. Je m'accrochais à cet espoir minuscule. Après tout, c'est parce qu'il avait dessiné des cartes que Cornélius avait fini par croiser mon chemin, et j'avais cette certitude chevillée en moi que je ne parviendrais jusqu'à lui que par ce moyen détourné.

Un an passa ainsi. Le *Nadir* revint. Mateo me souleva de terre en me serrant dans ses bras. Je retrouvai la gaieté des amis de Vinh Gao, qui furent bientôt rejoints par le vaisseau de Pausanias. Naw, entre-temps, était devenue maman. Elle avait deux bébés, un garçon et une fille, deux beaux petits jumeaux.

— Je leur apprendrai à plonger, me dit-elle, ils sont déjà à l'aise dans l'eau comme des petits poissons.

Mon enrôlement au palais des Cosmographes lui fit faire la grimace, et plus encore la description des activités que j'y menais.

— Au moins, Ziyara, est-ce que tu nages ?

Pausanias semblait le plus heureux des hommes. Lui, que j'avais connu brillant conteur, se contentait maintenant de l'écouter, un bras passé autour de son épaule. Anh était restée au village, elle aussi avait fondé une famille, et Padang y songeait également. Lorsque Mateo m'annonça son union prochaine avec Ninh, j'explosai de rire.

— Mais c'est une véritable épidémie ! Où sont mes voyageurs, mes aventuriers ? Je croyais, Mateo, que tu ne devais jamais prendre d'épouse ?

— Tu as raison, Ziyara, elle a beaucoup de défauts, soupira-t-il d'un ton mélodramatique, mais j'ai sur elle un avantage : comme je suis borgne, je n'en vois que la moitié !

— Pareil pour moi, répondit du tac au tac la jolie Ninh en lui prenant le menton entre les doigts pour lui détourner la tête. Tu sais ce que je fais, Ziyara, quand il dit trop de bêtises ? Je ne le regarde que du bon profil !

Je passai des soirées délicieuses à boire le thé en les écoutant raconter leurs histoires. Le temps, auprès d'eux, passait si vite ! Mais quand vint le moment de lever l'ancre, ni Mateo, ni Pausanias, ni mes sœurs en tendresse et en amitié ne purent me décider à repartir. Naw était de loin la plus désespérée. Elle ne pouvait cacher ses larmes, elle refusait de comprendre mon entêtement.

— Tu sais, Ziyara, je n'ai jamais aimé chez Cornélius ce rêve insensé d'atteindre la montagne bleue. À force de tendre vers l'impossible, il est passé à côté de sa vie, et cette montagne a fini par la lui prendre. Et maintenant, je vois ton teint pâle, tes yeux noircis par l'inquiétude et par les veilles. Toi aussi, tu finiras par te faire dévorer. Reviens avec nous. Je prendrai soin de toi. Tu me manques, et tu manques à tous tes amis...

— Vous me manquez aussi. Plus que tu ne crois. Mais je n'arrive pas à renoncer. Je ne peux pas.

Aussi bien, une certaine tristesse entacha ces derniers moments passés ensemble. Je leur donnai un nouveau rendez-vous pour l'année suivante. Debout sur le quai, la main en visière, je regardai s'éloigner les deux vaisseaux jusqu'à ne plus voir que deux petits points avalés par l'horizon.

Peu de temps après, je fus avec Azadeh élevée au rang de femme-cartographe. Les femmes-cartographes, sur Orbæ, étaient chargées de la mise à jour de la Carte-Mère. Tant que nous étions novices, nous n'y avions pas accès. Mais comme cette Carte-Mère rassemblait sur un seul dessin tous nos travaux préparatoires, qu'elle en était, en quelque sorte, le point d'aboutissement, on pourrait dire que nous connaissions au moins sa trame, l'essentiel de ce qui devait y figurer. Pour cette raison, je n'en attendais ni surprise ni révélation particulière. Azadeh, en revanche, ne dissimulait pas son impatience de la voir et de la toucher. Elle trépignait à cette idée. Je mettais son exaltation sur le compte de sa jeunesse.

— Tu as tort, Ziyara ! s'enflamma-t-elle. Toutes les merveilles que nous avons vues passer entre nos mains ne sont rien à côté de la Carte-Mère. Rien, tu m'entends ? On ne peut la comparer à rien d'autre, ni ici, ni n'importe où ailleurs dans le reste du monde.

— Je ne voulais pas ternir ta joie. Je suis heureuse, moi aussi, de pouvoir enfin rejoindre le cabinet des Enluminures et entrer dans la chambre des Merveilles. Mais, sans vouloir te vexer, Azadeh, je doute que cela puisse m'aider à en apprendre davantage…

Sanalah, la doyenne des femmes-cartographes, vint nous chercher. Elle nous mena, à travers un labyrinthe d'escaliers et de corridors, jusqu'au cabinet des Enluminures, un ensemble de pièces disposées en rotonde autour d'une grande salle circulaire appelée la chambre des Merveilles. C'était le seul endroit du palais interdit aux hommes, sauf en des circonstances exceptionnelles, lors des procès en hérésie géographique, par exemple, quand l'arbitrage de la Carte-Mère était nécessaire. La doyenne nous fit entrer. Au centre de la chambre des Merveilles, il y avait une imposante table ronde, recouverte d'un grand drap. Les femmes-cartographes disposées tout autour, revêtues de leur robe et de leurs coiffes d'apparat, nous attendaient en silence.

Sur un geste de la doyenne, trois d'entre elles firent glisser le drap pour découvrir la carte.

Azadeh poussa un *oh!* de surprise. À ce moment, à ce moment seulement, je compris ce qu'on appelait les Terres Intérieures. La carte ne se contentait pas d'en reproduire l'infinie diversité, dans un bruissement de couleurs dont seule une musique, peut-être, aurait pu rendre compte, elle en révélait les beautés les plus secrètes, les souvenirs les plus lointains. Il suffisait de se pencher au-dessus pour apercevoir les monts, les bois et les rivières, et de se rapprocher davantage encore pour discerner un coin de rochers, une rive où il devait faire bon s'allonger sous la course des nuages.

— La chambre des Merveilles est le cœur de notre palais de mémoire. Et la Carte-Mère en est le début et la fin. Maintenant que vous êtes des nôtres, Azadeh et Ziyara, précisa la doyenne non sans solennité, vous aurez à votre tour l'honneur de reporter à sa surface une partie des expéditions que nos vaillants découvreurs lancent au-delà des Fleuves de Brume.

Elle nous présenta aux vingt femmes présentes, une à une. Nous les connaissions déjà, puisque chacune d'entre elles avait travaillé avec nous à la préparation des esquisses, mais ici, cela prenait un sens différent. Des générations de femmes comme elles, comme nous, avaient patiemment dessiné cette carte. L'écho amplifié de la voix de Sanalah sous la coupole, la gravité de son attitude, la beauté mystérieuse de cette carte soudain dévoilée, tout contribuait à donner l'impression puissante, et presque effrayante, de participer à l'un de ces mystères que l'on pratiquait dans les anciennes religions.

— Nous nous retrouverons ici ensemble pour la prochaine mise à jour. Mais en attendant, Azadeh et Ziyara, puisque vous la contemplez pour la première fois de vos yeux, cette journée est pour vous. Pour vous seules.

Elle frappa dans ses mains. Les femmes-cartographes se retirèrent, nous laissant devant la Carte-Mère.

Le terme de chambre des Merveilles n'était pas usurpé, parce que la carte était vraiment une splendeur. Exactement comme s'il nous était poussé des ailes, nous pouvions survoler ses paysages, découvrant, dans le moindre de ses plis, les innombrables traces de son histoire et de ses bouleversements. En soufflant légèrement dessus, je pouvais presque voir trembler la surface des lacs, frissonner les forêts qu'on y avait peintes, et même s'envoler des myriades d'oiseaux minuscules. C'était un monde à parcourir, un monde à habiter. Un monde où l'on pouvait se perdre. Je ne vis pas passer les heures. Je me plongeai dans sa contemplation. Instinctivement, mes yeux revenaient sans cesse vers le centre, explorant la grande tache verte de l'océan des herbes à nuage.

Azadeh posa une main sur mon bras.

— Ziyara, il va bientôt faire nuit.

Je levai vers elle un sourcil interrogateur.

— Il est tard, continua-t-elle. La doyenne va venir nous chercher. Tu es sûre que ça va ? Tu as l'air bizarre.

Sans l'écouter, je continuai ma déambulation, m'attardant d'un doigt léger sur une ligne de crêtes, effleurant de la paume l'émeraude translucide d'un cours d'eau serpentant au creux d'une vallée. Je voyais tourner l'anneau des Fleuves de Brume, et j'apercevais, dans leurs échancrures, les ravins que nous avions vainement tenté de traverser avec Naw, Padang et Pausanias. Mais l'émerveillement avait cédé la place, sans que je m'en rende compte, à une sourde inquiétude, et cette inquiétude tournait maintenant à la panique.

— Ziyara, je sais ce que tu espères. Ce que tu pourrais t'attendre à y voir n'y est pas.

— Pourquoi me dis-tu ça ? Tu n'en sais rien !

— J'ai regardé moi aussi. Et plutôt vingt fois qu'une.

— On a mal regardé.

— Tu n'as qu'à poser la question à notre doyenne...

La pierre aimante se tournait avec une telle obstination vers le centre que j'en avais mal au poignet.

— Ziyara, continua plus doucement Azadeh, les îles Indigo n'existent pas...

Elle avait raison. Je pouvais voir et revoir ce fameux océan d'herbes, une grande tache verte au centre de la carte. Quelques rivières s'y perdaient en formant des marais d'étendues variables. C'était un endroit indécis, sans cesse retouché, un grand point aveugle, sans forme ni contours définis et rien, dessus, n'indiquait une quelconque éminence un tant soit peu montueuse, pas même une colline. Je sentis ployer mes jambes. Azadeh avait raison. Les îles Indigo n'existent pas. Je cédai brusquement au chagrin.

Je restai quelques jours sans pouvoir m'alimenter, incapable même d'articuler une parole. Alvorandis insista pour que je me repose dans sa demeure. Ma chambre donnait sur le jardin des Terres Intérieures. Azadeh y déploya des trésors de patience pour m'aider à recouvrer mes esprits. Alvorandis, qui prenait tous les matins de mes nouvelles, fit venir son docteur à mon chevet. J'entendais les domestiques aller et venir à pas feutrés, c'est toute la maison qui s'était mise à chuchoter. La constance de leur affection, les soins prodigués, la gêne, aussi, d'être une pareille source d'inquiétude finirent par venir à bout de ma prostration. Je me reprochai à chaque instant ma faiblesse.

— Ma chère Ziyara, me dit Alvorandis, au comble de l'émotion en me voyant un jour debout et habillée de pied en cap. Moi qui étais si heureux de vous voir enfin reprendre des couleurs ! Vous tenez à peine sur vos jambes et vous pensez déjà à repartir ! Pourquoi si vite ? Restez autant de temps qu'il vous sera nécessaire. Vous savez combien tout le monde vous aime ici, et je vous assure que ma demeure s'honore de votre présence !

— Mon cher Alvorandis, je ne sais comment vous remercier pour tout ce que vous avez fait pour moi. Azadeh m'a choyée de toute son attention. Mais je vais mieux, maintenant. Je dois retourner sous mon propre toit.

— Fort bien, dit-il en riant ! Alors, continua-t-il en marchant à grands pas et en écartant les bras, considérez-vous, je vous prie, sous votre propre toit.

— Ça m'est impossible. Pardonnez-moi, je n'ai jamais vécu autrement.

— Ce serait grossier de ma part d'insister... Vous connaissez l'attachement que vous porte Azadeh. Elle vous aime un peu, je crois, comme la mère qu'elle n'a plus...

— Je ne veux pas abuser davantage de votre hospitalité.

— Il n'est pas question ici d'hospitalité, dit-il avec un voile de tristesse dans la voix. J'aurais aimé vous offrir bien plus que mon amitié, et je pense que ce n'est pas un secret pour vous...

— Cher Alvorandis ! C'est la chaleur de cette amitié commune qui m'aide encore un peu à vivre, croyez-le bien ! Ne la brisons pas pour un lien que je ne peux pas vous promettre. Je vous visiterai aussi souvent que possible.

Je retrouvai mon travail au cabinet des Enluminures, mais j'étais sonnée, abrutie de douleur et de résignation. Voilà ce que je suis devenue, me disais-je. Un insecte sans âme. Une abeille de la grande ruche. Un matin, je retournai nager. Je plongeai, brassant l'eau de toutes mes forces pour aller chercher tout en bas la pression des profondeurs, à la limite de l'asphyxie, jusqu'au voile qui couvre le regard, j'attendis, dans le froid et dans le noir... La panique me prit, je remontai à grands battements de jambes. D'un coup, je crevai le plafond liquide, j'avalai une grande goulée d'air, en crachant et en riant, des larmes plein les yeux.

Je ne parlerais plus à personne de cette montagne bleue.

Cornélius était vivant. Il avait simplement besoin de moi.

Les cérémonies de remise à jour de la Carte-Mère commençaient toujours à l'aube, pour se terminer à la nuit tombée. Nous devions nous y présenter, vêtues pour la circonstance de la robe des femmes-cartographes en toile à nuage. Notre travail devait tenir dans la durée de la course du soleil, et épouser, autant que faire se peut, son passage au-dessus de notre terre. Sanalah distribuait les tâches. Elle remettait à chacune les esquisses que nous devions reporter sur le grand dessin, en nous précisant la palette de couleurs à utiliser et le degré de précision requis. Je devais légèrement modifier le tracé d'une rivière que la dernière expédition avait vue décalée d'une demi-lieue de son lit d'origine. Azadeh, qui était bien plus douée que moi et surtout plus habile à dessiner les animaux, avait reçu la consigne d'ébaucher un troupeau d'éléphants-poulpes. À vrai dire, ce n'était que la troisième fois qu'une expédition déclarait avoir vu ces animaux, en traversant une forêt d'ombellifères, mais les témoignages et les dessins pris sur le vif suffisaient à établir une présomption de leur existence. En conséquence, la Carte-Mère devait en porter la trace.

— Je compte sur vous, Azadeh, pour avoir la main aussi légère que possible, lui recommanda Sanalah. Même si ces animaux ont la taille d'un éléphant, vous devez les montrer comme des apparitions… presque des fantômes. Vous avez eu entre les mains les notes des pisteurs, vous avez vos propres croquis, vous savez donc qu'ils ont six trompes dotées de ventouses et deux grands pédoncules qui leur servent à palper les tiges et les feuilles. Nous connaissons déjà la forêt d'ombellifères qu'ils fréquentent. Mais nous ne pourrons établir la certitude de leur existence que lorsqu'une expédition rapportera un de ces animaux en chair et en os. Contentez-vous de les esquisser le plus justement possible… Quant à vous, Ziyara, prenez garde à ne pas effacer l'ancien cours de cette rivière. La carte le fera toute seule, avec le temps, à moins qu'un nouvel orage ne ramène ce cours d'eau dans son ancien lit, auquel cas ce sera votre tracé qu'on effacera. Nous verrons bien. N'oubliez pas : vous n'êtes plus ici des dessinatrices, mais les auxiliaires d'une métamorphose vieille de plusieurs centaines de milliers d'années. C'est Orbæ qui s'exprime à travers vos mains. Vous devez avoir de la sûreté dans votre indétermination, vous n'avez plus de corps, vous devez être le vent, le sable et la pluie.

J'avoue que je tremblai un peu en appliquant la première couche de couleur. Ce n'était pourtant qu'un glacis, un voile diaphane et bleuâtre qu'il me faudrait épaissir de plusieurs passages répétés avant d'obtenir la teinte adéquate. Le cours d'eau à retoucher suivait une vallée qui avait autrefois fait partie d'un massif bien plus vaste. Dans les couches de pigments les plus anciennes se distinguaient des formes vagues, je crus reconnaître un acéphale, un de ces personnages sans tête qui hantent les vieux récits de voyage, et très semblable au fossile que j'avais observé dans la forêt pétrifiée. J'en vis un autre un peu plus loin, puis un autre encore, recouvert par la tache verte d'une forêt.

Cela nous prit toute une journée pour venir à bout d'une petite dizaine de modifications. Pendant tout ce temps, nos robes avaient suivi la couleur du ciel, elles se teintaient peu à peu d'indigo en accompagnant la nuit qui venait. Mon poignet droit irradiait de chaleur. Sanalah, à côté de moi, achevait d'écrire le nom donné à la forêt des ombellifères. Elle était la seule autorisée à porter des inscriptions écrites sur la carte. Elle tenait son outil, une plume d'oiseau, avec une concentration extrême et un parfait détachement. Elle était très vieille, notre doyenne. Moins que Hoan et Tanobay, les deux mages de l'île de Xan, moins ridée, sans aucun doute, mais quand même très vieille. Elle tremblait un peu, sauf lorsqu'elle se mettait à écrire ou dessiner. Alors, son tremblement disparaissait, et elle respirait si lentement qu'on pouvait la croire immobile. Elle leva la séance en nous remerciant.

— Azadeh, demandai-je en repartant. Tu te souviens de notre première visite aux jardins des Terres Intérieures… Cornélius s'est attardé devant le fossile d'un monstre, une sorte de squelette sans tête et figé dans l'épaisseur d'une pierre.

— Un acéphale, oui. Ça fait longtemps qu'il n'y en a plus, Ziyara.

— Tu es sûre ?

— Absolument sûre.

— Cette carte m'inquiète. J'en ai vu plusieurs dessinés, même s'ils sont à peine perceptibles. Il y a peut-être trente ou cinquante couches de peinture qui les recouvrent.

— Bien plus que ça, Ziyara ! Les acéphales étaient ici les premiers habitants et la Carte-Mère remonte au commencement d'Orbæ. Alors, imagine ! Ces dessins ont peut-être plusieurs milliers d'années. Tu dois avoir de très bons yeux pour arriver à discerner des couches aussi lointaines ! Normalement, lorsque nous avons besoin d'un arbitrage, qu'il y a le moindre doute sur une expédition, nous devons faire venir un enfant de dix ans pour arriver à la lire...

— Un enfant ?

— Un enfant et un vieillard, en fait. Car il faut aussi faire venir le plus ancien du Conseil des Sages à l'Interprétation, celui que nous appelons le vieux-cent-noms.

— Je ne saisis pas...

— L'enfant peut tout voir, mais il ne sait rien nommer. Il a la naïveté nécessaire devant un monde inconnu. Le vieux-cent-noms a la connaissance. Il connaît par cœur toutes les inscriptions portées sur la carte, y compris celles rédigées dans nos langues disparues. Seulement la vue lui fait un peu défaut.

Ses yeux sont trop faibles pour distinguer les formes les moins visibles. Tout tremble autour de lui. L'un déchiffre, l'autre interprète. C'est ainsi que doit se lire cette carte. Avec la fraîcheur du regard d'un enfant, mais aussi avec tout le recul et la sagesse d'un vieillard de longue mémoire.

— Mais alors, Azadeh, pourquoi ce sont des femmes qui mettent en forme la Carte-Mère ? Pourquoi leur confie-t-on cette tâche écrasante de donner un visage aux Terres Intérieures ?

Elle tourna vers moi de grands yeux étonnés.

— Ziyara, je pensais que c'était une évidence. Ce sont les femmes qui mettent au monde !

Je rentrai en faisant un long détour par les ruelles de la basse ville. Je ne pouvais me passer très longtemps des odeurs du port, de toute cette vie qui s'agitait sous tant de formes différentes. Bien souvent, je portai machinalement la main au dauphin d'ivoire pendu à mon cou. Comme moi, il ressentait cet appel, ce besoin de grand large. Combien de temps devrais-je rester encore dans cet endroit ? La pierre à mon poignet me semblait plus légère et plus terne. Je voyais un homme à cheveux blonds et je le suivais sans m'en rendre compte, il tournait la tête vers moi et la triste réalité reprenait soudain tout son poids.

Alvorandis, sans me faire une cour importune, ne déguisait rien de ses espérances. Je ne pouvais pas l'éconduire brutalement sans me fâcher avec lui, et je dépendais trop de son pouvoir pour ne pas endurcir ma patience. Il conduisit deux nouvelles expéditions, en les engageant très loin dans les herbes à nuage.

— Les Indiganes, me dit-il à son retour, ne restent jamais après nos échanges. Ils se retirent aussitôt, et leurs traces s'effacent très vite, tout de suite après. Je vous jure que j'ai essayé de les suivre, Ziyara, et pourtant je préférerais dix fois me perdre dans les Fleuves de Brume plutôt que dans cette étendue d'herbes sauvages.

— Je vous crois. Mais tant qu'il n'y a pas de preuve de la disparition de Cornélius, je me refuse à perdre espoir. Je sais que vous trouverez quelque chose la prochaine fois.

— Ce sera la dernière, soupira-t-il. Les hommes hésitent à m'accompagner. Ils ne veulent plus risquer leur vie pour un but qui n'a aucun sens à leurs yeux. J'avoue les comprendre un peu.

— Vous êtes bien amer.

— Loin de là. Ce que vous prenez pour de l'amertume, chère Ziyara, n'est que de la lucidité. Si je ne rapporte pas de merveille, je n'aurai jamais le titre de Grand Découvreur. Je n'ai pas monté ces expéditions juste pour retrouver Cornélius. J'ai cru, tout comme lui, à l'existence de cette montagne bleue, aux îles Indigo. Savez-vous depuis combien de temps nous n'avons pas trouvé de nouveau territoire dans les Terres Intérieures ? Imaginez-vous le renom de ma famille, si je m'étais un tant soit peu approché de ces îles ? Maintenant, les meilleurs pisteurs disent ouvertement qu'ils préfèrent travailler pour des gens de plus grand talent que moi. Dans trois mois d'ici, je dois mener cette nouvelle expédition, et ce sera ma toute dernière chance pour m'illustrer. Après, je serai en âge d'entrer au Conseil des Sages à l'Interprétation… Vous serez encore là, n'est-ce pas ?

— Je serai là. Je vous le promets.

Les derniers mots s'étaient noués dans ma gorge. Je ne voyais pas la fin de cette attente. J'étouffais, moi aussi, dans ces hautes herbes. Les séances de mise à jour de la Carte-Mère étaient les seuls moments que j'attendais avec impatience. Je m'y sentais parfaitement à l'aise, car ma main se laissait guider sans jamais se tromper. Je n'avais pas besoin de me demander quelle pression exercer sur le pinceau, ni de réfléchir longtemps à la teinte à utiliser, et toujours le résultat m'étonnait. Sanalah m'encourageait sans rien dire, juste par des petits hochements de tête satisfaits.

— Vous n'avez pas besoin de conseils, Ziyara. La carte sait parfaitement ce que vous avez à faire.

C'était parfois gênant. Les autres femmes-cartographes, plus anciennes, me regardaient sans aménité gagner la confiance de notre doyenne. En fait, je n'y pouvais rien. Nous nous comprenions sans nous parler. Et puis, ces séances avaient une autre particularité, plus mystérieuse encore : elles ravivaient de façon inexplicable la pierre aimante. Un événement imprévu changea le cours des choses.

Sanalah tomba gravement malade. En quelques jours, son état de santé se dégrada.

Toute notre activité fut suspendue.

Azadeh vint me chercher un matin. La doyenne me demandait à son chevet. Je n'avais encore jamais été reçue dans ses appartements. Compte tenu de son rang, elle habitait dans un pavillon du palais, entièrement dédié à son service. Elle y jouissait de tous les égards, disposait d'une liberté de circulation absolue, pouvait se faire ouvrir à sa guise les archives interdites ou sacrilèges. En fait, il n'y avait que le vieux-cent-noms pour prétendre à une dignité égale, et lui vivait dans de semblables conditions à l'autre bout du palais. Deux domestiques me conduisirent à sa chambre, pendant qu'un autre indiquait à Azadeh un divan où attendre. Sanalah était allongée. Notre doyenne n'avait plus que la peau sur les os et sa pauvre voix, réduite à un chuchotement rocailleux, s'entendait à peine. Une servante, à côté d'elle, veillait à ce qu'on ne l'épuise pas avec de trop longues conversations.

— Nous ne nous sommes pas beaucoup parlé, Ziyara, et pourtant je crois bien vous connaître. Vous n'êtes pas une cartographe ordinaire. Vous attendez quelque chose de la Carte-Mère…

— Vous vous trompez, vénérable doyenne.

— Comment la voyez-vous ?

— Vivante. Je vois trembler ses lacs, j'entends couler ses rivières…

— C'est bien ça, il y a ce lien très fort entre vous.

— Je ne crois pas. Je ne suis pas différente des autres femmes-cartographes. Nous aimons ces séances de remises à jour. Nous espérons d'ailleurs toutes vous y revoir bientôt.

Elle souleva une main lasse, ferma les paupières, reprit son souffle. Elle dit le reste d'une traite, en me faisant signe de ne pas l'interrompre.

— Non, dans votre cas, il y a beaucoup plus que ça. Vous savez, d'une certaine façon, c'est la carte qui nous choisit. Je vous ai tout de suite remarquée au cabinet des Enluminures. Et je ne parle pas de votre réputation. Ni de la curiosité naturelle qu'on peut avoir pour une étrangère, une voyageuse. Pas plus des événements malheureux qui vous ont conduite jusqu'à nous. Je suis assez vieille pour ne plus me laisser influencer par ce genre de choses. Au regard de ma charge, hélas, ce ne sont que des accidents. Non, je parle de votre affinité élective pour cette carte. De l'évidence de votre complicité. J'ai observé vos tracés. Ils sont maladroits, mais toujours justes…

Elle reprit son souffle. La servante passa un linge sur son front et lui donna à boire.

— Les hommes croient rapporter des merveilles, continua la doyenne, ce qui n'est pas grand-chose. Ce qui est difficile, c'est de les donner à lire. Et vous, Ziyara, vous avez le talent pour ça. Il y a dans votre main, dans votre regard, dans votre écoute, ce tremblement infime qui est la surprise même d'exister. C'est ce que vous donnez à la carte. C'est ce qu'elle vous rend, avec reconnaissance. Bien que vous soyez encore beaucoup trop jeune pour prendre ma succession, c'est à vous que j'ai décidé d'en confier les clefs…

— Je ne peux pas accepter, vénérable doyenne. Vous savez comme moi que cela déclencherait la colère des autres femmes-cartographes. J'ajoute que cette colère me semblerait légitime. Je suis une étrangère, et initiée à votre art depuis trop peu de temps.

— C'est à moi d'en décider, Ziyara. Comme vous venez de le dire, la cosmographie est un art et non une science. J'ai là-dessus tout pouvoir. Moi-même, je n'ai pas été désignée sans contestation. Vous avez l'autorité nécessaire pour vous faire respecter et vous surmonterez aisément les intrigues du palais.

Elle reprit encore son souffle, marqua encore un temps.

— Il ne me reste plus beaucoup à vivre. Vous ne connaissez pas nos lois. Après ma disparition, la Carte-Mère restera, en signe de deuil, un an sans pouvoir être modifiée. Pendant toute cette année, personne ne devra y toucher. Vous seule aurez le droit de pénétrer dans la chambre des Merveilles et votre fonction se bornera à constater les altérations qui pourraient s'y produire. Par ailleurs, vous aurez la responsabilité de la mise en ordre des notes qui serviront à sa prochaine mise à jour. Vous devrez mettre ce temps à profit pour compléter vos connaissances sur Orbæ. J'ai déjà nommé les femmes-cartographes qui vous y aideront. Toutes les salles vous seront accessibles. Après cette année passée, votre nomination sera confirmée par un vote de l'ensemble des Cosmographes réunis en conclave. Ce vote vous est acquis. Nous savons, vous comme moi, que vous les avez déjà conquis. Nous sommes plusieurs, dans ce palais, à dire qu'il était grand temps que nous arrive un peu de sang neuf. Et je vous assure que c'est la première fois que je vois aussi bien réagir la Carte-Mère à l'arrivée d'une novice. Vos liens sont évidents. Maintenant, Ziyara, je dois vous prévenir. C'est une lourde charge. Vous en sentez-vous capable ?

— Je dois réfléchir…

— Ne tardez pas trop. Je n'ai plus tant de jours devant moi.

Je pris ma décision le soir même. Elle mourut le surlendemain. Sa disparition me bouleversa plus que je n'y attendais. Jamais elle n'avait fait la moindre remarque sur mon obsession à retrouver mon amour disparu. Jamais elle n'avait, non plus, empêché une de nos compagnes de m'apporter de pauvres indices qui ne faisaient qu'entretenir ce que tout le monde prenait pour une chimère. J'avais accepté sa requête, autant par peur de céder au désir d'Alvorandis que par crainte de ne plus revoir la carte, enfermée pendant un an dans la chambre des Merveilles.

Sanalah fut enterrée dans le cimetière des femmes-cartographes. Je dus m'installer dans ses appartements. Cela signifiait, entre autres, d'avoir à régenter une douzaine de personnes à mon service, et même si j'avais eu, du temps de ma splendeur à Candaâ, un personnel bien plus nombreux à diriger, j'en avais depuis longtemps perdu le goût. Je fis venir Azadeh. Avec l'assentiment de son père, elle accepta la charge de secrétaire. Décidée à combler au plus vite mes manques et mon retard, je me plongeai dans les archives de l'histoire d'Orbæ. Parmi les thèses les plus absurdes avancées par les Cosmographes, il y avait cette affirmation que les continents étaient à la dérive et qu'ils flottaient, en quelque sorte, sur un océan de roches en fusion qui jaillissaient parfois du cratère d'un volcan comme le jus d'une orange à la faveur d'un trou d'épingle percé dans son écorce. D'après eux, Orbæ demeurait le noyau de cette première terre, tout le reste n'était que morceaux épars, dispersés au cours du temps.

Mon instruction incluait aussi des visites approfondies aux jardins des Terres Intérieures. Les connaissances en histoire naturelle de la jeune fille m'y étaient une aide précieuse. Je retournai voir plusieurs fois les acéphales de la forêt pétrifiée. Quelque chose d'indéfinissable m'intriguait devant eux. Cornélius, en les voyant pour la première fois, avait cru à des sculptures. Mais, en vérifiant de plus près, en scrutant le grain de la pierre, il était évident que ces squelettes fossilisés ne pouvaient avoir été gravés par un burin. Un processus naturel avait transformé ces formes primitives et changé leur matière organique en matière minérale. D'où venait, alors, le léger malaise qui s'emparait de moi chaque fois que je les étudiais ?

Je travaillais tous les jours mais, le soir, je ne trouvais pas le sommeil, hantée par trop de questions. Je pris l'habitude, lorsque tout le monde dormait, de m'échapper. J'allais d'abord nager une petite heure, puis, enveloppée dans mon écharpe de toile à nuage, je partais en exploration dans le labyrinthe du palais des Cosmographes. Au début, je me perdis souvent, il m'arrivait de tomber, au sortir d'un couloir, dans la bibliothèque des nuages que je venais de quitter, ou bien j'empruntais un escalier quelconque, et je me retrouvais d'un coup dans la grande nef de l'observatoire, à gravir les marches de gigantesques instruments d'astronomie dont les ombres menaçantes se découpaient sous la coupole. Mais, lorsque les lieux n'eurent plus de secret pour moi et que je sus m'y diriger même au plus fort de l'obscurité de la nuit, j'allais tout droit dans la chambre des cartes furtives pour y consulter celles que Cornélius avait tracées de sa propre main, et je restais là des heures à rêver de ce pays de Jade qu'il avait arpenté, de nos navigations heureuses, des longues veillées de Vinh Gao, du bonheur tout simple des jardins flottants d'Alizade. Je ne revenais jamais par le même chemin. Je découvrais sans cesse de nouvelles salles. Je traversais sans bruit toutes ces chambres tapissées de parchemins, je laissais courir mes doigts sur leur surface poussiéreuse, je prononçais à voix basse des noms de villes disparues.

Et puis, une nuit, je me réveillai en sursaut avec une violente douleur au poignet. La pierre aimante y brillait d'un éclat inhabituel. Je traversai en courant la bibliothèque des nuages, puis le corridor menant au cabinet des Enluminures. Devant la porte de la chambre des Merveilles, ma pierre se fit encore plus lourde, plus insistante. Derrière, il y avait la Carte-Mère, et personne pour regarder ses territoires soustraits aux yeux de tous. Je l'imaginais, reposant sous son grand drap noir. Le monde existe-t-il sans notre regard ? Oui, à l'évidence, mais il ne nous révèle que ce que nous voulons y voir, et c'est notre regard qui lui donne un sens. J'avais les clefs de la salle, il m'était facile de les introduire dans la serrure, mais une sorte de terreur sacrée m'interdisait d'entrer. Je tombai assise au pied de la porte, essayant de calmer les pulsations de mon cœur. C'était le même sentiment, la même panique irrépressible qui m'avaient saisie pendant ma tentative de traversée des Fleuves de Brume. J'étais à bout de forces, à bout de nerfs. Comme un grand corps vivant, les Terres Intérieures me rejetaient encore et toujours à leur périphérie. Elles ne voulaient pas de moi. C'est là, brusquement, que je compris ce qui m'avait frappée en regardant les fossiles des acéphales. Il y avait des maladresses et des incohérences évidentes dans l'agencement de leurs squelettes, comme si ces êtres, avant même d'entrer dans la vie, avaient été inventés et dessinés par une main indécise et malhabile. Je me redressai d'un bond. J'entrai dans la salle en bredouillant des excuses à la Carte-Mère. J'ôtai son voile de deuil. Je m'approchai de l'endroit où j'avais aperçu ces dessins cachés sous les couches les plus anciennes. Ils n'y étaient plus. La doyenne, ayant vu que je m'y intéressais de trop près, les avait-elle effacés ? Ou alors il faisait trop sombre, et le manque de lumière m'empêchait de les discerner ? Je laissai mes yeux s'accommoder à l'obscurité. À force d'attention, je finis par repérer le fantôme d'un acéphale, puis un autre, à côté, comme de lointains appels venus du fin fond des couches du temps. J'analysais leur forme, leurs proportions. Voilà, me dis-je, c'est évident. La doyenne avait raison. La cosmographie n'est pas une science, mais un art qui requiert de grands interprètes. Les femmes-cartographes ne font pas que reporter les voyages et les expéditions, elles laissent aussi les traces de leurs erreurs. Celles qui dessinaient ces acéphales, en toute bonne foi, le faisaient sur la base des témoignages de ceux qui revenaient des Terres Intérieures. Les acéphales n'existent pas. On n'en voit pas dans le reste du monde. Ce sont des inventions, des chimères géographiques. Mais sur Orbæ, tout est différent. Les Terres Intérieures, plutôt que de démentir la Carte-Mère, préfèrent créer ce qu'elle représente. Là-bas, de l'autre côté des Fleuves de Brume, les lois de la nature se soumettent à ses desseins, quitte à reproduire ses élucubrations. Je me penchai sur la carte, saisie une fois de plus par son merveilleux bruissement de couleurs. L'océan d'herbes y frémissait, comme s'il était parcouru de longs frissons, et ma pierre aimante, plus que jamais, irradiait vers le centre de la carte. Je me rendis dans un des cabinets de travail adjacents à la grande salle. Tout le matériel était là, soigneusement rangé. Je préparai mes couleurs avec de la poudre d'azur, qui donne ce bleu à la fois éclatant et transparent, et je choisis quelques pinceaux. Je revins vers la carte. Soigneusement, je commençai à dessiner la montagne bleue, juste au centre, aussi belle, aussi évidente que me l'avait décrite Cornélius. En dessous, une tache indécise, tout en longueur, commença d'apparaître. Oui, cela pouvait ressembler à l'île Longue. Je posais la pierre dessus. Elle pivota sur son axe pour indiquer la direction du cône bleu que je venais de peindre. Aux premières lueurs de l'aube, je vis s'effacer les deux « îles », puis elles disparurent complètement, absorbées dans l'épaisseur du parchemin.

La nuit suivante, je revins sur mes pas. Je traçai à nouveau le triangle au centre de la carte, et à nouveau la forme allongée émergea en dessous. Son contour, cependant, se précisa, en se creusant de vallées entourées de falaises. Des arbres y lançaient déjà leurs ramures, ils se multiplièrent en forêts, mais si légères, si évanescentes, que je devais me frotter les yeux pour bien me convaincre que je ne les rêvais pas. Juste avant le matin, comme la fois précédente, la vision disparut.

Les autres nuits, l'île Longue gagna encore en précision, et pourtant je me contentais de figurer au-dessus la montagne bleue, ma pierre aimante se mettant à briller au premier effleurement de pinceau. Je vis peu à peu apparaître des villages. Ceux du début de la nuit laissaient vers le matin la place à de simples campements. Ils n'appartenaient pas au même peuple, c'est la seule conclusion qui me venait à l'esprit.

Je commençai à distinguer des sentiers, je pouvais en remonter un certain nombre pour le simple plaisir de les voir aboutir à une source. Et puis tout s'évanouissait avant l'aube, la Carte-Mère effaçait l'île Longue, le cône de la montagne bleue se fondait dans la tache verte des hautes herbes, cette informe et désespérante moisissure.

Je ne dormais plus que deux ou trois heures par nuit. Au cabinet des Enluminures, je multipliais les erreurs. J'étais fatiguée, irritable. Sans le vouloir, je me coupais des autres femmes-cartographes. Azadeh s'en inquiétait.

– Tu n'aurais pas dû accepter, Ziyara. C'est un cadeau empoisonné que la doyenne t'a fait. Toi qui ne parlais que du bonheur de nager et de courir le grand vent, te voilà pâle et légère comme une ombre. Je te vois diminuer de jour en jour…

– La doyenne m'avait prévenue que ce serait une charge. C'est vrai que je dors moins, mais je t'assure que je vais bien.

Elle sourit tristement, comme pour elle-même.

— Je crois que tu t'épuises…

— C'est juste de la fatigue.

— Ziyara, tu t'épuises volontairement.

— Azadeh !

— C'est le moyen que tu as trouvé pour rejoindre Cornélius.

Elle avait des larmes plein les yeux. Je détournai la tête, désemparée. Je ne savais pas consoler. Je n'avais jamais su.

Je ne pouvais plus me passer de mon rendez-vous avec la carte. Peu à peu, elle garda la trace, oh, légère, imperceptible, de ma montagne bleue. Je n'avais qu'à repasser sur ces traits tremblés, les couvrir d'une pointe d'azur ou d'outremer, et attendre ensuite la lente apparition de l'île Longue. La première fois que j'y vis des personnages, je me frottai les yeux. Mais ils étaient là, marchant sous les arbres. Puis je vis de la fumée s'élever du village, et j'entendis, à peine, à peine, le chant d'un coq, juste à temps pour saluer l'arrivée du jour qui le ferait disparaître.

D'une certaine façon, Azadeh n'avait pas tort. J'aurais tout donné pour me fondre dans ces paysages entrevus comme on se glisse entre les draps du sommeil. Je m'effaçais, oui. Mais si les forces me quittaient progressivement, la pierre, elle, en gagnait chaque nuit davantage, comme si l'intégralité de mon être, trop lasse de son enveloppe de chair, venait se concentrer dans ce pauvre morceau de caillou.

À force de m'user les yeux sur la carte, ma vue baissait, et pourtant j'aurais pu, de mémoire, tracer le dessin complet de l'île Longue, y faire figurer les villages des Indiganes, en recenser le moindre sentier. J'aurais pu en dénombrer les habitants, y compris ce peuple de nomades coiffés de plumes, que je voyais parfois se déplacer d'un coin de forêt à un autre. Même si cela peut paraître fou, je cherchais encore et toujours Cornélius. Et je ne le voyais pas. Mais cette nuit-là, c'est un char attelé à des buffles qui attira mon attention. Il avançait dans les herbes, lentement, vers la montagne bleue. Tout ce que m'avait raconté Cornélius de sa rencontre, dans une auberge, avec le vieux Brazadîn, me revint. C'est un char funéraire, murmurai-je, et il marche vers la dernière demeure, la montagne du bleu des lointains. La pierre pesait si lourd à mon poignet que j'y portai la main. J'entendis un cri sortir du char, et j'y reconnus le timbre de la voix de Cornélius. Une larme coula de ma joue, tomba sur la carte. Je l'essuyai machinalement du bout du doigt, elle laissa une brève traînée d'argent sur les herbes en séchant. Et j'entendis distinctement, cette fois-ci, la même voix murmurer : « Ziyara ! »

Mon cœur battait si fort que je le sentais marteler mes tempes. Je me forçai à réfléchir. Il y avait près de trois mois que je venais ici chaque nuit. Si les îles Indigo existent sur la carte, elles existeront dans les Terres Intérieures. Comment aider Cornélius à revenir ?

Le lendemain, au cabinet des Enluminures, je pris à part Azadeh.

— Azadeh. Il faut que tu me ménages un rendez-vous avec ton père.

— Il part demain en expédition, et c'est la dernière qu'il fera. Mais je crois que tu sais déjà tout ça…

— Je dois le voir avant.

— Il est très occupé, Ziyara.

— Ce soir. À l'entrée du palais.

— Je ne peux pas te promettre qu'il viendra. Personne ne comprend pourquoi tu vis comme une recluse, mais lui l'accepte bien moins encore que tous les autres. Je pense qu'il est inutile que je t'explique pourquoi.

— Tu le lui diras ?

— Oui, soupira-t-elle, bien sûr que je le lui dirai.

Alvorandis vint à mon rendez-vous. Il laissa passer un long moment avant de briser le silence.

— Que me voulez-vous ?

— Vous parler.

— Je ne sais pas ce que ça signifie. Je ne vous ai pas vue depuis trois mois. Vous avez choisi de vous taire, et maintenant vous voulez me parler. Azadeh m'a fait part de son inquiétude, et je vous vois là, et je vois qu'elle m'a encore trop ménagé en me donnant de vos nouvelles. Vous n'êtes plus vous-même. Vous semblez votre propre fantôme. Ce n'est pas seulement à cause de cette charge que vous a confiée la doyenne, et qui est au-dessus de vos forces. Pourquoi vous détruisez-vous ? Pourquoi détruisez-vous la beauté, la gaieté, la force de votre jeunesse ? Pourquoi détruisez-vous notre amitié ? Pourquoi nous avez-vous, volontairement, privés du plaisir de votre compagnie ?

— Parce que... parce que je sais que Cornélius est vivant. Et qu'il n'y a qu'au palais que je peux l'aider...

Il fouetta l'air rageusement du plat de la main.

— Je suis fatigué, fatigué, Ziyara, de vos divagations !

— Alvorandis, écoutez-moi.

— Non, c'est trop tard. J'ai d'autres projets. J'abandonne cette idée fumeuse d'aller à la recherche de ces îles qui n'existent pas. Et vous le savez aussi bien que moi. Il vous suffit de consulter la Carte-Mère : vous le pouvez, vous en avez les clefs ! Azadeh les a cherchées, vos îles Indigo, elle ne les a pas vues. Je ne m'attarderai pas à poursuivre le fantôme de votre Cornélius comme les autres fois. Je vais être dur avec vous. Vous m'y obligez, pour votre bien, pour la santé de votre esprit. Les herbes à nuage se penchent depuis un bon moment sur son squelette ! Voilà la vérité ! la réalité crue ! Voilà ce que vous ne pouvez pas, ce que vous ne voulez pas entendre !

— Je vous en prie, mon cher Alvorandis. Je vous ai manqué en amitié, je vous l'accorde. Mais c'est au nom de celle-ci que...

— Assez, assez de vos protestations d'amitié, de tous ces leurres que vous me jetez à la face ! Tout ce que j'ai fait pour vous me revient comme la plus terrible de mes erreurs. Je ne vous écouterai plus. On m'a enfin confié l'expédition qui peut consacrer ma carrière. Je pars avec les meilleurs pisteurs, et de quoi dresser des pièges.

— Au moins, dites-moi où vous allez...

— Je vais chercher un de ces animaux aperçus dans la forêt d'ombellifères.

— Un éléphant-poulpe, dis-je, me repassant en mémoire les dessins d'Azadeh.

— Exactement. C'est aussi pourquoi je m'absenterai plus longtemps, dit-il d'un ton radouci. Je ne sais pas encore pour combien de temps...

— Mais vous irez quand même jusqu'aux herbes à nuage...

— Non, Ziyara. Je n'aurai pas le temps. Je me dirigerai vers cette forêt dès la sortie des Fleuves de Brume.

— Elle touche à l'océan des herbes.

— Cette région est trop éloignée de nos lieux de rendez-vous habituels avec les Indiganes.

— Il vous suffirait d'envoyer un petit groupe, Alvorandis, quelques pisteurs.

— Non ! J'aurai besoin de toutes nos forces, de tous mes hommes. Nous n'avons encore jamais capturé un de ces animaux, nous ne savons pas jusqu'à quel point ils sont dangereux. Nous ne pourrons probablement pas leur faire franchir les Fleuves de Brume par le chemin le plus court. Cela prendra des mois, et il nous faudra revenir avant la saison des orages.

Il s'animait en parlant. Il était déjà là-bas, à combattre tous ces obstacles qu'il me présentait comme autant d'épreuves devant conduire à la gloire de son nom, et moi, je voulais seulement que revienne Cornélius, celui que j'aimais.

J'inclinai la tête. Je lui touchai le bras en lui murmurant « bonne chance ».

Il s'éloigna.

Je me rendis le lendemain très tôt au cabinet des Enluminures. Il était vide. Tout le monde était au départ de l'expédition d'Alvorandis, une des plus importantes jamais montées par le palais. Une centaine d'animaux de bât, et presque autant d'hommes, la fine fleur de la guilde des Aveugles et les plus aguerris des pisteurs.

J'étudiai pendant toute la matinée les comptes rendus des expéditions précédentes, je recopiai les descriptions données de ces éléphants-poulpes. Oui, de drôles de bêtes, assurément. Mais qu'on avait vues de loin (le témoignage le plus proche était à trois cents pas – trois cents pas dans une forêt !...). La doyenne ne s'y était pas trompée. Elle avait demandé à Azadeh d'en faire un report aussi discret que possible sur la Carte-Mère, je me souvenais mot pour mot de ses recommandations, autant dire qu'elle ne croyait pas trop à ces animaux, et qu'elle avait prévu leur effacement. La forêt des ombellifères, en revanche, était parfaitement située sur la carte. Elle se trouvait effectivement en lisière des herbes à nuage, mais dans une région très éloignée des lieux de rendez-vous avec les Indiganes. Je comprenais pourquoi Alvorandis voulait éviter ce long détour.

À la fin de la matinée, les femmes-cartographes arrivèrent à grand bruit en commentant le spectacle de la grande expédition. Azadeh marcha vivement vers moi. Je ne l'avais encore jamais vue contrariée à ce point, elle était folle furieuse. Elle m'interpella durement, sans se soucier de mon rang ni du respect qu'elle me devait.

— Mon père t'a espérée jusqu'à son départ, me dit-elle d'une voix étranglée de colère. Pourquoi n'es-tu pas venue lui dire au revoir ?

— Tu parles à la doyenne des femmes-cartographes, Azadeh. Modère tes emportements.

— En tant que doyenne, tu te devais d'être présente à son départ. Les autres Cosmographes étaient tous là. Tu as manqué à son honneur !

— Tu te trompes, Azadeh ! Je lui ai souhaité bonne chance. Je n'avais pas besoin de tant de témoins pour le lui dire.

Cette nuit-là, je broyai dans un mortier un fragment de la pierre aimante jusqu'à en obtenir une poudre, la plus fine possible. Je mélangeai cette poudre avec des pigments, puis je me rendis dans la chambre des Merveilles. Sur la Carte-Mère, j'étalai toutes les esquisses des éléphants-poulpes. Ensuite, en m'aidant de ces dessins, je complétai les premières ébauches qu'Azadeh en avait tracé la première fois où nous étions venues faire la remise à jour de la carte. Je ne me contentai pas d'en effleurer la surface, non, je pris tout mon temps pour peindre ces animaux à la ressemblance des portraits dont je disposais. Grands, majestueux, une tête étrange, à six trompes et deux longs pédoncules. Je leur donnai une belle teinte gris-bleu. À cause de la poudre de pierre aimante, cette couleur brillait légèrement dans la nuit.

La montagne bleue s'imposait au centre de la carte, qui semblait l'avoir définitivement adoptée. En y consacrant de longues nuits, j'étais parvenue au résultat que je souhaitais. Elle y figurait bel et bien, et l'île Longue finirait aussi par s'inscrire durablement au-dessous d'elle. Je n'avais pas le moindre doute là-dessus. Plus personne ne pourrait dire que les îles Indigo n'existaient pas.

Je déployai sur la carte le grand drap noir qui devait la recouvrir.

Je refermai derrière moi, sans un bruit, une toute dernière fois la porte de la chambre des Merveilles.

Le lendemain, une motion des Cosmographes me parvint au cabinet des Enluminures. Mon manquement au départ d'Alvorandis était considéré comme une faute. Les Cosmographes avaient puisé dans les réserves pour financer son expédition, la plus lourde depuis bien des années. Alvorandis Brazadîn avait mis tout le poids de son nom dans la balance. Personne, et lui moins que quiconque, ne voulait croire à un nouvel échec de sa part. Le protocole exigeait la présence de la doyenne à un événement d'une telle importance pour l'avenir du palais, et je ne pouvais l'ignorer. J'étais donc suspendue de ma charge et de tous les honneurs qui vont avec. Cette nouvelle, annoncée à grand fracas, mit en émoi tout le cabinet des Enluminures, mais elle ne me causa pas le plus petit regret. J'avais vécu bien pire à Candaâ. Au contraire, je me sentais plus libre que jamais. J'allais de nouveau nager tous les matins. Je fortifiais mon corps. J'étais décidée à repartir à la prochaine escale du *Nadir*, quoi qu'il arrive, même si Cornélius ne revenait pas. Je ne pouvais pas complètement blâmer Alvorandis à ce sujet. Il avait peut-être raison. Je ne pouvais rien y faire. J'avais besoin d'embruns, de sel sur mes lèvres.

Je trouvai à m'employer comme interprète sur le port, dans une boutique un peu défraîchie de vendeur de cartes. C'était une période un peu spéciale pour Orbæ. Sans se l'avouer, tout le monde attendait le retour d'Alvorandis avec fébrilité. Il y avait si longtemps qu'on n'avait pas rapporté de merveille des Terres Intérieures ! Cela ne changerait sans doute rien à la vie des gens, mais cela suffisait pour les faire rêver. Aussi, ce n'étaient que rumeurs, fausses nouvelles, déclarations malheureuses. Un jour l'expédition s'était perdue, un autre elle n'avait pas rejoint les Fleuves de Brume. Alvorandis était donné pour mort, le lendemain il n'était que blessé, c'était un génie pour les uns, un incapable pour les autres, à qui on n'aurait jamais dû confier une expédition de cette ampleur. Il avait réussi à capturer un de ces éléphants-poulpes. Non, l'animal s'était tué dans une chute, l'expédition serait un nouvel échec, untel l'avait bien prédit ! Plus le temps passait et plus les rumeurs augmentaient, et je ne peux pas dire que cela me laissait indifférente. Il était impossible de vivre dans cette ville sans y subir cette éprouvante alternance d'espoirs et de déconvenues.

Fait exceptionnel, le retour d'Alvorandis fut annoncé officiellement plusieurs jours à l'avance. La veille même de son arrivée, proclamée par des éclaireurs de la guilde des Aveugles, toute la ville se pavoisa, et des jonchées de fleurs furent étendues sur la chaussée des expéditions. Je suppose qu'il avait dû, pour mieux ménager ses effets, bivouaquer aux marges des Fleuves de Brume, afin de faire son entrée au matin, en profitant de ce beau soleil qui éclaboussait la rade. Alvorandis était un Cosmographe avisé.

Il y avait une telle foule qui remontait les rues qu'il était difficile de se mouvoir. Toutes les autorités de la ville, toutes les corporations du palais s'y rendaient en délégation, revêtues de leurs plus beaux costumes. Je n'avais pas le courage d'aller jusqu'en haut, trop de monde s'agglutinait aux portes de la ville. Et comme je détestais cette effervescence joyeuse !

Je restais dans une encoignure du palais. La pierre aimante était lourde à mon poignet. Elle me pesait, vraiment. Trop de fois je l'avais consultée, trop de fois je l'avais prise en défaut d'insulter ma patience !

Le flot des gens refluait maintenant, et la clameur emplissait les rues. J'entendais partout crier les noms d'Alvorandis Brazadîn, de Lepias, le chef des pisteurs, de Syrelis, le chef des aveugles. Voilà, me dis-je, que redescendent les grands hommes !

Juste derrière avançait l'éléphant-poulpe, grand, beau, mais si effrayé du vacarme et de la multitude que tout ce qu'il y avait en lui de majestueux s'en retrouvait sali et blessé. De toutes ces mains tendues qui le touchaient, pas une n'aurait pu l'approcher sans les cordes qui l'entravaient. C'est donc cela, une merveille ? Un roi qui baisse le front sous le poids de ses chaînes ! Ceux que j'avais peints sur la Carte-Mère couraient encore dans leur forêt…

Mais je vis soudain que l'animal avait cette belle couleur que je leur avais donnée. Sa peau scintillait au soleil. Elle était semée de petits éclats brillants, comme ceux de la poudre de pierre aimante quand on la broie en fragments. Et je vis, juste à côté de l'éléphant-poulpe qui avançait au pas de la foule, un homme aux cheveux blonds, un homme au regard éperdu.

C'est une chose que m'a laissée ma mère, et qui appartient peut-être aux filles de la montagne, cette retenue qui nous empêche de voler au-devant de l'autre quand le cœur s'emballe d'un coup trop violemment. J'avais peur, une fois encore, de ne voir que ce que je voulais croire. D'être la proie d'une nouvelle illusion : Cornélius, vivant. Mes jambes me refusaient. Je restai clouée là, dans l'ombre des arcades. Incapable de faire un pas.

Jusqu'à ce que ses yeux m'accrochent, au fond de ma retraite, et que je le voie marcher vers moi. Muet, lui aussi. Les passants s'écartaient sur son chemin. Il a fait les derniers pas si vite que, avant que je ne puisse dire un mot, ses bras s'étaient refermés sur moi.

Je ne voulais que ça. L'enlacer, m'arrimer. Sentir très fort battre son cœur contre le mien. L'entendre, une fois encore, murmurer mon nom : Ziyara.

La fête a duré plusieurs jours. Elle aurait pu, aussi bien, se passer à l'autre bout du monde. Elle ne nous concernait plus, nous avions tant de beaux jours devant nous ! Le point culminant en fut, paraît-il, l'entrée de l'éléphant-poulpe dans les jardins des Terres Intérieures. On avait cru bon de le laisser à la vue de tous, jusque-là, dans une grande cage dressée devant le palais des Cosmographes. Alvorandis Brazadîn reçut le titre de Grand Découvreur. Un serviteur de sa maison vint nous trouver dans notre petite chambre pour nous convier à la réception qu'il donnait le soir même pour fêter l'événement.

Cornélius n'avait aucune raison de s'y rendre, et moi, je n'en avais aucune envie. Mais je me sentais redevable de l'hospitalité d'Alvorandis et de toute l'aide qu'il m'avait apportée, y compris sans le savoir. Et je gardais pour Azadeh une sincère affection.

Alvorandis nous reçut comme il l'avait toujours fait, avec cette chaleur un peu cérémonielle qu'il trouvait convenable à son rang. Je le félicitai pour son exploit. Il me fit remarquer que nous avions tous les deux eu raison, et moi de m'être obstinée à croire Cornélius vivant, et lui d'avoir changé d'avis pour ses expéditions. J'acquiesçai à cette belle formule. Pourquoi l'aurais-je démenti ?

— Cher Alvorandis, lui dis-je, quand le *Nadir* sera de retour, j'aimerais vous rendre votre invitation et vous recevoir à mon bord. Me ferez-vous le plaisir de venir avec Azadeh ?

Il me prit les mains pour m'en remercier, s'inclina, puis se dirigea vers un nouveau groupe d'invités.

Le *Nadir* revint, fidèle au rendez-vous. Je bondis de joie en le voyant arriver dans la rade, toutes voiles déployées. Il n'y en avait pas deux comme lui ! Je l'aurais reconnu entre mille, entre dix mille. Il acheva sa manœuvre. L'ancre plongea du bossoir en faisant cliqueter sa chaîne et ce bruit familier me donna le frisson. La chaloupe, mise à l'eau, déborda de la coque et se dirigea vers nous. Quand Mateo nous vit, Cornélius et moi, lui faire de grands signes depuis le débarcadère, il en oublia de ralentir la barque qu'il menait avec de vigoureux coups de rames. Elle s'arrêta dans un grand choc contre le quai.

Padang sauta le premier au sol, suivi de Ninh et Anh qui m'enlacèrent avec tant d'impétuosité que je manquai de tomber à la renverse.

Moins d'une semaine après, le vaisseau de Pausanias arriva à son tour. Nous étions de nouveau réunis, les amis de Vinh Gao : Padang, Mateo, Pausanias, Ninh, Anh et Naw. J'avais si longtemps douté de voir ce moment, si longtemps craint que nos retrouvailles ne soient à jamais entachées de chagrin. Mais Cornélius était là. Chacun s'émerveillait de le voir. Nos conversations, nos rires reprenaient comme au temps de nos premières veillées, dans le crépitement complice du brasero et la douceur de l'amitié.

Deux jours avant de partir, j'invitai à bord du *Nadir* Alvorandis Brazadîn et sa fille Azadeh. Le temps d'une soirée, Alvorandis oublia un peu sa superbe et son récent titre de gloire. Peut-être avait-il à cœur de se séparer sur de beaux souvenirs. Il se montra tel que nous l'avions rencontré la première fois, charmeur et attentionné. Mais il ne pouvait dissimuler, sous le vernis de son exquise politesse, ce profond sentiment de frustration que je pouvais lire dans les plis de son front, dans certains éclats de son regard, aussi, lorsqu'ils venaient souligner le détour d'une phrase. Trop de questions demeuraient sans réponse. Il ne concevait pas comment Cornélius avait pu vivre aussi longtemps dans les herbes à nuage et il restait intimement persuadé que sa rencontre avec Ibn Brazadîn ne devait rien au hasard. Lui, le Grand Découvreur, devrait se contenter de cette énigme, sans jamais en connaître la clef. Je laissai l'air marin emplir mes poumons. Tous ces vaisseaux autour de nous, toutes ces maisons, toutes ces rues, encore animées malgré l'heure tardive, de combien d'histoires simples, misérables ou extraordinaires l'humaine condition les avait chargés ! Juste à ce moment j'ai revu glisser les voiles noires. Rapides, silencieuses, elles ont traversé la rade en se dirigeant vers le palais des Cosmographes. Nous nous sommes tous levés d'un bond pour les regarder passer. Cornélius s'était accoudé à la lisse. Alvorandis, qui l'avait aussitôt rejoint, finit par lui demander, assez abruptement, ce qu'il avait vraiment vu dans les herbes à nuage. Cornélius lui répondit ce qu'il lui avait déjà dit et répété au cours de leur voyage de retour, qu'il était tombé dans un sommeil profond, que les Indiganes l'avaient recueilli et soigné, et qu'ils l'avaient eux-mêmes accompagné à proximité de la forêt des ombellifères.

— Alors, pour toi, les îles Indigo n'existent pas ? demanda une dernière fois Alvorandis avec un soupçon d'irritation dans la voix.

— Non, mentit Cornélius. Je ne les ai vues que pendant mon sommeil.

J'étais enveloppée de mon écharpe, à distance des deux hommes, mais assez près pour avoir entendu leur conversation. Je connaissais les raisons de Cornélius, son souci de protéger l'existence fragile de ces peuples qui vivaient encore sans le savoir le temps du rêve. Pausanias et Mateo, de leur côté, s'émerveillaient de la fluidité des manœuvres des voiles noires. Ils brassaient leurs souvenirs de navigateurs. Les pêcheuses de perles, mes trois sœurs de Vinh Gao, jouaient à faire rire les jumeaux. Je vis qu'Azadeh était seule, un peu perdue. J'allai la retrouver.

— Azadeh, lui dis-je tout bas. Je vais bientôt repartir. Nous ne nous reverrons sans doute jamais. Mais demain, à la pointe de l'aube, je serai devant ta porte, continuai-je. J'aurai un cadeau pour toi, et aussi une requête à te faire. Tu m'ouvriras ?

— Je serai là.

Ses yeux s'embuèrent. Je la serrai fort dans mes bras.

Le lendemain, comme convenu, je l'attendis au seuil de sa maison, juste avant le lever du soleil. J'avais une fleur à la main gauche et un parchemin roulé dans la main droite. La porte s'ouvrit sur le visage de la jeune fille. Je lui tendis le parchemin. Elle le déplia.

— C'est une carte, Azadeh. La route maritime pour aller à Vinh Gao. Un jour, peut-être, tu seras toi aussi prise du désir de partir... Tu es plus jeune que moi, alors ne dis rien. Tu ne sais pas ce que la vie te donnera, mais rien ni personne ne peut t'obliger à passer le reste de ton existence entre les quatre murs d'un palais. C'est mon cadeau pour toi.

— Et la requête ?

— Je voudrais que tu m'accompagnes quelque part. Ce n'est pas loin. Nous serons de retour dans une petite heure, je pense.

Il faisait encore froid. Elle retourna chercher une cape, puis redescendit pour m'accompagner. Je remontai vers les jardins des Terres Intérieures, obliquai dans la rue des remparts qui les longeait et menait au cimetière des femmes-cartographes. Je m'arrêtai devant la tombe de la doyenne. Il y avait juste une stèle de pierre blanche, dressée sur la pelouse, et cette stèle, de forme irrégulière, montrait des spirales de fossiles de coquillages. La doyenne avait elle-même choisi cette pierre. La forme des coquillages, m'avait-elle dit, lui rappelait la courbure d'une oreille. Si tu as quelque chose à me dire, avait-elle ajouté avec un rire étouffé, viens me parler. Qui sait, peut-être que je t'entendrai !

Je pris la main de la jeune fille dans la mienne.

— Azadeh, tu as été bonne avec moi... Tu m'as accueillie et soutenue. Tu m'as donné de la force et de la gaieté. Sanalah, notre doyenne, encourageait cette amitié. Dans quelques mois, son deuil cessera. On ouvrira de nouveau la chambre des Merveilles. On retirera le voile noir qui recouvre la Carte-Mère. Tu entendras de nouveau la musique de ses couleurs, tu reverras l'enchantement de ses formes. Notre doyenne disait qu'il faut, pour être femme-cartographe, faire preuve d'imagination et ne pas se soumettre à la toute-puissance de la réalité. Toi aussi, tu as l'étoffe d'une grande femme-cartographe. Ne sois pas surprise des changements que tu découvriras sur la carte. Moi, je ne serai plus là, mais elle, elle t'expliquera : il te suffira d'écouter, tout au fond de toi, ce qu'elle nous a vraiment enseigné...

Je déposai la fleur sur la tombe de Sanalah.

Avec quel bonheur j'ai senti de nouveau bondir les vagues sous mes pieds !

Le *Nadir* les embrassait à belles dents, les dévalait à vive allure. Nous faisions force de voiles vers Vinh Gao, notre petit paradis. Nous avons retrouvé la plage, le village sous son chapeau de palmes. Nous sommes restés une semaine, puis un mois, puis un an.

Cornélius nageait de mieux en mieux, et il plongeait maintenant aussi loin que moi. Nous sommes un jour allés rendre visite à Hoan et Tanobay sur l'île de Xan. Ils étaient pareils au premier jour de notre rencontre, la face ridée, les pommettes relevées toujours au bord du rire. Tanobay voulut à nouveau toucher le dauphin d'ivoire. Elle me prédit la naissance de mon premier enfant. C'était une fille, et je l'appelai Sanalah. Après elle naquirent Idrîs, notre fils, et Yué, notre seconde fille. Le *Nadir* les portait sous le grand ciel, ils aimèrent, tout comme nous, le bruit du vent contre ses voiles.

— Ziyara, me dit un soir Cornélius. Si tu veux un jour t'arrêter de courir les flots, je veux bien que ce soit ici, à Vinh Gao.

J'ai défait mon bracelet et je lui ai pris le sien. Les deux pierres, rapprochées, se sont aussitôt jointes. Je les ai serrées dans mon poing.

— Tu es sûr ?

— Je suis sûr.

J'ai jeté le plus loin possible la pierre aimante, elle a fait une longue parabole dans les airs et elle est retombée au fond de l'eau, ici, dans la baie de Vinh Gao.

Maintenant, nous sommes vieux. Pas autant que Tanobay et Hoan, bien sûr, qui continuent leur petit bonhomme de chemin sans s'étonner de toujours être là. Mais le sel a gagné dans nos cheveux, ceux de Cornélius ne sont plus blonds, et les miens ne sont plus aussi noirs.

Souvent, la nuit, je fais ce rêve de retourner à Orbæ.

Je marche dans les couloirs du palais des Cosmographes éclairés de lune. Je passe sous leurs hautes voûtes, enveloppée dans mon écharpe comme dans un voile de songe.

Les voyages que je faisais autrefois sur l'océan, je les accomplis de salle en salle.

Je suis la gardienne du château de l'errance.

J'ai la clef de la chambre des Maudites, les cartes dont la divulgation était punie de mort. Tant de rois se sont battus entre eux pour les posséder, ces cartes qui traçaient les routes de la richesse et du pillage, et celles, plus terribles encore, de la traite des esclaves !

Je pousse sans bruit la porte de la chambre des Timides, ces cartes griffonnées dans la fièvre, balbutiantes, imprécises, effrayées devant le monde toujours insaisissable des terres sauvages...

Je glisse dans la chambre des Effacées, où de très vieilles mappemondes achèvent de tomber en poussière... et avec elles s'évanouit en silence la mémoire millénaire des contrées qu'elles représentaient.

Je visite la chambre des Endormies, celles qui ne supportent que l'obscurité et le silence, parce que ces cartes – oh ! ce sont les plus belles – ne représentent que l'autre part du monde, celle qui est plongée dans la nuit lorsque nous, nous veillons.

Je les effleure du bout des doigts. Elles me chuchotent à l'oreille leurs splendeurs passées et leurs gloires évanouies.

Des pays tout entiers traversés de fleuves et de rivières ne tiennent plus que par la grâce de vieux parchemins, leur destin suspendu entre le grattement de la plume d'oie qui les dessina et le grignotement des dents de souris qui les achèvent… Que sont devenus les peuples qui les habitaient, aux noms si beaux ?

Zenetes, Tchangaïoles, Ombannes, Mandargs, Musidales, et tant d'autres disparus…

Je vois des parades nuptiales, j'entends les rires des danseurs, et, dans le chuchotement des étoffes, les pieds qui battent la terre rouge en cadence m'entraînent jusque devant leurs palais. Là, je vois des rois, des rois noirs d'or et de plumes, je vois leurs guerriers hérissés de lances, je les vois qui marchent au bruit des tambours, ils ont de belles parures et des colliers de griffes. Je les vois partir à la chasse, et devant leurs flèches je vois s'enfuir des animaux fantasques et terrifiants sous le couvert de vastes forêts de papier.

Alors moi, Ziyara, la voyageuse, seule dans la nuit du palais, je suspends mon errance pour leur donner à tous un dernier souffle de vie…

Je pousse la chambre des Merveilles. Je dessine de mes doigts hésitants une carte invisible et secrète, ici deux lacs, ce sont des yeux, là une forêt, ce sont des cheveux.

J'embrasse le sourire de mon amour parti au pays de la montagne bleue : Cornélius…

Je crois que mon âme est allée le rejoindre aux îles Indigo.

Mon âme chargée de voyages, peuplée de couleurs, guidée par l'odeur entêtante du Pain des Vieillards, sésame de ma terre natale :

Grand Amiral de la flotte de Candaâ, contrebandière et pêcheuse de perles, femme-cartographe, amoureuse...

Je sens les fragrances du thym des montagnes, j'entends tinter la clochette d'un troupeau dispersé dans la garrigue, je me réveille petite gardienne de chèvres.

Je porte les mains à mon cou pour y toucher le dauphin d'ivoire qui ouvrit pour moi les routes océanes...

J'entends Cornélius, dans son sommeil, murmurer mon nom, Ziyara.

Je souris dans la nuit, sans craindre les ombres qui m'entourent, car, oui, je suis, même au plus profond de ses rêves, Ziyara : la lumineuse.

François Place

Né en 1957, François Place est un auteur et illustrateur majeur de la littérature jeunesse, récompensé par de multiples prix.

Sélection bibliographique

Les Derniers Géants
Éditions Casterman, 1992

L'Atlas des géographes d'Orbæ
Du pays des Amazones aux îles Indigo
Du pays de Jade à l'île Quinookta
De la Rivière Rouge au pays des Zizotls
Éditions Casterman, 1996-1998-2000

Le Vieux Fou de dessin
Gallimard Jeunesse, 2001

Barbababor
Éditions Thierry Magnier, 2003

Grand Ours
Éditions Casterman, 2005

Le Prince bégayant
Gallimard Jeunesse, 2006

Le Roi des Trois Orients
Rue du monde, 2006

La Fille des batailles
Casterman Jeunesse, 2007

La douane volante
Gallimard Jeunesse, 2010

Le Secret d'Orbæ
Éditions Casterman, 2011